寵妻如令

5 完

目次

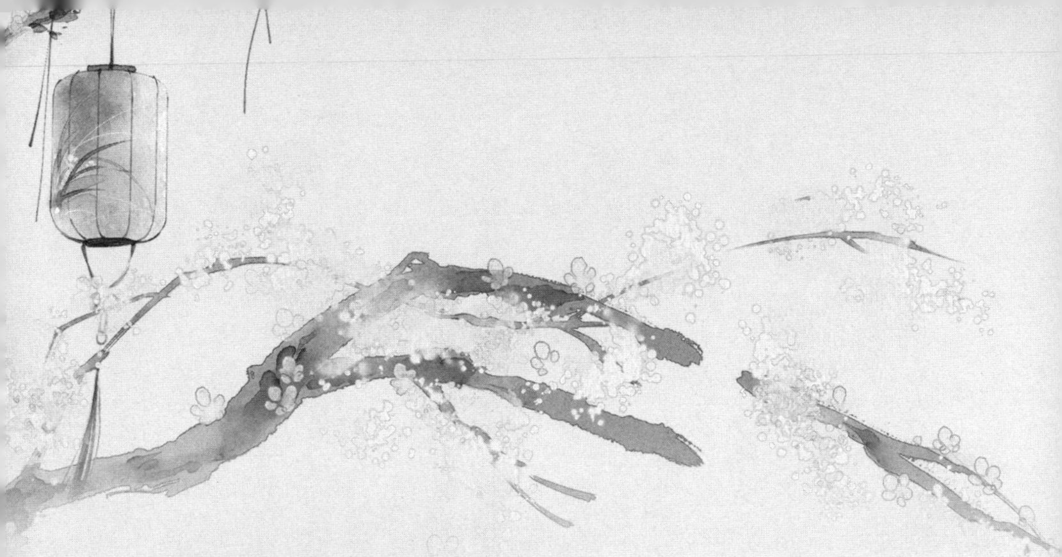

壹之章

意外之喜

阿菀辦的賞花宴有了一個好的開端，所以等阿菀適應了明水城的生活後，便開始接受一些夫人們的邀請。今日去朱城守家，明日去趙將軍家，後日應錢夫人之約去騎馬，大後日應朱夫人之邀去摘果子。

她的生活過得既充實且自在，比在京城裡多了些笑容，精神也更好了。

明水城的女子大多是經歷過戰爭的，有時候戰事繁忙時，應驗了女人也能頂半邊天的話，不僅上馬能殺敵，下馬能進廚房，平時出城打個獵也成，連朱城守家兩個嬌滴滴的閨女也是打獵的好手。

當朱夫人嘗試著邀請阿菀去騎馬時，她心裡直打鼓，擔心阿菀會像趙夫人一樣，用看野蠻人的眼神看她們，特別是這位世子妃是個病秧子，真的能騎馬嗎？

出乎意料的是，阿菀竟然答應了。

她不僅答應了，當天還特地穿了去年參加皇家秋圍時做的那身收腰的帥氣騎裝，頭髮高高地紮起，坐在馬上，由一個同樣穿著騎裝的侍女牽著馬而來。

「抱歉，我身子不好，沒怎麼騎過馬，並不熟練，可能騎不快，得讓路雲牽著馬，我在後面慢慢跟著妳們就好。」阿菀略帶歉意地對著一群看著自己的夫人們道。

她那恰到好處的微笑，讓人看得心情莫名平靜下來，朱夫人緊繃的神經一鬆，當下豪爽地揮手道：「沒事沒事，我們今兒只是騎馬出來玩，世子妃不必太過細究。今天不會走遠，慢慢來就行了。」

其他人也跟著附和，阿菀臉上的笑意越發深了。

有了趙夫人那樣一個格格不入的奇葩作為對比，阿菀這種溫和自然又不過分親熱的態度，讓所有人多了幾分認同感，也不再拿她當什麼京城來的貴人和病秧子看待。

在阿菀和明水城的夫人們相處融洽時，衛烜也在明水城中以一種非常的手段走著上輩子走過的路，不知不覺中在明水城的軍中建立了自己的威信，將上輩子忠心追隨他，在他生命的最後一刻護著他的屍身不被敵人踐踏的人收攏到麾下。

他對明水城實在是太熟悉了，軍務、人文地理以及敵人，熟悉得他即使閉上眼睛，也能做出對明水城最有利的指揮。

等趙將軍和朱城守發現衛烜滲透的舉動時，兩人相顧駭然，更驚愕的是，在六月時衛烜第一次上戰場，他以最小的損耗將來進犯的狄族大軍擊退了。

兩人瞬間對衛烜有一種不知如何是好的感覺。

明水城六月的夜晚依然很炎熱，那種乾燥的熱，讓人夜晚總是不太能安眠。

敵人便是在三更時分進攻的。

當敵襲的警鳴聲響起時，衛烜一躍而起，迅速穿妥了衣服。

見阿菀也跟著一骨碌爬起來，衛烜坐在床邊狠狠地擁抱她，對她說道：「阿菀，我很快就會回來的，希望回來時能吃到妳親手做的三鮮麵。」

阿菀望著衛烜離去，無法再入睡。

這是阿菀來到明水城後面臨的第一場戰爭，坐在家中，隱隱約約能聽到城外傳來的廝殺聲，讓人無端心中籠罩上一層陰影。

「世子妃，天快亮了，您還是再睡一會兒吧。」路雲忍不住勸道：「您放心，世子爺定會平安無事的。」

阿菀回神，點點頭，決定好好休息，等明天睡醒才有力氣煮麵給衛烜吃。

衛烜有一次生日時吃到她親手做的彩色麵條，突然上了癮，有時間就磨著她做，而阿菀興致來了便會親自下廚。

天亮後，衛烜沒有回來，反而是朱夫人帶著兩個女兒、趙夫人帶著捧著一小罐紅茶的丫鬟過來拜訪她。

趙夫人冷豔高貴地看著朱夫人，朱夫人則受不了她的窮講究，覺得明明論講究，阿菀衣食住行處處比趙夫人更甚，但人家就是比趙夫人更隨和。

看到這麼個組合，阿菀忍不住想笑，正好看到朱家姊妹倆朝她眨眼睛。

阿菀請大家到花廳喝茶，又讓廚房做了京城裡流行的點心招待她們。明水城的官夫人們都喜歡她這兒的點心，不僅香軟綿密好吃，更因為她們對京城的東西都有些追棒的想法。

「這是前些天老家送過來的紅茶，味道不錯，送些給妳嘗嘗。」趙夫人笑盈盈地說著，將那罐紅茶親自遞給阿菀，一副阿菀是她的知己她才送的模樣。

阿菀笑著接過，然後將它交給旁邊的青雅，說道：「謝謝了，我這兒也有一些江南的紅茶，正好想要請妳來嘗嘗。妳瞧瞧這紅茶是不是要加些乾的茉莉花一起泡著味道更清新？」

等用文雅的東西將趙夫人解決後，阿菀又和朱夫人聊起了衣服首飾等，朱家姊妹朱梅心和朱蘭心坐在旁邊一邊吃點心一邊興致勃勃地聽著。

等時間差不多，一夥人告別時，朱夫人拍拍阿菀的手說道：「世子妃放心，如今外面的聲勢不大，這戰事應該不會持續太久。」

聽說朱夫人是在明水城長大的，對明水城的事情最是了解，明水城有什麼情況都瞞不過她，像是軍情，她光是聽著那些聲音便能判斷戰事激烈與否，會不會有破城的危險，連趙夫人也忍不住豎耳聆聽。

朱夫人說的確實不錯，衛烜三天後便回來了。

若有戰事，趙將軍、朱城守、衛烜等人會留在軍中，等戰事結束，才會回城歇息。

阿菀正在用晚膳，得知衛烜回來，馬上將碗一丟，迎了上去，接著掀起他身上的盔甲，檢查他身上有沒有什麼傷口。

衛烜滿臉通紅，手腳都不知道怎麼擺了。

阿菀仔仔細細檢查了一遍，發現衛烜身上雖然血腥味濃厚，但沒有看到傷口，便滿意地拍拍他的手，拉著他進淨房。

叫了下人送來熱水，阿菀直接擼起袖子伺候他洗漱。他一脫下身上的盔甲，她的目光倏地盯住他肩膀上的一塊巴掌大的瘀青，盯得衛烜的心都被她吊了起來才移開目光。

「呃……我沒事，這瘀青是不小心撞到的，不礙事。」衛烜解釋道。相比上輩子幾次九死一生，這麼點瘀青根本不算什麼，他只是怕阿菀會在意。

只有愛惜他的人，才會在意他是不是受傷。

這麼一想，他滿心滿眼都是面前的人，恨不得將她揉進懷裡。

「坐好，我幫你洗頭。」阿菀將他按住，要他不准亂動。

衛烜聽話地坐著不動，一雙鎖住她身影的眼睛卻毫不掩飾地流露出赤裸裸的慾望。能在這樣的目光下還泰然處之，阿菀覺得自己淡定的功力又精進了。

等幫衛烜將身上的血腥味都洗去後，兩人才回到臥室。

衛烜想起剛才進屋看到阿菀才吃了幾口的飯，便道：「我想吃妳做的三鮮麵。」

阿菀笑道：「好。」

小夫妻倆手牽手去了廚房。

青雅幾個丫鬟早就來到廚房將人都叫出去，又將砧板等廚具清理乾淨，準備好食材，以便阿菀隨時可以動手。

「這次的麵要紅色和綠色、白色的，三種顏色搭配著好看。」衛烜蹭在她身後，任性地提著要求，「麵裡還要臥糖心荷包蛋和熏肉。」

「可以。」阿菀笑咪咪地說。

青雅幾人馬上去打胡蘿蔔汁和菠菜汁，阿菀則開始和麵，有小丫鬟自去燒水。煮好後，阿菀又讓廚娘伴了些涼菜端到廳堂，夫妻倆坐在一起吃麵。

衛烜可能是餓得狠了，吃了大半盆的麵，阿菀則只用了一小碗麵配些涼伴菜。見衛烜吃得滿頭大汗，阿菀轉頭吩咐青環：「去將早上冰鎮在井裡的西瓜切一塊過來，再榨兩杯蜜瓜汁。」

等到吃飽喝足，整個明水城已安靜下來，顯得極是和平而安逸。

「這幾天沒什麼事吧？」衛烜拉著阿菀的手摩挲著。

「自然沒什麼事，每天都是那樣，有時候朱夫人或趙夫人會過來串門。朱夫人是個伶俐人，你走後她還特地帶她的兩個女兒過來和我聊天，趙夫人也送了些她老家的紅茶給我。我想，等過陣子京城裡送了什麼新鮮玩意兒過來，也回送她們一些。」

衛烜看著她微笑的容顏，原本躁動的心逐漸平靜下來。

這一夜，衛烜相當熱情，讓阿菀有些吃不消。

「阿菀……」他貼著她汗濕而紅潤的臉蛋，貪看她動情的模樣，只覺怎麼看都不夠。

明明上輩子經歷了那麼多場戰事，已經習慣了，可這次回來看到她擔心地撲過來檢查他是否受傷時，他的眼睛忽然有些酸澀，甚至浮現了薄薄的霧氣。

「你夠了沒……」阿菀將臉埋在他懷裡，無力地咬了他一口。

每次被弄得崩潰哭泣時，她就愛咬他。偏偏她越咬他越激動，反而讓自己更累。

衛烜沉下腰，推進她身體裡的最深處，身心皆得到了巨大的滿足，只想這樣和她一輩子歡好。生怕壓疼了她，他又翻身讓她趴到自己的胸膛上，一邊撫著她汗濕的背，一邊聲音沙啞地問道：「蠻族未滅，以後這樣的戰事會時常發生，妳怕不怕？」

「……」

沒聽到阿菀回答，衛烜低頭看去，發現她已經趴在他身上睡著了，不禁啞然失笑。

翌日，阿菀仍是睡到日上三竿才醒。

醒來後身子有些疲倦，身下某個地方傳來一股清涼感，顯然是上過藥了，腰肢也沒有想像中的酸軟，她不禁懷疑某位世子爺是不是做了什麼。

發了一會兒呆，阿菀方慢慢起身。

衛烜不在，問了丫鬟，得知他一大早就去軍營了。

在丫鬟們的伺候下，阿菀用了小米粥後，便懶洋洋地靠在迎枕上想事情。

青霜笑盈盈地走進來，稟報道：「世子妃，京城來人了，還送了很多東西過來。」

阿菀精神一振，馬上道：「快讓他們進來。」

丫鬟們支起屏風，才將護送東西過來的管事叫進來。來的人是一名姓徐的中年男子，原是瑞王府的管事，不過送的東西不僅有瑞王妃給的，還有康平、康儀兩位長公主和太子妃讓送過來的，吃的喝的用的應有盡有。

阿菀將父母和親友寫給自己的信都看一遍，才向徐管事詢問京城裡的父母親人的身體情況。這般一問一答費了不少時間，看天色差不多了，阿菀便讓人帶徐管事下去歇息。

康儀長公主的信上提了阿菀離京後京城裡發生的事情，連朝中官員的變動也詳述了。

來到明水城後，阿菀才意識到公主娘從小到大對自己的培養有多精心，這也是她在明水城中能很快和幾位官夫人相處愉快的原因。

京城似乎越來越不平靜了，衛烜來明水城的時機選得正好。

阿菀閉上眼睛，手指一下一下地敲著大腿，將京中的事情回想了一遍，暗暗擔心著宮裡太子和太子妃的處境。

傍晚衛烜回來時看到阿菀在擺弄一個五彩漁藻紋的青花瓷，裡面插了一朵薔薇花。

這處府邸是他盯著管家特別為阿菀布置的，所有的擺設皆是從渭城購買運送過來的，他可不記得有這種色澤明亮的瓷瓶

阿菀見他回來，親自過去伺候他更衣，笑著說道：「京城來人了，母妃和我娘她們讓徐管事送了很多東西過來，還有幾封信。」

衛烜見她笑盈盈的樣子，心裡也高興。

「信上說了什麼？」衛烜隨意地問道。

「很多，母妃說了王府裡的事，像是嫤妹妹的及笄禮之類的。我娘說了一些朝廷的變動，還叮囑我們要照顧好自己。二表姊說她在宮裡很好，讓我們不必掛心……對了，聽說表嫂五月時生了兒子。」

衛烜愣了下，然後笑道：「孟灃當爹了，想必他很高興。」

「誰說不是，康平姨母還說等孩子滿月和百日、周歲時都要大辦……」

待夫妻倆一起用過晚膳，衛烜便拿了那幾封書信翻看，裡面還有瑞王寫給他的信，看完後不由陷入了沉思。

阿菀看了他一眼，也不打擾他，拿起旁邊的針線笸縫製一件裡衣。

不知過了多久，衛烜忽然說道：「阿菀，該睡了。」

阿菀揉了揉眼睛，應了一聲，將最後一針收尾，方讓他把針線筐拿走。

兩人洗漱完畢，躺在床上後，阿菀趴到他的胸膛上，偷偷摸了下他的胸，在他要犯神經病時馬上收回手，問道：「吏部和工部有好些人都換了，也不知道太子殿下那裡如何了？」

太子管著吏部，吏部的官員一變動，阿菀敏銳地看出那些變動的位置雖然小，卻是很有油水的位置，而且以前都是太子的人，現在卻被換上了其他皇子的人。

阿菀完全搞不懂皇帝到底想幹什麼，這樣涮自己的兒子玩，真的沒問題嗎？

衛烜拍拍她的背，「沒事，太子如果連這些事情都應付不來……」

他的話未說完，阿菀已經聽出其間的冷酷之意。

政治這玩意兒，是有能者居上，太子算是個有能者，衛烜雖然希望太子能坐上那位置，可是若太子無能，被人幹掉，他即便覺得可惜，卻也認為不是非太子不可。如今他來到明水城，已經抽身，有更多的選擇。

阿菀捶了他一下，忍不住道：「太子是皇上悉心培養的儲君，而且還有太子妃在呢！」

所以她願意相信太子一定能度過難關。

想到這裡，她感到有些悵然。他們遠離了京城的是是非非，可是親朋好友都在那裡，她無法不擔憂，無法不關注。

「既然妳都覺得好，那自然是沒問題了。」衛烜順著她的話說。

阿菀忍不住又想捶他，這態度真是敷衍。

「妳不高興就咬我好了。」衛烜很大方地說，手又不規矩地往她衣服裡面探去。

阿菀收緊衣襟，轉過身，將屁股對著他。

可惜她這模樣對於沒臉沒皮的世子爺來說，根本構不成什麼阻礙，他照樣貼了過去，很快便把她扒光，扛起她的腿進入她的身體裡。

「我會很小心的……」他沙啞的聲音在她耳畔響起，如同呢喃絮語。

阿菀被擺弄得想踹人，果然不應該心軟，一心軟這傢伙就得寸進尺。尤其是沒有戰事的時候，他幾乎每天都想要她。也不知道他哪裡來的那麼多精力，最後只能靠她和他約法三章，免得他壞了身子。

接下來的日子，明水城彷彿又回到了十幾年前，戰火時不時點燃，整個夏秋，明水城經歷了大大小小的戰事不下十餘次，使得城裡的人從一開始的驚惶到最後的淡定。

阿菀也慢慢適應了這種生活。

到了秋天的時候，明水城難得無戰事，徐管事再次奉命送東西來了。

讓人驚訝的是，除了徐管事之外，還有一支車隊浩浩蕩蕩地跟在他後面進入明水城。

若說徐管事送來的都是京城裡的衣服首飾補品藥物及明水城沒有的玩意兒，那麼隨後跟來的十幾輛馬車載的東西就幾乎都是糧食了，而且不止是穀物，還有很多活的家禽，如雞鴨鵝豬羊魚等等。一路進城來，引得城裡的人紛紛側目。

眾人以為這些貨物也是京城裡的人特地送過來的，徐管事卻是覺得奇怪，若是京城送來的東西，他怎麼會不知道？

阿菀看到滿院子的家禽，一時不知該說什麼好。

「聽說京城送了很多東西過來，誰送的？」衛烜正好回來，看到那些被關在籠子裡的家禽，想像不出到底是誰會這麼大老遠地將這些活物送過來。

阿菀臉皮抽搐了下，對前來請示的管家吩咐道：「先將牠們送到後院的空院子養著。」

吩咐完，阿菀便拉著衛烜回房。

「行了，有什麼不能說的？老實交代吧。」衛烜將阿菀摟到懷裡親她的臉。

阿菀喝了口紅茶，這才開口道：「這些都是莊子裡送來的，不過不是京城那邊的莊子，而是在渭城和嘉陵關附近的莊子，而且這些只是今年莊子出息中的一小部分。」然後她瞅著他，「我聽朱夫人說，冬天的時候明水城的糧食總是不夠吃，朝廷的軍餉也沒及時到來，很多將士都要縮衣節食……咳，莊子裡有很多糧食吃不完，北地這邊有能力收購的商家也少，你看著要不要直接送到明水城來？」

衛烜驚訝地問：「姑母當年幫妳在這邊置辦了莊子？」他直覺不可能，北方氣候惡劣，又面臨草原各部族的威脅，土地不值錢，莊子的出息也不好，少有人會來這裡置辦產業。

阿菀有些赧然，低聲道：「是我自己讓人置辦的，就是前年我們成親那會兒。」見他直勾勾地看著自己，阿菀更不好意思了，「我當時想著，反正這裡的地便宜，便讓人用嫁妝銀子在北地置辦些田產，再讓我的一個陪房謝管事過來打理，我只需要砸銀子就好。沒想到謝管事是個能幹的，過來考查後，安排了人來這邊開發經營。直到去年夏天，這邊的農莊已經有了好消息，到今年再經營一年，莊子裡的出息看著也不錯……」

隨著她娓娓道來，衛烜越聽越吃驚，最後已經不知道說什麼好。

他原本以為娶了心心念念兩輩子的女子回來，自己只要讓她無憂無慮待在自己身邊就好，卻未想到她心思如此細膩，從蛛絲馬跡中察覺到他的想法，便大膽地做了決定。若是正常的姑娘，誰會用自己的嫁妝銀子來這種地方置辦田產？

民以食為天，沒有糧食，人什麼都不是。

越是了解她，他越是無法放手。

幸好這輩子他早早下手，她是他的了，誰也搶不走！

阿菀瞄了他一眼，見他不說話，猶豫了下，決定另外一件事還是先別說了。

她不僅是跑這裡來種田，還研發了可能會影響戰爭的東西，不過現在還沒有研發成功，所以還是先不要先告訴他。

「對了，我聽朱夫人說，每次戰事結束就會出現很多傷兵，有些斷了手腳的人不能再上戰場，朝廷也不太管他們，都是給撫恤銀子讓他們返鄉。要不，這樣，我那些農莊還很缺人手，不如安排一些不願返鄉的傷兵過去幫忙，好歹讓他們有口飯吃。」阿菀和他商量。

衛烜沒有回答，而是突然將她抱了起來，讓她坐到自己的大腿上，然後用自己的臉貼著她的臉，聲音微微沙啞地說了聲好。

阿菀抿唇微笑。

她也不知道自己當初心血來潮時砸下的銀子會有這麼大的用處，而且衛烜如她猜測般的來到了北地。事情沿著自己預想中的發展，也讓她做的事情有了有用武之地。

「我當時用了一萬兩銀子買地，謝管事根據當地的情況建了五個莊子。渭城有兩個，嘉陵關這邊有一個，懷水鎮有兩個……」

衛烜聽著阿菀將幾個莊子的所在地及所產出的東西細細說了一遍，接著沉吟了下，便道：「妳先讓人看看莊子裡的糧食和牲畜有多少，都讓他們送到軍營，到時候我讓錢校尉將銀兩結給妳，不過價格可能會比市價低一些。」說著，他親了親她的臉，含笑地道：「冬天時北地缺衣少糧，縱使有銀子也買不到，有了妳的幾個莊子的出息，就不需要特地等那些皇商送過來了，而且我們也等不了。」

阿菀忍不住回了一個笑容，心裡知道朝廷分發給各個軍營的軍餉在不同時期有不同的形式，這些年朝廷在每年春秋兩季會將各地的軍餉發下來，然後讓各地的軍需官去聯繫賣糧的皇商送過來，有時候若是因為一些什麼事情延遲了又是個麻煩。

再者，那些皇商背後都有人，拿起喬來也讓人夠嗆的。

衛烜默默琢磨著，雖然有了阿菀的莊子裡出產的東西，但是商隊送來的糧食也是需要的，只是到時候終於可以有底氣和他們壓價了。

他上輩子就在皇商這兒吃過虧，這輩子倒是沒了後顧之憂。

想到這裡，他忍不住將阿菀撲倒到炕上，捧著她的臉，結結實實地吻她。

阿菀：「……」這位世子爺的神經病又犯了！

等丫鬟進來收拾凌亂的炕頭，阿菀又羞又惱，忍不住將抱著自己的男人咬了幾口。

衛烜卻不以為意，眉眼含笑，由著她咬來咬去。她那口珍珠牙根本沒什麼威力，反而有種難以言喻的酥麻感由然而生，他特別喜歡被她咬的感覺。

阿菀若是知道他的想法，絕對不會再咬他。

咬了幾口出氣後，阿菀整了整衣襟，將隨著車隊送帳本過來的謝管事叫進來問話。

「謝管事，這兩年辛苦你了。」阿菀柔聲道，讓人給謝管事賜坐上茶。

謝管事是個黑瘦的青年，眼神透著精明，是康儀長公主當初特意挑選出來給女兒當陪房的，卻不想被阿菀繼續開發了他的價值，將他派到北地來打理她的產業，並且兩年後給了阿菀一個非常滿意的成績單。

「不敢當，這是屬下應該做的。」謝管事謹慎地回答，忍不住用眼角餘光瞄了眼坐在他們家郡主身邊的俊美青年，心知這位就是瑞王世子了。

阿菀含笑聽完謝管事的稟報，賞了他一些東西，讓青雅接了謝管事遞來的帳冊後，便讓青環將謝管事送到客院去歇息。

送走了謝管事，阿菀又將管家叫進來，讓他將今兒謝管事送來的東西整理歸納好，再給明水城各府送去一些。

收到東西的人紛紛回禮，朱夫人和趙夫人還特地過來道謝。

兩個女人在衛府門口相遇，互相看了一眼，心裡忍不住嘀咕她來做什麼。

等回到家後，朱夫人讓人去打探阿菀送了什麼東西給趙夫人，讓那目下無塵的女人專程趕過去道謝，待知曉時，朱夫人忍不住拍手大笑。

阿菀花了一天的時間和謝總管對完帳，又仔細詢問了距離明水城最近的莊子的事，發現從莊子到明水城也不過是兩天的路程，需要什麼新鮮的食材倒是可以從莊子裡送來。

這些莊子除了留足自己吃的口糧外，其他的阿菀打算以低於市價的價格賣給明水軍。

其實依她的意思是想白送。來到明水城幾個月，經歷了大大小小的戰事，看到那些將士用鮮血和生命保護著大夏的國土和百姓，再冷血的人都會被那種壯烈犧牲的精神感動。身為大夏人，阿菀對站在戰爭最前線的將士充滿了尊敬與感激之情，願意無償提供他們糧食，這也是她砸錢在北地蓋農莊的原因，當然也想讓衛烜無後顧之憂。

只是衛烜沒打算讓她白出，而是用低於市價的價格從她的莊子裡購買糧食。

見她一副恨不得白送的模樣，衛烜大笑，用力親了她一下，說道：「妳已經做得夠好了，不能再占妳的便宜，占女人的便宜算什麼男子漢？而且，以後士兵受了傷不能上戰場，少不得要送去妳那幾個莊子裡，屆時也是一筆不小的開銷。」

說著，他忽然感到悵然，以往那些將士可沒有這樣的去處，不知道有多少人受傷離開軍隊後無處安身，無法溫飽，早早地逝去。

阿菀卻不認同，「雖然不能上戰場，卻不代表他們無法憑自己的能力掙口飯吃，只不過是缺少了給他們的機會罷了。況且，你也知道，北地這裡地廣人稀，莊子建得又偏僻，日後若是有士兵去莊子裡，我還省了請護衛的銀錢呢，所以我樂意養著他們。」

衛烜被她的話說得一顆心很熨貼，這位世子爺感動的結果，就是在床上變著花樣「欺負」她，說這是愛她的方式。阿菀恨得牙齒和爪子並用，在他背上撓了好幾道痕跡。

阿菀和謝管事商量了今年秋天莊子的出息都送往明水軍的事宜後，謝管事便離開明水城去安排糧食的事宜。

謝管事離開的幾天後，又有馬車拉了幾車糧食來明水城，都是些新鮮的瓜果蔬菜和山珍，在明水城這種地方可都是稀缺品，一般都是商隊運送過來賣的，可是每次送來的時間太長，賣相不好，價格也貴，明水城的人實在是吃不起。

而阿菀在莊子裡的出息送過來後，便很大方地又去做散財童子，和自己交好的人家都送了一份過去。東西不多，圖個新鮮。

在阿菀到處送禮時，衛烜也和趙將軍討論起明水軍這個冬季的糧食問題。

「今年不用買糧了？」趙將軍狐疑，然後想起了從京城得到的消息，面上微凜，沉聲道：「您的意思……莫不是今年的軍餉又出了什麼問題？」

行軍打仗最擔心的是糧草之事，沒有糧食，將士們餓著肚子，還打個屁啊！趙將軍只要想到往年京城一些文臣藉口邊境無戰事而削減他們的軍餉，或者發生吃空餉的事情，額角的青筋便突突地跳著，恨不得跳起來砍人。

「放心，軍餉沒什麼問題。」衛烜好整以暇地道：「如今皇上正關心邊境的戰事，那些人可不敢在軍餉上做什麼小動作。」對這點，衛烜還是有自信的。

聞言，趙將軍、朱城守和錢校尉的目光都有些複雜。他們皆知今年春天衛烜過來之時，是隨著軍餉一起來的，這也是第一次明水城準時收到朝廷發下的軍餉，而且是一分沒少。

他們都知道衛烜空降至明水城的目的，剛開始他們心裡雖然不樂意，可是看在他代表皇帝的分上，他們皆希望他好好待著，不要像以往那些先鋒官一般對軍中事務指手畫腳。只是在六月的那場戰事後，他們改變了想法，也慢慢接受了衛烜的存在。

以前明水軍有什麼事情，都是趙將軍、朱城守和錢校尉一起商議處理的，如今多了個衛烜，並且他的意見還不能忽視。

「那世子您是何意？」錢校尉謹慎地問道。

衛烜笑了笑，說道：「我已經找到可以提供我們整個冬天糧食的商家，不必一定要等到皇商過來，甚至我們可以用比市價低的價格買到足夠的糧食。」

聽到這話，趙將軍幾人都瞪大了眼睛，朱城守更是高興地搓著手，看著衛烜的眼神簡直是在看一個絕色美人般閃著綠光。

「世子爺，您說的是真的？」

「自是真的。」衛烜道：「如若你們不信，等到十月糧食運來，錢校尉可去查收。」

錢校尉愣住，實在不知道說什麼好，只覺得像在做夢一般。往年冬天最困擾他們的糧食問題，怎地在這位世子爺眼裡彷彿不值一提。

晚上衛烜回府，發現晚膳菜色很豐富，有許多新鮮的山珍。

「義安的莊子送來的？」衛烜夾了一片蘑菇，心情舒暢。雖然他是肉食動物，但是偶爾也喜歡吃菜，特別是這些蘑菇經廚子的巧手加工，更是美味。

「對。」阿菀的心情也很好，「義安的莊子距離明水城最近，那裡還有一個溫泉，以後可以種一些反季節蔬菜，冬天就不愁沒有新鮮的蔬菜吃了。」

這也是當初阿菀讓人過來勘查土地時提出的要求，最好將莊子建在有溫泉的地方。

想想當時她讓人來北地買地時，那些管事簡直是用看傻子的眼神看她，覺得她人傻錢多沒地方花，讓她頗為不爽。如今莊子建起來了，有了出息，才嘗到好處。再說，莊子雖距離邊境近了些，可前面有軍隊擋著，不用擔心。

衛烜也琢磨著，既然阿菀的莊子在那裡，那麼得時常派人去巡邏，省得有些蠻子餓得昏頭，越界跑過來劫掠。這也是為何沒有人敢像阿菀這般在北地置地建莊子的原因，大家都不是笨蛋，也看得出北地的價值，只是安全沒保障，所以不會想幹這種得不償失的事情。

今天不僅衛烜難得嘗到了新鮮的山珍，連城守府、趙將軍府、錢家等都有口福。

「老爺，這是世子妃特地讓人送過來的，聽說是她的陪嫁莊子產出的，莊子裡的人送過來給她嘗鮮，她也給咱們家和趙家、錢家都分別送了一些。世子妃真是個和善大方的人，怪不得世子如此愛重她……」

朱城守甩開了膀子埋頭拚命吃，彷彿沒有聽到夫人的話，直到朱夫人不滿地拿筷子敲他的手時，他才道：「知道了知道了，世子妃是個又美麗又善良的好姑娘。夫人那般看好她，以後就帶梅心和蘭心多去那兒走走，和她親香親香。」

「這還用你說！」朱夫人嗔了他一句。

朱城守不語，繼續大口吃飯，心裡卻活泛開來。

世子爺說今年可以買到明水軍足夠的糧食，價格還比市價低，難不成是京城裡的人送來的？就像這位世子妃一樣，縱使待在明水城，可是人家身分地位不一般，依然有人不辭勞苦，千里迢迢送新鮮的吃食過來給她。

就算不是京城裡的人送來的，以那位世子爺的地位，恐怕也有人會自動降價賣給他。

朱城守不得不承認，衛烜來到明水城後，雖然身分上壓了他們一頭，讓他們行事多有不方便，可是好處卻比壞處還要多。

「決定了！」朱城守突然拍了一下桌子。

朱夫人和幾個孩子都被他嚇了一跳，正要瞪眼睛時，朱城守又低頭猛吃起來，氣得朱夫人就要擼起袖子家暴他。

與此同時，趙夫人也在趙將軍面前大力稱讚著阿菀，不過，比起朱夫人那種直爽的稱讚，趙夫人文雅許多，也有些酸味。

「瞧瞧人家，多大方，難得的是身分尊貴卻不自持身分，有什麼好東西都捨得送過來給咱們嘗鮮，將軍，您可不能再說人家是個麻煩事兒了。不過，也只有她那樣的身分，才能耗得起這人力物力，讓人不遠千里送這麼點兒蔬果過來給她，我可沒這命啊！」

趙將軍邊吃邊尋思，對夫人的話左耳進右耳出。

趙夫人捏了捏筷子，氣得想將筷子扔到他那張大鬍子臉上去。

果然，這野蠻人就算吃龍肝鳳髓，也別想要有個文雅的模樣，真是浪費了一桌好菜。

九月初，明水城開始下雪，隨著十月到來，明水城的雪越下越大，天氣也越來越冷。

天氣一冷，阿菀便不愛出門，整天都窩在屋子裡趴在暖炕上不肯離開，連朱夫人、趙夫人、錢夫人等人的邀請也推了。朱夫人幾人沒辦法，只好親自過來看她。

等看到將自己裹成一隻熊盤在暖炕上的阿菀時，幾位夫人都忍不住掩嘴笑了起來。

阿菀倒是坦然，讓丫鬟上了茶點後，便道：「京城的天氣可沒有這麼冷，而且我的身子骨素來比不得常人，還沒法習慣這裡的天氣，不敢輕易出門。」

朱夫人體貼地說：「莫說妳，其實我們也不習慣，每到冬天，能貓冬就貓冬。妳不出門也好，省得不小心凍病了。」想起先前聽阿菀說她每到冬天就會大病一回，不禁有些擔心。

趙夫人也很憂心，阿菀和她一夥的，好不容易有個伴，她可不希望她病著了。

阿菀不知道大家都在擔心她，笑著和眾人閒聊，等她們離開後，又繼續貓著。

當初她來明水城時，和公主娘約法三章，若是她的身子受不住，就必須回京城。幸好來明水城之後，還沒有發生過水土不服的事，連病也沒生過一回。

阿菀暗自決定，這個冬天怎麼著也得好好熬過去。

衛烜回來，見她裹著狐皮褥子窩在暖炕上看書，火紅色的狐皮襯得她的臉小小紅紅的，可愛得不得了，讓他心癢癢的，想將她摟到懷裡恣意擺弄。

他覺得明水城的冬天真是好，因為晚上睡覺時，阿菀一刻都離不開他，就差整個人趴上來了。這種時候，她會由著他上下其手，最多只是抗議地咬他幾口。

阿菀放下手中的書卷，問道：「糧食都送過來了嗎？」

這幾天趁著沒有戰事，謝管事陸續讓人將囤在莊子裡的糧食送過來。明水城的諸位官員十分關心這事，在謝管事送糧食過來時，都去了軍營的糧倉那邊守著。

「送來了。」衛烜坐在熏籠上將自己烘暖後，方脫鞋爬到炕上，掀開狐皮褥子鑽進去，將阿菀整個人抱到懷裡，讓她坐到自己盤起的腿心處。

阿菀整個人放鬆下來。

明水軍最關心的便是糧食，吃飽飯才有力氣戰鬥。草原的那些部落，若非冬天糧食短缺，餓得昏了，也不會選擇在這種嚴寒的天氣攻城，就為了搶些糧食回去過冬。

衛烜見她低頭翻書，忍不住將那隻柔軟的小手執起來，放在唇邊親了親。

阿菀看了他一眼，覺得他好像又犯病了，下意識往旁邊挪了挪，卻忘記自己正坐在他腿上。這一動，屁股下面某個原本軟趴趴的東西瞬間精神抖擻起來。

阿菀把衛烜湊到她頸窩間舔弄的頭推開，咬牙道：「忍著！」

「難受……」

「難受也得忍著！」

「哦……」

不理會他委屈的模樣，阿菀繼續看書，看的是一本前朝的農書。

她前世的家境不錯，又因為心臟病的原因，一輩子都沒去過鄉下，所知道的農事常識都是緣自於身邊的人口說及網路上看的。這輩子也同樣是個病秧子沒怎麼出過門，仍是繼續通過農書和農民口中得知農事。為了建好幾個莊子，並且讓產出達到要求，阿菀自然是要仔細地研究，省得做個睜眼瞎。

衛烜忍著的後果，便是晚上睡覺時，趁著阿菀趴到他身上取暖時，將她就地辦了。

「出去……」阿菀無力地道。

「不要，這裡很暖……」

「……」

阿菀聽出他聲音裡的未饜足之意，腦袋瞬間要炸了，實在是搞不懂他怎麼就這麼會折騰，好像從來沒有滿足過似的。

「妳要快點養壯身子，」衛烜啃咬她的耳垂，低聲說：「不然我總是不能盡興……」

阿菀直接裝死，不想理他。

入冬後，明水城的戰事開始時十分激烈，想來狄族那邊的糧食也出現了短缺危機，讓他們迫切地需要透過劫掠搶些物資回去。當聽說明水城附近的幾個村子被敵人的鐵騎踏過時，衛烜第一時間便帶兵過去追擊。

阿菀止不住的擔心，卻沒辦法阻止他。

趙將軍和朱城守知道後都搖頭嘆息，嘴裡嘮叨著年輕人真是沉不住氣。

就在阿菀為衛烜擔憂不已時，京城裡又來了消息。

太子妃於九月底生下了太子的嫡次子。

得知孟妘第二胎生下的也是兒子，阿菀終於放心了。

雖然她對生男生女不以為意，奈何世人卻不是如此，認為太子妃還是要多幾個兒子才好。連生了兩個兒子，孟妘這才算是站穩了腳跟，太子妃的地位也更加鞏固。

隨著孟妘生下二兒子的消息傳來，京城和陽城的信件也過來了，阿菀逐一閱看，臉上忍不住露出淺淺的笑容。

父母在京中的日子一切如常，就是孟妡隨著沈罄去了西北後，以她那種天生樂觀的性格，也很快適應了西北的生活，而且比起在京城處處受束縛，自由的西北似乎更適合她。

當然，阿菀覺得孟妡能如此快地適應西北，有沈罄對她的愛護在其中。阿菀來到明水城，便隔三差五收到來自陽城的信，信裡無一例外都會提到沈罄，雖然孟妡偶爾會抱怨，可更多的是字裡行間提到沈罄為她所做的事。

天氣越來越冷，明水城的氣候惡劣，冷得幾乎讓人握不住兵器，不管是大夏還是狄族，都會有默契地休戰，給彼此休養生息的時間，不過小股騎兵的騷擾卻是層出不窮。每年都有一些餓昏頭的草原部族會偷偷南下，摸進村子裡搶東西殺人。

衛烜此時去追擊的便是那一小股進村劫掠的草原騎兵。

阿菀擔心衛烜會衝動地直接追到草原深處，到時候孤軍深入，不知道會發生什麼危險。

而衛烜這一去，整整半個月才回來。

到得他回城那天，阿菀不像往日那般窩在暖炕上，而是披上厚厚的斗篷，抱著掐絲琺瑯的手爐，站在垂花門往外張望。

天空陰沉沉的，雪下得稀稀落落的，路雲打起傘為阿菀遮雪。

一陣寒風吹來，阿菀縮了縮頭，突然發現自己竟然忘了準備手套和口罩這種過冬必備的東西。這時代的人還沒有用手套的習慣，也沒有口罩這種東西。在這樣酷寒的地方，最多只是將圍巾拉高遮臉罷了。

風雪之中，她終於見到披著黑色貂皮斗篷的衛烜大步走來。

他一走到她面前，便掀開自己的斗篷，將她裹進懷裡。

阿菀仰頭看他，看不清他的臉，他半張臉被羊毛圍巾遮住，唯有眼睛炯亮有神，又透著焦急之色。他抱住她後，立刻往屋子裡走去。

看到衛烜，阿菀懸宕多時的心終於落了下來。

想到她為他提心吊膽了那麼久，她決定讓他也體會一下那種感覺。

所以，回到溫暖的房裡後，阿菀便窩到溫暖的炕上，沒有理會衛烜。

「妳為什麼要站在門口淋雪？」衛烜又氣又怒，用熱水將自己的手泡得暖和，探進狐皮褥子裡摸她的手腳，發現冷得嚇人，便趕緊讓丫鬟去拿湯婆子過來給她暖身子。

「我高興！」阿菀青著臉說。

衛烜瞬間被她堵得無語。

在風雪裡站了一刻多鐘，阿菀的臉被凍得發青，好一會兒才緩過來。等到整個人被烘得暖呼呼的，不禁昏昏欲睡。她打了個哈欠，不一會兒就睡著了。

衛烜在淨房洗漱完出來，就見阿菀已經縮在炕上睡著了，不由啞然失笑。

想了想，他叫來路雲，詢問了自己不在府裡時的事情後，便對她道：「我和世子妃要先歇一會兒，今兒晚些再用膳。」

路雲應了一聲，帶著青雅等幾個丫鬟退了出去，將門關上。

衛烜掀開褥子，溫暖的大手沿著阿菀的腳踝往上摸索，就怕她被凍傷了。

阿菀並沒有睡熟，察覺某人的意圖後，一腳踹過去，腳丫子卻被他飛快地抓在手裡。

「放手！」

衛烜湊過去親了親她的唇，溫聲道：「沒事，妳繼續睡。」

「……」

被擺弄成這種羞恥的姿勢，讓她怎麼睡？

衛烜強勢地將阿菀身上都摸了一遍，確認她沒有擦傷凍傷，肌膚依然細膩柔滑，才依依不捨地幫她把衣服穿好，然後將她摟到懷裡，滿足地嘆了一口氣。

阿菀被他弄得沒了睡意，乾脆翻身將他推倒在炕上，也去剝他的衣服。

衛烜雙眼亮晶晶地看著她，自動仰躺著，一副「任君採擷」的模樣。

阿菀：「……」

阿菀也將衛烜全身檢查了一遍，發現他的手被凍傷了，頓時臉色微沉，滑下炕頭去取了護膚的雪霜膏幫他塗手上的凍傷處。這是孟妘特地讓太醫院的太醫為她配製的，就怕明水城冬天的嚴寒凍傷了她的皮膚。

阿菀用不了那麼多，還特地送了一些給朱夫人和趙夫人。這雪霜膏有一股淡淡的花香，也不知道是不是摻了什麼花的精油進去，聞起來很舒服，朱夫人她們都喜歡得緊。

雪霜膏主要是保護皮膚的，衛烜自然也用得。

「沒事，過幾天就好了。」衛烜並不在意，雖然他出行時也帶了藥，可這天氣實在是太冷了，多少仍是有些凍傷。

阿菀看了看天色，便讓人傳膳。

天氣冷，吃火鍋最好。

丫鬟們擺上了燒好的爐子，爐子裡燒的是銀霜炭，上面架著一口鍋，鍋裡是用熬煮得濃郁的骨頭湯做湯底，羊肉、魚肉、雞肉、鴨肉等都切成薄片，涮一下就能吃。另外還有很多素菜，木耳、香菇、小白菜、蘿蔔片、酸菜等等，光是配菜就多達二十餘種。

夫妻倆邊吃邊聊天，聊的是衛烜這次追擊敵人的事。

「……其實走得不遠，就在明水城附近幾個村子。怕有什麼漏網之魚，所以我帶著人多兜了幾圈。幸好當時在那裡多留了段時間，才能將那股折返回來的騎兵一舉殲滅。那些蠻子有時候最是狡猾，他們居無定所，會躲在暗地裡等巡邏的士兵離開再捲土重來。必得將他們全部解決了才行，若是漏了一個，無異於放虎歸山……」

他說得輕描淡寫，阿菀卻是聽得心驚肉跳。

用完膳，夫妻倆去暖房看那些養植在室內的花朵，邊散步邊商量著明年春天安置那些將被送返回鄉的傷兵殘兵的事。

「我讓錢校尉列出不願意返鄉者的名單，到了春天時就讓人將他們帶去莊子裡，妳意下如何？」衛烜詢問道。

「為什麼要等到春天？」阿菀忍不住問道：「那這個冬天他們要如何過？」

衛烜道：「他們是為大夏而戰，朝廷自不會虧待他們，只是吃住沒有其他將士好。」所以，不管有沒有條件，都要先緊著那些需要守城和上戰場的將士。

阿菀沉默了下，便道：「我已經讓謝管事在莊子裡蓋了一些屋子，不過因為人手有限，所以蓋的還不多。等天氣變暖，再加緊時間多蓋幾間。以後若是他們想在這裡定居，也可以讓他們把家人都遷過來。」

說著，阿菀若有所悟，突然覺得自己好像在搞北部大開發一樣，將南邊那些無地的百姓往北邊遷移，能緩解京城以南的人口和土地的壓力。或許，以後北邊的人口多起來，這一帶變得繁華，指不定真的會有百姓選擇在這裡定居，因為這地方容易購置土地。

只是，戰爭是個問題。

阿菀正胡思亂想，突然被人一把抱住，然後將她舉了起來。

她驚得低叫一聲，趕緊摟住對方的肩膀。

衛烜抬頭看著坐在自己臂彎裡的少女，對上她那雙溫潤的眼眸，忍不住吻了上去。

第二天，阿菀將青雅等幾個丫鬟都叫過來，一起研究口罩和手套，主要著重的是保暖和方便性。阿菀知道那位閒不住的世子爺是不可能乖乖待在城裡的，怕他每次出城都會凍傷手，她自然要做出保暖的手套來給他。

手套容易做，只是在裡面塞什麼東西保暖最好？為此，阿菀拿棉花、羊毛、鴨絨做了實驗，最後決定用羊毛和鴨絨填充手套。

當收到阿菀親自做的用鴨絨填充的皮手套時，衛烜又被阿菀感動到了。

這位世子爺表達感動的方式，依然是在床上努力折騰她。雖然他百般討好，可是阿菀覺得他分明是找藉口滿足他自己，她反而更累了。哼！她寧願不要他這麼感動！

阿菀猜的不錯，有一便有二，雖然天氣冷，但衛烜每隔幾日就會帶親衛出城巡邏，好幾次得知在草原騎兵潛進大夏村子時，第一個衝過去追擊劫殺，以致於這位世子爺在明水城百姓心目中的形象是十分高大的，完全不像京城的人將他當成混世魔王。

日子在這種小打小鬧中過去，很快便迎來了新年。

因為是在明水城，故而今年的除夕夜只有阿菀夫妻二人，這也是阿菀長這麼大以來，第一次遠離父母家人，思念之情不禁油然而生。

衛烜卻很高興只有兩個人，更不用像在京城那樣除夕要進宮與宴，面對一堆討厭的人卻又礙著文德帝在不能弄死弄殘，簡直是傷眼傷肝傷肺。以他的性格，他巴不得全世界只剩下他和阿菀兩個人。阿菀的生活裡只有他，眼裡只看得到他才好。

然而，發現阿菀情緒不高，衛烜又揪心起來，早早讓管家派人從渭城那裡買了各種煙花回來，打算在除夕夜燃放煙花讓阿菀開心。可惜阿菀看到漂亮的煙花，想起了莊子裡研究的那些東西還沒有什麼進展，又鬱悶起來。

明明她記得配方，卻湊不齊材料。

衛烜見她悶悶不樂，忍不住有些著急，還以為她因為遠離家人而不開懷，只得找了其他的事情和她磨嘰，以便轉移她的注意力。

好不容易守完歲，衛烜便拉著阿菀回房，熱情如火地將她壓到床上。

阿菀對他的舉動十分無語，覺得這位世子爺根本是飽暖思淫慾，於是開始擔心起來。這幾天正好是危險期，不知道最近這般頻繁地折騰會不會懷上。

不過，同房都那麼久了，肚子也沒消息，莫不是她也像公主娘是難受孕的體質？

衛烜埋在她溫暖的體內，吮吻著她汗濕的臉，聲音沙啞地說道：「等春天城外的草木發芽了，我帶妳去打獵。」

阿菀眨了眨眼睛，見他努力討好自己，忍不住雙手攀上他的肩膀……

當癸水如期而至時，阿菀的心情頗為複雜。

她覺得自己和衛烜還很年輕，但近來親朋好友的來信中，總會詢問他們有沒有什麼好消息，畢竟他們成親三年，該有孩子了，而且衛烜是瑞王世子，更加需要子嗣。

阿菀非常糾結，她早有心理準備，不認為自己可以不生，雖然也擔心兩人血緣太近會不會有什麼問題，可是看多了身邊表兄妹親上加親的例子，便覺得自己不會這麼倒楣。

除此之外，她擔心自己是不是像公主娘那樣不易受孕，畢竟兩人房事頻繁，她的肚子卻遲遲沒有動靜，讓她不得不多想。

糾結到最後，阿菀打算順其自然。有了孩子就生下來，沒有也不強求。

青雅端來了煮好的薑糖水，伺候阿菀喝下，目光裡不禁有著失望。

不僅她失望，其他幾個貼身丫鬟也同樣失望，不免跟京城裡的人一樣著急。

阿菀當作沒發現，她知道青雅她們的心思，卻不打算說什麼。

青雅她們有著這時代固有的想法，認為懷孕生子是理所當然的事，尤其衛烜身為瑞王世子，子嗣更是重要。她們擔心太后和瑞王妃等人會因為阿菀沒有生養而有意見，到時候疼愛衛烜的太后直接塞人過來怎麼辦？

ㄚ鬟們焦急不已，恨不得去找郁大夫或白太醫幫阿菀診脈，看看她需不需要調理。

郁大夫和白太醫跟著阿菀來明水城，每到有戰事時就會被衛烜徵用到軍營裡幫軍醫處理傷患，平時無戰事時則住在衛府特地安排的院子，方便他們定時給阿菀請平安脈。

這兩人當中，因為郁大夫被衛烜提溜進王府時，對外的說法是他擅長治不孕不育的症狀，所以ㄚ鬟們很喜歡往他那裡跑，詢問他一些關於婦人的小毛病。久而久之，郁大夫莫名成為了婦女之友，極受ㄚ鬟婆子們歡迎。

郁大夫見世子妃身邊伺候的大ㄚ鬟青萍偷偷摸摸來尋自己，隱晦地詢問世子妃的身子情況，初時還有些不解，直到青萍面紅耳赤地解釋完才終於明白。

郁大夫長得清俊，看起來二十多歲，態度溫和，讓人很容易產生好感。只是，也僅是如此，因為只要他埋頭製藥，就會變身為研究狂魔，誰也不敢來打擾他，免得他一把藥粉灑過來，將人毒得動彈不得。

比起不孕不育症，這位郁大夫更愛研究各種偏方。

不少人私下嘀咕過，這位郁大夫明明擅長治不孕不育症，怎地跑去研究一些亂七八糟的藥物，真是浪費天分。反而是阿菀知道後，懷疑郁大夫根本不是專治不孕不育症。

「青萍姑娘也懂些醫理，應該知道世子妃這幾年一直在調理身子，雖然身子骨看起來比平常的姑娘弱了些，卻已是無礙。」郁大夫親切地說道：「世子妃自從來明水城之後，能適應得好，也是這個原因。」

青萍聽完更鬱悶了，既然她家郡主的身子沒問題，怎麼肚子一直沒動靜？

她忍不住問為什麼世子妃遲遲沒有喜信，郁大夫沉默了下，慢吞吞地道：「青萍姑娘親自過來，那世子妃的意思是……希望能有好消息嗎？」

「這是自然了。」青萍理所當然地回答。

郁大夫點頭，表示他明白了。

青萍不禁糊塗，他到底明白了什麼？

等青萍回到正院，青雅和青環、青霜三人拉她到她們的屋子裡，詢問郁大夫怎麼說。

「郁大夫說他明白了。」青萍奇怪地道：「我也不知道他明白什麼，但他轉身就進了藥房，根本不理我了。我去他藥房外的窗子前瞧了下，發現他好像在配藥。」

「是為世子妃配藥嗎？」青環期待地問道。

「不知道。」青萍攤手。

青環和青霜都皺起了眉頭，覺得這郁大夫實在是難懂，還是白太醫好些。

「沒事，若是郁大夫要幫世子妃配藥，咱們貼身伺候著世子妃，總會經我們的手，屆時就知道了。」青雅安慰幾個姊妹。

誰知青雅她們幾人盯了一個月，都沒見郁大夫除了為阿菀請平安脈外還有旁的舉動，更別說開調理藥來給她吃，讓幾個丫鬟鬱悶極了。

阿菀不知道幾個丫鬟私底下的動作，進入三月，明水城的天氣終於回暖。雖然比不得京城明媚，春風仍是凜冽得緊，可是對她而言卻已能承受，衛烜便決定帶她出城打獵。

新年時衛烜對阿菀說過，春天要帶她去打獵，但擔心初春天氣太冷，便拖到了現在。

只是等到出城那日，狄族再次來犯，衛烜滿臉殺氣地被趙將軍派人叫去了軍營。

阿菀雖然感到遺憾，但也不是非和他去打獵不可。送走了衛烜，見外面有日頭，便讓丫鬟們將被褥衣物等拿出去晾曬，散散潮氣。

開春後的戰事比去年頻繁，犧牲的人數比去年還多。阿菀從衛烜那裡得知，去年草原幾個部落有些摩擦，草原最大的部落狄族的首領被弄得焦頭爛額，沒有心思對外征戰，所以戰事還算是溫和，而今戰事如此激烈，莫不是草原各部族的矛盾緩和，又想來侵犯大夏？

這些事情一時間沒法證實，阿菀除了坦然面對戰事外，每日要廚房多準備些吃食讓路平送去軍中。不僅送給衛烜吃，還給跟隨著衛烜的親衛。親衛們吃飽，才能保護好主子。

這次的戰事不僅慘烈，甚至打了半個月都沒見停，阿菀的心忍不住揪了起來。

不僅是阿菀，連直爽的朱夫人笑容也少了，沒有什麼心思四處串門。

幸好戰事到了後面，無論是狄族還是大夏，都出現了疲態。

三月下旬，戰爭終於暫時停歇。

衛烜從軍營回來了。

這一個月，衛烜總是來去匆匆，夫妻倆沒能好好說話。見衛烜回來，阿菀如同往常那般，撲過去檢查他身上是否有傷口，結果不意外地發現了幾處傷痕。雖然不嚴重，仍是讓她紅了眼眶，他身上濃濃的血腥味，更是讓她反胃。

阿菀忍不住吐了出來。

「阿菀！」衛烜嚇壞了，扶著她，一時手足無措。

阿菀乾嘔著，困難地道：「你……離我遠一點……嘔……」

衛烜心裡焦急，下意識要走開，很快反應過來，怕自己鬆手她會跌倒。幸好路雲和青雅等丫鬟反應快，過來攙扶阿菀，讓衛烜可以離她遠些。

只是，衛烜主動離她幾步遠，這才想起她竟然要他離她遠一點，不禁有些受傷。

阿菀是嫌棄他身上的味道重嗎？

以前她明明不會這樣。

阿菀吐了好一會兒才感覺好些，就著青雅端來的茶漱口，只覺得頭昏腦脹，身子也綿軟無力，胃裡翻騰著，只能在榻上坐著，整個人看起來蒼白而虛弱。

衛烜想走近她又怕她再吐，忍不住道：「阿菀，妳怎麼樣了？是不是吃壞肚子？」

阿菀沒應聲。

青萍忙上前幫阿菀把脈，手搭在阿菀的手腕上一會兒，眼神慢慢變得古怪，一時間面上出現猶豫之色，彷彿拿不定主意。

見青萍沒說話，眾人不知道怎麼回事，只能在一旁乾著急。

「郁大夫來了！」青霜的聲音在門口急急地響起。

郁大夫進來看到衛烜，向他拱手行禮。衛烜擺擺手，催他快去給世子妃看病。郁大夫施施然走過去，坐在丫鬟端來的錦杌上，等青雅在阿菀的手腕覆上綢布，這才開始診脈。

郁大夫把脈的時間很短，很快便收回了手，淡定地對衛烜道：「恭喜世子爺，世子妃這是喜脈，已經一個月有餘了。」

衛烜愣住。

阿菀卻是驚喜地道：「啊？喜脈……真的嗎？」

幾個丫鬟當下喜形於色，簡直比阿菀和衛烜這兩個初為父母的人還高興，青雅甚至迫不及待地問道：「郁大夫，剛才世子妃吐得厲害，會不會有什麼事？您再瞧瞧。」

「無礙，世子妃只是有些害喜的症狀，脈象十分平和，沒什麼大礙。」郁大夫慢條斯理地道：「是藥三分毒，世子妃最好不要吃藥，以食療為主。」

丫鬟們脆聲應是，忙又詢問郁大夫孕婦有什麼忌諱，青環已經伶俐地拿出紙筆打算記下來。青萍雖懂些醫理，奈何她年紀小，又是未出閣的姑娘家，關於孕婦的事情知道的不多，自也期盼地看著郁大夫。

幾個丫鬟圍著郁大夫東問西問，全都沒發現她們家世子爺的異樣。

阿菀卻是發現了，他見衛烜表情僵硬，心裡納悶起來。

郁大夫離開後，有小丫鬟進來收拾先前弄出的狼籍，又打開窗戶通氣，點熏香驅除屋子裡的異味，阿菀便移坐到隔壁的花廳。見路雲端溫水進來，她不由問道：「世子呢？」

青雅拿著一個大迎枕墊在她身後，笑道：「世子去淨房洗漱了。」她抿嘴一笑，「世子身上的血腥味濃，世子妃應該是被熏著了，才會難受地嘔吐。」

世子妃懷孕，丫鬟們都高興極了，並沒有多想。

阿菀沒有笑，反而皺起了眉頭。

「世子妃怎麼了？」青雅不解地問道。

阿菀笑了下，說道：「沒什麼，只是突然覺得有些不真實。」說著，她摸了摸平坦的腹部。除了吐得難受，現在沒那血腥味刺激自己，反而感覺不出自己懷孕了。

還有，衛烜的反應怎麼那般奇怪呢？

青環端著一盅什錦雞湯過來，裡面加了幾種菌菇熬煮，味道鮮美。聞到一陣撲鼻的香味，才剛把胃裡的東西吐完的阿菀，忽然覺得肚子餓。

丫鬟們伺候阿菀用湯時，青雅懊惱地道：「我原本以為是因為戰事吃緊，世子妃太過緊張，小日子才會推遲，沒想到……」

青環和青霜也忍不住點頭，她們也都沒往這方面想，一來是因為戰事頻繁，二來是因為阿菀和衛烜圓房至今一直沒有喜信，大夥兒習慣了，方沒第一時間想到阿菀會懷孕。
阿菀笑道：「沒事，我也沒察覺，還以為是壓力太大。」
阿菀和丫鬟們說笑的時候，衛烜終於洗漱出來。
他站在門口遲疑地看過來，彷彿在害怕什麼，裹足不前。
阿菀朝他展顏一笑，他蹙起的眉頭微鬆，邁步走過來，走到距離阿菀還有兩步時突然停了下來，轉頭對旁邊侍立著的幾個丫鬟冷聲道：「出去。」
青雅、青環等丫鬟見他不僅沒有因為世子妃懷孕而有喜悅之情，反而神色冷淡，忍不住擔憂地看向阿菀。得了阿菀的示意，只好朝衛烜福了福身子，安靜地退到門外。
阿菀見衛烜用一種複雜的古怪眼神盯著自己的肚子，忍不住說道：「你的頭髮還在滴水，過來我幫你擦擦。」
衛烜漫不經心地應了一聲，走過去坐到榻前的錦杌上，背對阿菀，讓阿菀用巾帕幫他吸乾髮上的水漬。她的動作不緊不慢，讓衛烜慢慢平靜下來。
擦完頭，衛烜伸手想抱阿菀，又想起剛才她嘔吐不止的模樣，頓時有些遲疑。
阿菀好似沒發現他的異狀，湊過去在他身上聞了聞，發現已經沒有血腥味，只剩下他身上特有的沉香，便主動偎過去。
「不錯，洗得很乾淨。」阿菀笑著說道，發現他身子僵硬，不禁捶了他的肩膀一下，嗔道：「你坐得這般僵直做什麼？我會咬你不成？」
衛烜看著她的笑顏，緊繃的心微微放鬆，聲音沙啞地道：「我寧願妳咬我幾口算了。」
「嗯？」
阿菀把頭靠到他的肩膀上，衛烜的身子驀然僵住。若是平時她這般主動，他只會欣喜若狂，可剛才她虛弱的模樣烙在他的腦海裡，讓他承受著極大的心理壓力。

她那麼脆弱，怎麼能夠承受十月懷胎和分娩時的痛苦呢？

她會不會像某些婦人那樣，跨不過生產那關，難產而死？

他閉上眼睛，身子緊繃得厲害。

偏偏阿菀像什麼都不知道一般，故意靠近他，在他耳邊輕言笑語。

「阿烜，我們有孩子了，你不高興嗎？」

「……還好。」他勉強答道。

「還好是什麼意思？」阿菀不依不饒地問道。

「妳高興就好。」他敷衍地道。

阿菀抿起嘴，說不出是什麼滋味。本應該和她一起高興的丈夫，竟然一點也不在意，彷彿她懷孕不是什麼好事，讓她心裡莫名生出一股怒氣。

不過，在不明情況時隨便撒氣是不明智的，她性子平和，從不主動與人爭吵，且衛烜是她的丈夫，她不想在不明情況之下，輕易判他罪，與他為難。

阿菀將怒氣壓下，拉著他的手按在自己的腹部上，故意用一種幸福的語氣說：「前陣子母妃和娘親她們在信裡還問我們什麼時候有好消息，怕我們年輕不知事，有了也不知道，身邊沒個長輩看著，容易出事。沒想到真的有了，也沒出什麼意外，她們可以放心了……」

阿菀邊說邊用眼角餘光瞄他，發現當自己說「這是我們的孩子，我希望他以後像你」時，他的身體越發緊繃，不禁若有所悟。等又說到「我一直盼著能和你有個孩子，因為這個孩子是咱們血脈的延續」時，他僵硬的身體終於軟和下來。

衛烜終於小心地將她摟進懷裡。

阿菀笑著抬頭親了親他的下巴，發現他動作仍有些遲疑，便主動地挪進他懷裡。

晚上歇息之前，衛烜如以往般去了書房。

阿菀坐在臨窗的炕上擺弄著絡子，隔著紗窗吹著夜風。

青霜掀簾子進來，走過去低聲道：「世子妃，世子去了郁大夫那兒。」

阿菀點頭，「明日妳有空也去郁大夫那邊走一趟……算了，我親自過去。」

不管衛烜瞞了她什麼，這都是他們夫妻之間的事，她不願意讓別人知道衛烜做了什麼，對他產生不好的想法。

青霜擔心地道：「謝嬤嬤說，婦人頭三個月要好生安胎，最好不要隨便亂走。」

阿菀笑道：「我只是在自個兒家裡走動，又不是出門，無礙的。」

青霜只得作罷。

素來從容的郁大夫有點綳不住了。

他知道自己不是個合格的醫者，甚至比起其他大夫來，他更喜歡研究一些稀奇古怪的藥物，也不想像別的大夫那樣安安分分地坐堂出診，甚至不願意接受家族的安排，進京參加太醫院的考核選拔，硬是走上一條離經叛道的路。

只是後來不得不為五斗米折腰，他研究所需要的經費沒著落，連三餐都成了問題。

幸好這時瑞王府的人出現了，將他祕密帶進京。雖然後來發現瑞王選中自己的原因著實可笑，瑞王世子決定聘請他的理由更可笑，但想到王府提供的好處，郁大夫硬是違背心意，保證自己專門研究不孕不育症。

事後那位世子爺的行事也讓郁大夫覺得自己賭對了，至此安心地在瑞王府待了下來，王府不僅提供研究費用及各種藥材，還包吃包住，果然是背靠大樹好乘涼，連家中的人知道他進了瑞王府，也不敢再逼著他去考太醫院了。

郁大夫沒想到的是，那位很少搭理他的世子爺會突然氣勢洶洶地跑過來，喝問他道：「你幾時換藥的？」

郁大夫面對宛如修羅的世子爺，心裡直冒寒氣。從他開口說的話，郁大夫便知道自己先前誤會青萍的意思了。

不過這也不能怪他，青萍是世子妃身邊的大丫鬟，代表的自然是世子妃本人，郁大夫只是聽令行事罷了。他覺得夫妻本是一體，衛烜這種避孕的行為才奇怪，所以才會在配給衛烜的避孕藥中換了解藥，在路平如常來取藥時，已經是另一種藥了。

郁大夫見衛烜神色不對，為了自己的小命著想，當下便道：「這是世子妃的意思。」

「世子妃？」衛烜狐疑，「幾時的事情？」

「過了元宵節那會兒。」郁大夫解釋道：「當時世子妃遣了青萍姑娘過來尋在下。」

衛烜愣了好一會兒才想起青萍是誰，阿菀身邊的那幾個丫鬟，對他而言只是伺候阿菀的下人罷了，他根本一點也沒注意。

等送走了這位世子爺，郁大夫鬆了一口氣，突然發現想要安安分分做自己喜歡的事，有時候也是件難事，畢竟上頭還壓著兩座大山要隨時聽令。幸好，雖然這位世子爺很恐怖，但是心裡還有所顧忌。

經過這件事，郁大夫終於確定了阿菀對衛烜的牽制，心情放鬆了幾分，知道以後有什麼事情，直接去尋阿菀便行了。

懷抱著這種愉悅的心情，郁大夫開心地讓藥僮點了燈去藥房繼續配藥試藥。

只是，郁大夫高興得太早了。

研究了一整晚，天微微亮時，他頂著兩個黑眼圈回房歇息。才剛躺下，便被藥童給叫醒，因為世子妃過來了。

郁大夫打了個激靈，瞬間清醒。

能夠讓衛烜心甘情願收斂脾氣對待的女子，絕對不是普通人。

郁大夫不敢怠慢，趕緊起身，大步走出去。

阿菀正坐在廳堂裡，悠閒地喝著茶。

郁大夫上前恭敬地行禮，「見過世子妃。」

「郁大夫不必客氣，請坐。」阿菀放下茶盞，轉頭朝青雅看了一眼。

青雅退到門外，郁大夫心裡有幾分驚異。

「郁大夫，我今兒過來，是有件事情想問你。」阿菀溫和地道。

郁大夫心思微動，不動聲色地道：「世子妃請說，若是在下知道的定不瞞您。」

阿菀垂下眼簾，盯著手腕上的點翠玉鐲，「只是幾個無關緊要的問題罷了。」

過了片刻，阿菀才神色微妙地扶著青雅的手，離開郁大夫的住處。

回到自己的院子，阿菀突然開口道：「青雅，妳將青環、青霜、青萍都叫過來，咱們好久沒有說話了，今兒一起聊聊。」

青雅不知阿菀是什麼意思，心裡有些不安，沏了一杯果茶給她後，便去叫人。

待在門外的謝嬤嬤，不只一次探頭往屋裡張望，可惜簾子擋著看不清裡面的情況，旁邊又有小丫頭看著，她也不能貼到牆邊去聽裡面的動靜，免得教這些小丫頭瞧去了。

正好這時，路雲端著托盤過來，謝嬤嬤忙笑著迎上去。

「路雲姑娘是送點心來給世子妃嗎？送的是什麼？」

謝嬤嬤是世子妃的奶嬤嬤，雖然性子有些軟弱，卻是一心一意伺候世子妃，丫鬟們對她十分尊重，而這種尊重自是建立在世子妃對自己的奶嬤嬤的看重上。

路雲點頭，說道：「剛才世子妃說想吃紅棗蛋奶羹，我讓廚娘做了一些。廚房還留了兩碗，嬤嬤若是餓了便去吃吧。」

謝嬤嬤勉強笑了下，說道：「謝謝路雲姑娘惦記著我這老婆子，我現在並不餓。」

她哪裡吃得下？也不知道阿菀突然將幾個丫頭叫進去做什麼。她怕那幾個丫頭被阿菀寵壞，做了什麼事情惹阿菀生氣。現在阿菀的身子可不一般，若是氣出個好歹怎麼辦。

謝嬤嬤一直覺得自己照顧大的姑娘沒什麼脾氣，她不似其他貴族小姐喜歡擺架子，不免會縱容身邊伺候的丫鬟，甚至不將她們當下人一樣呼來喝去，但她不認為阿菀做得不好，阿菀的好方才讓幾個丫鬟對她忠心耿耿，她覺得可能是那幾個丫鬟認不清自己的本分。

做為阿菀的奶嬤嬤，謝嬤嬤覺得自己有必要約束一下那幾個丫鬟，得在關鍵時候給她們提個醒。誰知她還沒來得及提醒，幾個丫鬟似乎就犯錯了。

這不，今日阿菀去了郁大夫那兒，回來後就臉色不對。

路雲隔著門簾往裡頭叫道：「世子妃，奴婢將紅棗蛋奶羹端來了。」

屋裡很安靜，過了一會兒才見青環掀簾子出來，請她進去。

路雲敏銳地發現青環眼眶微紅，進去後同樣看到另外幾個青表情不太好，像是被訓斥了一樣，情緒懨懨的。路雲看在眼裡，故作不知，逕自將紅棗羹放到雕花紅漆小几上。

四個青是阿菀的陪嫁丫鬟，她們代表的是阿菀的臉面，縱使她們做錯事，阿菀可以在私底下訓斥她們或者責罰她們，卻不會在人前給她們沒臉。給她們沒臉，就是給阿菀沒臉，這便是為何一個家族中老祖宗身邊的大丫鬟連老爺和少爺們都得敬個幾分的原因。

路雲是個通透的，明白阿菀剛才是故意將自己支開。

阿菀接過路雲遞來的勺子，對那四個站在一旁的丫鬟道：「行了，這裡不需要妳們伺候，妳們先下去吧。」

四個丫鬟看向阿菀，聽到她恢復了溫和的語氣，眼眶一紅，差點又想要掉眼淚。不過仍是忍住了，朝阿菀福了福身子，便悄聲退了出去。

剛退出去，便見到謝嬤嬤站在那裡朝她們招手。

四個丫鬟忙走過去，謝嬤嬤嘆了一口氣，對她們道：「妳們幾個跟我來。」

四人對謝嬤嬤素來敬重，當下應了一聲是，隨著謝嬤嬤而去。

阿菀一邊吃著絲滑香甜的紅棗蛋奶羹，一邊想事情。

她沒想到自己能懷孕，竟是自己的丫鬟陰錯陽差之下促成的。若沒有幾個丫鬟亂操心，自作主張跑去詢問郁大夫，她也不會知道原來衛烜從圓房開始便一直吃藥，而郁大夫以為她是知情的，所以青萍的話讓他誤會了，然後停了衛烜的藥，她才會意外懷孕。

她知道自己的身子這些年調理得不錯，已經很少生病，只是未想到會這麼湊巧能懷上。如果沒有這些巧合，她恐怕一輩子都不可能有孩子。

她不知道衛烜到底是什麼意思，但她不能讓旁人指責衛烜，也不好讓人知道衛烜做的事，所以才會嚴斥這幾個丫鬟，讓她們記住教訓，以後莫要再犯。

這個孩子是陰錯陽差得來的，可既然懷上了，阿菀當然打算將他生下來。

這麼一想，她心裡輕鬆起來，決定等今晚衛烜回來，與他開誠布公地談一談，可不能讓他帶著什麼偏執的心理來看待她肚子裡的孩子。

想到這裡，阿菀忍不住伸手覆到平坦的肚子上。

「世子妃，您怎麼了？」路雲有些擔憂地問。世子妃現在的身子不一樣了，路平昨晚就交代了她，要時刻盯著，不能讓她發生什麼意外。

阿菀笑了笑，說道：「沒什麼，不必緊張。我只是覺得肚子很平，沒什麼感覺。常見別的婦人懷孕時會有害喜的症狀，可妳瞧我能吃能睡，實在是沒什麼特別的感覺。」

路雲臉上也浮現些許笑意，將案几上的碗收好，說道：「這樣才好，證明小主子知曉您辛苦，所以乖乖的不折騰人。」在她心裡，世子妃比不得其他女子健康，若是這個孩子不折騰人，能平平安安落地，那才是最好的。

聽到路雲的話，阿菀但笑不語。才一個多月，只是一團小肉芽，怎麼可能知道體諒人？不過這時代的人就愛說一些安慰的話，阿菀出不去反駁她。

今兒去郁大夫那裡，阿菀又讓他順便給自己診脈，知道自己脈象平穩，只要這幾個月好好調養身子，保證飲食均衡健康，應該能順利生產，心情也就舒心了幾分。

「路雲，幫我磨墨，我要給京城那邊寫信。」阿菀吩咐道。昨天兵荒馬亂的，後來又全部心神都在關注衛烜的異樣了，還沒有時間寫信給父母告訴他們這件事情。

寫完信，阿菀感覺有些疲憊，便對路雲道：「我去床上躺一會兒。」

路雲忙伺候她脫下外衣，扶著她上床，然後將帷幔放下，免得刺眼不好睡。

阿菀昨晚被衛烜的異樣折騰了半宿，今兒一早又去尋郁大夫，沒有休息好，這會兒便躺在床上，打了個哈欠，不一會兒便睡著了。

衛烜回來的時候，見路雲坐在通往內室的槅扇前，不禁奇怪地問道：「世子妃呢？」

「在裡面歇息。」路雲邊說著，邊為他打簾子。

衛烜聽到後，腳步不由放得更輕，忍不住又問道：「這種時候……怎麼歇息了？是不是她身子不好？」最後一句話，聲音已經帶了些許顫抖。

路雲心中微動，趕緊道：「不是，世子妃只是倦了，白太醫說孕婦比較容易嗜睡。」

衛烜放下心來，繼續問：「她今日幾時起的？做了什麼事？」

「和平時一樣，辰時左右。」路雲看了他一眼，想起阿菀叮囑她的話，到嘴的話變成了：「吃了些東西，給京城寫了幾封信，便沒有做什麼了。」

衛烜問得很仔細，連阿菀吃了什麼都問得一清二楚，這才踏進內室。

來到床前，他看著碧紗帳一會兒，方輕輕掀開帷幔，愣愣地凝視著床上將臉半埋在被子裡的人，她只剩下一頭又長又細密的頭髮鋪在石青色錦緞面的枕頭上。

衛烜伸手輕撫她的長髮，手移到她露在外面的半張臉上，遲疑半晌，終究沒有落下。

阿菀這一睡，直到過了午時才醒。

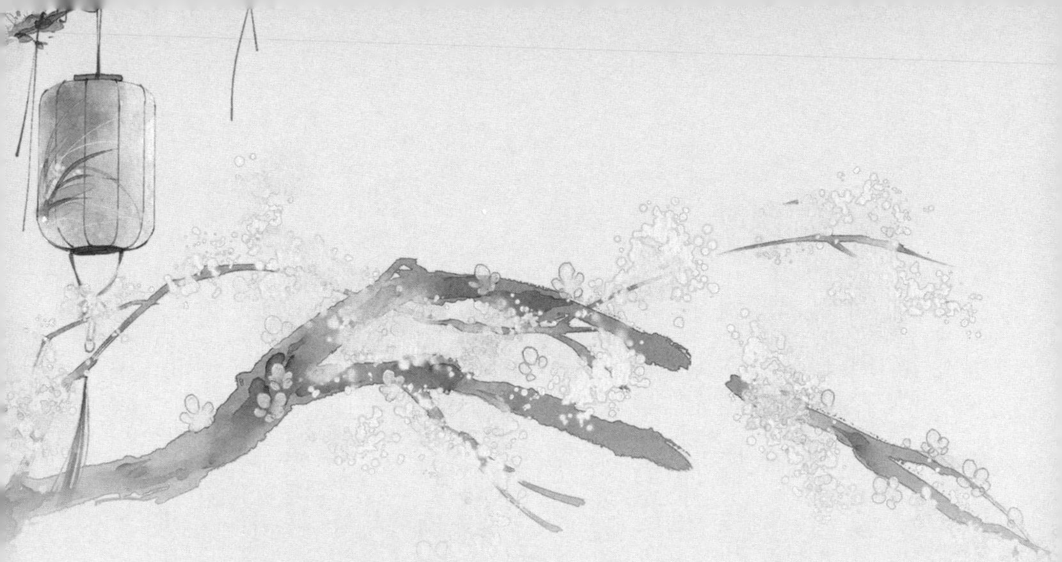

貳之章　愛妻狂魔

阿菀是餓醒的。

睜開眼睛，便見到坐在床邊的男人正用一雙平靜的眼睛盯著她。

阿菀揉著眼睛坐起身，朝他靠過去。還未靠近，他的手已經伸過來，謹慎地扶住她的腰肢，讓她依偎到自己的懷裡。

他的動作不自覺帶著一種小心翼翼。

阿菀忍不住想笑，又想咬他幾口洩憤，不過見他行動間流露出幾分恐懼，便不忍心咬他了，只得在心裡嘆氣，對他道：「我餓了，想吃羊肉羹和牛肉餅。」

「我叫廚房做。」衛烜說完，朝外頭吩咐路雲去廚房傳膳。

雖然錯過了午飯時間，但廚房還是很快將午膳送上來。

阿菀被衛烜直接抱了起來，彷彿她得了什麼重病一樣，他親自抱著她到室內臨窗的炕上坐著，拿了個迎枕墊在她身後。

阿菀將披散的頭髮攏起，覺得很不好意思，自己不僅沒有洗漱更衣，頭髮也沒梳，就像穿睡衣跑到餐廳吃飯似的，十分失禮。可是某位世子爺表現得理所當然，讓她無話可說。

午膳有烤得外焦裡脆的牛肉大餅，配著鮮嫩的羊肉羹，阿菀竟然直接吃掉了一張牛肉大餅和一碗羊肉羹，比平時的食量多了三分之一，看得衛烜滿是訝然。

平時他總想讓阿菀多吃點，可現在見阿菀吃得多了，又有些難受。

阿菀吃得香，根本沒理會這位世子爺敏感的少男心。吃飽喝足後，她起身去漱口更衣，接著到院子裡去溜達，觀賞那些養在花房裡的盆栽。若是不看環境，光看這些被養在花房裡的盆栽，會讓阿菀有種還生活在京城裡的錯覺。

明水城也只有衛烜有這財力能養這麼一個花房，阿菀不知道他哪來那麼多錢，但她知道衛烜的財產中除了他母妃的陪嫁及宮裡的各種賞賜外，還有一筆私帳，銀錢頗為可觀。

衛烜跟在她身後，用一種擔憂的目光盯著她。

阿菀逛得差不多了，方晃回正院，回房看書。

衛烜像隻跟屁蟲般跟著她，眉頭深鎖，見她四處閒逛，整顆心都提了起來。好不容易她終於回房，見她倚著窗看書，心懸得更高了。

「妳要不要去歇息？」衛烜建議道：「看書傷神，還是別看了。」

阿菀翻著書，頭也不抬地道：「你怎麼不說我吃飯傷神，要我別吃了？」

「……吃飯怎麼會傷神？」被噎得不行的世子爺差點暴走。

阿菀突然抬頭朝他一笑，笑容燦爛，看得衛烜愣愣的，就見阿菀拍拍身邊的位置，對他道：「不看書也成，你過來坐咱們聊聊天……你不會覺得聊天也傷神吧？」

衛烜被她噎得不行，可是看她這般活潑，心裡慢慢變得安穩起來。

衛烜將她手裡的書抽走了，坐到她身邊，很自然地把她抱到懷裡，讓她坐在自己的大腿上，他高大的身軀完全將她籠罩在自己的身影中，彷彿這樣能保護她免於所有的傷害。

阿菀對他的某些習慣從開始的無語到現在的自然，他認為這樣比較有安全感便由著他。

「今天郁大夫過來給我請脈，我恰好問了他一些事。」阿菀突然說道。

衛烜的身體頓時僵硬。

阿菀彷彿沒有察覺，繼續道：「我覺得，爹娘和父王母妃都盼著咱們有好消息，所以能懷上也是好事。」她儘量將這事情說得輕描淡寫，兩個人當中已經有一個怕得疑神疑鬼了，另一個就得充滿信心，安撫對方的慌亂。

衛烜畢竟只是個十八歲的少年，沒有心理準備，不太能接受自己將要當爹，也是很正常的事。她心理年齡比他大，就由她來安撫他好了。

這麼認為的阿菀，自然是打算用輕鬆的語氣來陳述這件事，卻不知道衛烜的恐懼來自於上輩子他們兩人的生離死別，這逼得他不能忍受她有任何離開他的可能，而這樣的執著已經變成了一種病態的瘋狂。

等衛烜的身體慢慢放鬆下來，阿菀抬頭親了親他的嘴角，笑道：「我記得你以前好像和我說過，等二弟以後娶了媳婦，就在他的孩子中過繼一個。前年過年那會兒，你還特地交代他，以後要娶個聰明伶俐的媳婦兒，將來生個聰明的孩子，就是想過繼那個孩子，是吧？」

想到那時候自己被他的話弄得莫名其妙，阿菀就忍不住想笑。小時候衛烜說這種話時她沒放在心上，以為只是小孩子一時的想法。長大後衛烜再提，她仍是沒放在心上，以為不過是逗著衛焯玩的，誰知他竟是認真的。

他不想讓她懷孕，不想讓她經歷生產的痛苦，怕她孱弱的身子熬不住，所以在圓房時便吃了郁大夫配的避孕藥。若不是青萍誤打誤撞，郁大夫以為是她的意思，給他配了解藥，她恐怕這一輩子都不知情，而會以為自己的身子太差，無法懷上孩子。

衛烜抿著嘴，陰沉的臉上浮現出了幾許倔強的神色，就像小時候每次被她拒絕親近時不經意流露的一種倔強，無論她如何拒絕，他就是認定了，死也不放開。

阿菀以前覺得他很煩，現在換了另一種心境，卻有些難受。

「是不是這樣？說嘛……」她的聲音嬌滴滴的，想激起他的反應。

衛烜的表情更陰鬱了，在她的催促中，久久方應了一聲。

結果，阿菀凶狠地在衛烜的嘴角咬了一口，疼得他叫出聲，伸手一摸，發現居然流血了，不由震驚地看著她。

阿菀第一次對他這麼凶！

阿菀拿帕子幫他拭去嘴邊的鮮血，溫溫和和地問道：「疼不疼？」

衛烜呆滯地看著她，顯然還在錯愕中，聞言下意識地點頭。

「疼就好。」阿菀將帕子收起來，拍拍他的肩膀，說道：「好啦，咱們繼續來聊天。」

衛烜：「……」原來剛才那樣不叫聊天啊！

見他露出一副不情願的樣子，阿菀一口氣噎在胸口，又生出想狠狠咬他的衝動。

勉強將那股憋悶感壓下，阿菀語氣平靜地道：「以前的事情我就不計較了，只是希望你以後有什麼事，特別是和我有關的，不要瞞我。」

夫妻間雖說要坦誠相見，可她也知道有些事是無法說出來的，她也有祕密無法對他言說，所以也沒有想要他什麼事都跟自己說，只希望關於自己的事，他不要瞞著她，甚至於要讓她知道，兩個人一起做決定。

衛烜聽說她不計較自己吃藥的事時，鬆了一口氣，只是那口氣隨著阿菀後面的話，又堵在了喉嚨裡。他暗自琢磨著，有什麼和她有關的事不能瞞她呢？除了這事，他好像沒有瞞她什麼事了？不過，這件事他從來不認為自己做錯了，他並不在意有沒有孩子，世人的看法他也可以忽略，父母家人都曉得他的脾氣，只要他不開口，沒人敢拿這事說阿菀的不是。

然而，他竟不知道阿菀想要孩子。

衛烜感到很沮喪。

兩輩子，他的生母、繼母以及很多婦人都是難產，阿菀身子嬌弱，怎麼能夠承受得住這種痛苦？若是她也……

正在想不好的事，又聽到阿菀說：「既然懷上了，我們就開開心心迎接孩子的到來，像我們的父母那樣，不是挺好的嗎？你說是不是？」

「不！」衛烜脫口而出，對上她驚訝的表情，不由艱難地道：「我母妃當年就是生下後我才會……還有繼母生衛焯時……」他木然地說著，神色再次變得堅定，「妳別怕，我讓白太醫開副藥打掉他。」

這是他昨晚輾轉反側半宿想到的辦法。

趁著才一個月打掉孩子，就不會傷到阿菀了。

阿菀：「……」

「明天就打掉他！」衛烜堅決地說：「阿菀，咱們不要孩子好不好？若是妳喜歡養孩子，以後從衛焯那裡過繼一個就好了。」

「滾！」

阿菀暴怒，握緊拳頭揍了上去，卻被衛烜輕易地抓住手，她乾脆撲過去咬人。

衛烜沉默地抱住她，任她把自己的脖子咬得鮮血淋漓。比起不知道什麼模樣的孩子，阿菀才是最重要的。只要不生孩子，阿菀就不會像母妃一樣，早早地離他而去。

血腥味在嘴裡泛開，阿菀回過神時，才發現自己做了什麼事。還來不及說什麼，就因為聞到血腥味，胃裡猛然翻騰，然後哇一聲，先前吃的東西全吐到了衛烜身上。

「阿菀！」衛烜驚恐萬分，顧不得身上的穢物，忙叫外頭的路雲進來。

「嘔……你滾……」阿菀邊吐邊吼道。她的雙眼濕漉漉的，也不知道是因為吐得難受，還是都這種時候了，他還那般狠心傷她的心。

衛烜快速地將被弄髒的外袍脫下，陰著臉扶著她虛軟的身子，被她一巴掌拍開時，還要擔心她拍疼自己的手，忙反手握住她柔軟的小手。

阿菀把胃裡的東西吐得一乾二淨，整個屋裡瀰漫著酸臭味，再看旁邊那個怎麼也不肯改口的男人，她的眼睛酸酸的，差點掉下眼淚來。見路雲幾個丫鬟進來，她緊緊咬著嘴唇。

路雲被叫進來時就知道情況不對了，她敏感地發現世子和世子妃兩人之間異樣的氣氛，因不知道發生什麼事，即使急得不行，也不好說什麼。其他被叫進來收拾的小丫頭，也全都嚇得不敢抬頭看。

衛烜不顧阿菀的抗拒，堅定地將她抱回內室，讓路雲去打水過來給她清洗。

這一番折騰下來，阿菀的身體綿軟無力，喉嚨也澀澀的。被衛烜放到床上後，她突然背過身子，埋進被褥裡，不想看到他。

「阿菀……」衛烜坐在床邊，把她攬過去，結果發現她臉上的淚痕，眸色不由變深。

阿菀忍不住哭出來，臉埋到他胸膛上，聲音嗚嗚咽咽的。

衛烜第一次見到她哭得如此傷心，讓他一時間慌亂不已。

只是慌亂過後，回想起繼母生衛焯時難產的情景，動搖的心再次堅定起來。

「我們生下他好不好……如果你擔心，就只生一個……」阿菀邊哭邊說：「我會很努力把身子養好，會平平安安生下他，不會出什麼事的……」

「不好！」衛烜依然堅持，「我問過白太醫了，他說妳的身子羸弱，恐怕承受不住十月懷胎的辛苦。」

「太醫的話你也信？只有一分危險，他們也會說個八分。」

「阿菀……」

「好不好？」

「……」

「衛烜！」

發現他又開始沉默，阿菀再次怒火高漲，只是這回她沒有再像先前那般失控地打他咬他，而是推開他，窩回被子裡背對他。

然後又被他挖了出來。

「你夠了！」阿菀氣得說話都不利索了，「我現在不想看到你，你到底要怎麼樣？」

衛烜擁住她，摸著她有些蒼白的臉，聲音沙啞地道：「妳剛才吐得那麼厲害，肚子定然餓了，先吃些東西再睡。」

「我不想睡！」

「那就吃些東西。」

「我也不想吃！」

「只吃一點。」

「我一點也不想吃！」

衛烜沉默了一會兒，將她抱起來，放到臨窗的炕上，接著吩咐外頭守著的丫鬟去廚房弄碗肉糜百合粥過來。

路雲端著一盆清水進來，抬起頭飛快睃了下，看到世子妃蜷縮著身子坐在炕上，微微側頭閉眼，臉上殘留淚水，證明她先前哭過。

等她走近時，又敏銳地發現坐在炕邊的衛烜，嘴角和脖子上有傷。嘴角的傷還好，只是破皮，顯得有些曖昧，可是脖子上那傷口看起來觸目驚心，牙印非常顯眼。

她心中駭然，不敢再看。普天之下，敢咬他的人可想而知。

路雲從未想過世子和世子妃會吵架，甚至打架。世子總是很遷就世子妃，兩人一直以來都親親密密的，原來他們也有吵架的時候嗎？

世子妃有了身孕，世子不是應該高興嗎？怎麼會吵起來了？

「出去！」衛烜頭也不回地道。

路雲將水放到一旁的小几上，恭敬地退了出去。

衛烜親自擰了一條帕子要幫阿菀擦臉，阿菀偏頭避開。只是她避也沒用，他爬到炕上，把她抱住，用不會傷害她的力道將她禁錮在懷裡，仔細地幫她擦臉。

阿菀不敢掙扎得太厲害，怕傷到肚子裡的孩子，只得由著他行事。

擦完臉，衛烜又去取了衣服幫她換下弄髒的衣服。阿菀瞪他一眼，想推他，但是力氣不夠，只能氣悶地被他強勢壓著換衣服，接著除去頭上的髮釵，讓她一頭長髮披散而下。

隨後，衛烜就著那盆清水，隨便清理脖子上的傷口。

阿菀忍不住看過去，見兩排牙印明晃晃地裸露在他的脖子上，血已經乾了，襯得白皙的皮膚看起來甚是猙獰，不禁心疼得厲害。幸好當時她雖然氣極敗壞，卻沒有真的發狠去咬，若是咬到頸動脈就慘了。

只是，見他發現她的舉動，欣喜地看過來時，阿菀趕緊別開頭，當作沒看到。

衛烜有些失望，但也知道阿菀心軟，認為她遲早會接受他的意見，明白他的苦心。

路雲端了肉糜百合粥進來，衛烜接過，試了試溫度，便用銀調羹餵阿菀。

阿菀轉頭，拒絕他餵食。

「阿菀，妳先吃點東西。」衛烜皺著眉道：「難道妳想餓著肚子裡的那個東西？」雖然不喜，但衛烜知道阿菀失控的原因在於肚子裡的孩子，所以只得拿他來說事。

「呸！什麼那個東西，那是你的孩子！」阿菀怒道。

衛烜哦了一聲，沒有接話，將調羹放到她嘴邊。

阿菀瞥了他一眼，伸手接過，「我自己吃。」

只要她肯吃東西，衛烜不在意是不是自己餵的，便坐到一旁，盯著她喝粥。等她吃完，又拿帕子幫她擦嘴。見她沒有拒絕，心裡歡喜。

喝完粥，阿菀已經平靜下來，覺得既然跟這個人說不通，那就別怪她走非常路線。

阿菀琢磨著事情，瞥見衛烜坐在旁邊盯著她，忍不住問道：「你不忙嗎？」

「不忙，剛歇戰，不會這麼快就有戰事，而且軍中有趙將軍在，不必我守在那裡。」

「那你隨便找點事情去忙吧。」阿菀一副趕人的模樣，「我想叫朱夫人、趙夫人她們過來說說話。」說著，揚聲叫了路雲進來，吩咐道：「妳去下帖子給朱夫人、趙夫人她們，就說我請她們過來賞花。」

路雲下意識看了衛烜一眼，見他皺著眉頭不反對，應了聲是便下去了。

阿菀又叫來一個小丫鬟，讓她去叫青雅她們幾個過來伺候，然後下了炕。

衛烜趕緊起身扶她，卻被她推開，「我又不是自己沒辦法走路，不用你扶。」

「妳剛才吐得那麼厲害，現在應該好好歇息。」衛烜抿著嘴道：「若是想要和朱夫人她們說話，改天也可以，不如先上床躺一會兒。」

「躺什麼？」阿菀繃著臉看他，「反正你都說要打掉他了，到時候我也要遭一次罪，不如趁現在能走動時多活動一下。」

衛烜的臉色變得鐵青，呼吸開始粗重起來，「妳胡說什麼？妳會好好的！」

阿菀看到他的手握拳，青筋畢露，心中滿意了些，接著故意用若無其事的語氣道：「你恐怕不知道懷孕的婦人打胎時要經歷什麼，聽說打胎極傷身子，比生孩子還傷身，輕則不過是流點血在床上躺一個月當坐月子一樣，重則流血不止，甚至有可能血崩，後半輩子只能在床上躺著過了……」

衛烜聽得傻住。

阿菀看他像沒了魂的模樣，決定把最後一根壓垮駱駝的稻草放上去，「你也知道我的身體情況，若是真的要打胎，還不知道會不會有什麼後果。聽說有些婦人打胎比生產還要傷身子，就不知道我……」

「別說了！」衛烜彷彿受到了極大的刺激，額頭的青筋突突跳著。

阿菀瞥了他一眼，「不說就不說，如果你不信，可以去問問白太醫和郁大夫。若是你覺得他們會騙你，還可以去問問明水城裡的大夫和那些軍醫。」

衛烜臉色陰沉不定，彷彿在做一個艱難的決定。

片刻後，衛烜腳步匆匆地離開。

阿菀看著他的背影，露出淺笑，但是很快收斂，望著門口的方向出神。

這時，路雲拿著寫好的帖子過來，詢問她請朱夫人她們過府賞花，要將宴席設在何處。

「不用請了。」阿菀慵懶地道：「天色晚了，今天便作罷。」

她先前當著衛烜的面說要請朱夫人等人來說話，不過是想找藉口支開他，現在衛烜如她所願地離去，自不用真的請人來。

路雲忍不住看了阿菀一眼，見她疲倦，也不知道是懷孕之故，還是先前和衛烜爭執有關，心裡頗為擔憂。擔心兩個主子不和，懷著身孕的世子妃受到刺激，萬一出了什麼事怎麼辦？身為丫鬟，自是希望主子能平平安安誕下孩子。

偏偏此時能和她說得上話的路平，一個月前被衛烜派出去辦事，不知何時才能回來。路平向來能在世子面前說上話，有他勸解著也好。

幸好，青雅和青環過來了。

青雅幾個丫鬟今兒被阿菀訓斥一番，又有謝嬤嬤後來的教誨，這會兒終於明白她們僭越了，因為主子的縱容而輕狂起來，各人甚是自責後悔。明白自己做錯了事，有心悔改，姿態不由收斂幾分，待阿菀之事更加細心，恭敬無比。

見這幾個阿菀用得慣的丫鬟陪在她身邊，路雲鬆了口氣，開始關注起衛烜的去處。

衛烜先是去了白太醫那兒，然後去郁大夫那兒，兩個地方皆沒待足一炷香的時間就走了，接著便出了門，不知去向。路雲聽回來稟報的小丫頭說，衛烜離開白太醫和郁大夫的院子時，臉色相當難看。

到底發生什麼事情了？

路雲百思不得其解，今兒的事，恐怕除了世子夫妻二人，無人能知道真相。主子們不說，下人也不好去查探什麼，只能乾著急。

正想著，阿菀將她叫了過去。

「世子去了何處？」阿菀端著紅棗茶一邊喝，一邊問道。

路雲不知她的意思，心裡正擔心夫妻倆先前疑似吵架，這會兒聽她關心世子的去處，忙如實說道：「世子先去了白太醫那兒，接著又去了郁大夫的院子，然後就出府了。」

阿菀點點頭，便讓她下去了。

將屋裡的丫鬟都遣去外面候著，阿菀倚著迎枕，雙手覆到平坦的腹部上，原本煩亂的心情慢慢變得平和。

她知道衛烜重視她，寧可不要孩子也要保住她，說不感動是騙人的，可是她兩輩子都在父母的寵愛中長大，特別是這輩子的父母對她極是疼愛，她希望自己若是將來為人母，也要像他們一樣愛護自己的孩子，所以知道自己懷孕的時候，她如何捨得放棄？

衛烜要她拿掉孩子，她也才會那麼激動。

現在想想，不免有些後悔。當時氣昏了頭，竟然咬傷了他，也不知他有多難受。此時靜下心來，便盼著他趕快回來，好看看他的傷口。

接近傍晚，天色漸漸暗了下來。

三月末的明水城，天氣依然帶著春日特有的寒意，阿菀晚上需要蓋棉被捂湯婆子才行。不像京城，三月末時已經可以換上輕薄的春衫了。

雖然盼著衛烜回來，可是到了飯點，阿菀仍是讓人先傳膳自己吃了。她現在是雙身子，得好好保重身子，尤其是在吃食上不能太隨便。

特別是今日衛烜的反應讓她明白，唯有保重好自己的身體，平安生下孩子，他才不會再如此惶恐不安。

直到打過了一更鼓，衛烜方才回來。

阿菀坐在燈下看書，見他回來，不由掩卷抬頭，安靜地望過去。

衛烜站在門口看著她，半邊臉隱在陰影裡，眸光陰沉不定，整個人披著春夜裡的寒氣闖進來，挾著寒風，襯得那高大的身影有些詭譎。

「你回來啦！」阿菀笑笑，「用晚膳了嗎？」

衛烜凝視著她，見她坐於燈下，神情安然，恢復成了他熟悉的那個人，彷彿白天那個因為他堅持要打胎而崩潰大哭的人是他的幻覺。可是當看到她單薄的身子在燈光下顯得越發瘦弱時，又忍不住鼻酸，心中再次被莫名的惶惑侵占。

「沒有。」衛烜悶悶地說。

「你先去洗漱，我讓廚房做些吃食。」阿菀柔聲說道。「我不太餓，做些易克化的就好。妳吃了嗎？」

「吃過了。」

衛烜進了淨房沐浴，阿菀叫下人傳膳，夫妻倆如往常一樣，彷彿什麼事也沒發生。

路雲往內室偷看了一眼，心頭稍安，見青雅和青環忙來忙去，便也去幫忙。

如同青雅等人代表的是阿菀的臉面，路雲代表的是衛烜的臉面，她自也不太想讓青雅等丫鬟知道白天時發生的事情。若是被人知道衛烜被阿菀傷著了，於他的形象有礙，便偷偷準備好了藥，放到內室案几上纏紗的編織籃子裡。

洗去一身灰塵，簡單用過晚膳，夫妻倆便回房就寢。

上床前，阿菀先是查看了衛烜脖子上的牙印，想來是經過了幾個時辰，傷勢好多了，沒有想像中的嚴重，她終於鬆了一口氣。雖然當時氣極，到底力氣小，沒有真的喪失理智，狠心咬掉他一塊肉。塗了藥，幾天就能結痂了。

阿菀伸手在牙印周圍摸了摸，然後從旁邊的小籃子裡拿起藥，細細塗抹傷口。除了脖子，連先前在戰場上受的傷也一併塗藥。

衛烜沉默地看著她，目光如夜色般深沉。

「疼不疼？」阿菀低聲問道，動作越發輕了。

「不疼。」衛烜頓了下，又道：「我寧願妳多咬我幾下。」

寧願她氣得多咬他幾下，也不願意她流淚哭泣，那會讓他慌得難受。

見他表情陰鬱，阿菀只好閉上嘴巴。

幫著塗完藥，阿菀淨了手，這才躺到床上。

衛烜把她摟到懷裡，輕撫著她的肩背處，睜著眼睛不知道在想什麼。

阿菀被他撫摸得昏昏欲睡，又怕自己睡著，暗暗強撐著精神陪他。只是從得知自己懷孕以來，鬧騰得厲害，她不由精神不濟。在快要撐不住時，突然聽到衛烜喚她的名字。

「阿菀……」

阿菀連忙豎起耳朵。

「我問過大夫了，他們都說……還是生下來的好。妳說的對，打胎確實很危險。」

阿菀沒應聲，知道這是必然的結果。

先不說她早上從郁大夫那兒知道衛烜做的事情後，便未雨綢繆地和郁大夫串通一氣，白太醫身為太醫，自有保命的原則，知道子嗣在權貴之家中的重要性，怎麼可能會支持打胎？自然是會往嚴重裡說。

至於明水城的大夫，長年生活在戰事不斷的明水城，懂得生命的珍貴，對打胎更是深痛惡絕，自也是不可能贊同。

衛烜關心則亂，一時間不會往這方面想，才被所有大夫幾乎統一的口徑嚇住。

阿菀明知會是這樣的結果，可是聽出他聲音裡的惶恐之意，不覺心疼起來，當下伸手摟住他的腰，埋進他懷裡，想要安撫他。

誰知下一刻這位世子爺又開始挑戰她的忍耐力。

「生下他也可以，以後妳要好好看著他照顧他。如果妳不看他，我也不會理他，而且還會天天打他，把他丟掉。」

怒火差點被某人狠心的話挑起，不過，阿菀很快明白了他話裡的意思。

若是她在，自然是要好好照顧自己的孩子，看著他長大。若是她不在了……自然是不看他。所以，生下這個孩子的前提是她必須安然無恙。

阿菀抬頭親了親他的臉，聲音軟軟的，「我明天開始就努力多吃一點，一定將身子養得壯壯的，說不定以後還會變胖變醜，你不准嫌棄我。」

衛烜回吻她，給了她一個纏綿的吻，說道：「嗯，我不嫌棄妳，我嫌棄妳肚子裡的那團肉，是他害妳變醜的。」

「喂！」阿菀生氣地道：「有你這樣當爹的嗎？你瞧瞧你父王，再看看你自己，你不覺得虧心嗎？」雖然瑞王不會養孩子，但是他已經盡了做父親的責任，將孩子寵成了熊孩子，並且甘之如飴地追在熊兒子身後幫他收拾爛攤子。

衛烜難得沉默了。

兩輩子他都對父親不諒解，甚至恨過他，想著上輩子自己戰死便是對他最好的懲罰，可是當有一天自己也要當父親時，他才知道和自己比起來，父王其實還算不錯。

因為他才當父親，已經不待見那個會危害阿菀生命的孩子了。

他便是如此的狠心無情。

爭了半天，阿菀打了個哈欠，迷迷糊糊地睡著了。

衛烜擁著她，一遍遍地撫著她的背，半宿未能成眠。

關於懷孕與打胎的事情就這麼揭過了，日子回復了正常。

過了幾天，朱夫人、趙夫人、錢夫人等連袂過來看她。

阿菀來到明水城一年了，與明水城這些官夫人處得不錯，這會兒戰事方歇，朱夫人她們又開始串門了。她們發現阿菀好些天沒有出門，下帖子給她她也沒來，擔心她身子不適，便相約過來探望她。
沒想到過來之後，會得到這麼個消息。
「哎呀，這是喜事呢！」朱夫人撫掌笑道：「妳和世子成親三年，是該有消息了。」
阿菀坐在鋪著軟墊的太師椅上，說道：「朱姊姊說的是。不過我這是第一胎，身邊沒個長輩在，感覺不太踏實，以後少不得要勞煩朱姊姊指教。」
「指教說不上，我不過是生了三個討債的，有些心得，若是阿菀妹妹有什麼不懂的，儘管來問我。」朱夫人爽朗地保證，又詢問阿菀是什麼時候懷上的，平時吃食如何。
錢夫人也在旁湊趣著問，一時間和樂融融。
三個當母親的人，圍著孕事說得開心，唯有趙夫人坐在旁邊悶悶不樂。
阿菀略一想，便知道她為何如此，蓋因趙夫人嫁給趙將軍幾個年頭，卻一直無生養。以前她可能是覺得明水城這些人都是土包子，不配和她相提並論，沒有生養也不在意，現下來了阿菀這麼一個被她認同的人，且突然得知她懷孕，心情就有了落差。
等朱夫人和錢夫人相繼告辭後，趙夫人磨磨蹭蹭的，一副要話要說的模樣。
「趙姊姊這是怎麼了？」阿菀故作不知地問道。
趙夫人羞赧地道：「是有件事想要問問世子妃。」說完，看了看周圍。
阿菀很有眼色地示意丫鬟婆子們退下。
趙夫人這才吞吞吐吐地道：「說來慚愧，我嫁給將軍也四年有餘了，因為身邊沒有婆母，又無人催促，一直未有消息。今兒見了世子妃，才想起自己有些忘形了……」
阿菀耐心聽完她的話，心裡囧囧有神。
這位趙夫人還真是什麼都要和人攀比，什麼都要跟著大部隊走。

以前跟朱夫人等人攀比，覺得自己是富裕之地來的，面對朱夫人她們時高人一等，不屑理會。而這會兒來了阿菀這個讓她承認的同類人，又知道她有了身孕，不知道觸動她哪根神經了，讓她也想要懷一個。

阿菀一直覺得趙夫人是個很單純的人，若不是她被趙將軍接到明水城來，不知是不是早就被婆母和繼子繼女們撕了。趙將軍上有老母，下有前妻留下的兒女，在老家由母親教養，趙夫人這個續弦才能在這邊過得輕鬆愉快。

「這個……就這樣有了。」阿菀含糊地說。

「怎樣？」趙夫人一臉期盼。

阿菀被她弄得無語，忽然靈光一閃，說道：「如果趙夫人不忙，可以讓我府裡的郁大夫把個脈，看看是什麼情況。」她可不敢打保票，只能含蓄地暗示。

誰知趙夫人心急，當下便催著阿菀讓人去請郁大夫過來。

今天郁大夫剛好研究完一個方子，心情正好，過來的時候態度淡然，但從他輕快的腳步可以知道他的心情相當的好。

於是，身心舒暢的郁大夫幫趙夫人把了脈，聽完趙夫人的話，淡定地道：「夫人可以先試著喝幾副藥看看。」

趙夫人很開心地讓丫鬟拎著郁大夫開的幾包藥走了。

阿菀再次囧了，難道郁大夫真是專治不孕不育症，不然他怎麼一副自信心膨脹的模樣？

幾個丫鬟正在一旁伺候，得知趙夫人的來意，互相使眼色，覺得郁大夫不愧是專治婦人的不孕不育症，怪不得她們世子妃這麼快就懷上了。

阿菀知曉郁大夫今兒這行為越發堅定了他在丫鬟們心中的婦女之友形象時，啞然失笑。

正笑著，路雲突然捧了一封信件過來，稟報道：「世子妃，這是陽城來的信。」

陽城來的信？那便是孟妡寄來的了。

阿菀忙展開來看，這一看，卻是嚇了一跳。

衛烜從軍營中回來，便見阿菀站在門口，指揮著丫鬟婆子收拾屋子。

「妳這是做什麼？想要換個地方住？」他上前扶住她，直接將她往懷裡帶，讓她倚著自己，彷彿她是什麼玻璃水晶人，站一會兒也會受累。

阿菀朝他一笑，眼角餘光瞥見周圍的丫鬟自動背過身去，說道：「剛收到阿妡的信，她說可能這幾天就到明水城了，我得提前準備，給她收拾個住的地方。」

衛烜吃驚地道：「她怎麼來了？」

阿菀吩咐青雅看著，便拉著他回房。原想倒茶給他，他忙不迭將她抱起放到榻上，自己去端茶，根本不假她之手，生怕她累著。

這位世子爺反應過度了，甚至陷入了極端，這幾天都是如此，阿菀非常無奈，但也知道他一時半刻心態扭轉不過來，只得由著他。當下安安穩穩靠著迎枕坐著，對他道：「今兒接到了陽城來的信，阿妡說趁著近來無戰事，路上太平，知道我懷了身孕，便想過來瞧瞧我。咱們在北地這邊離得近，有一年未見了，她想得緊，便過來了。」

衛烜不悅地道：「有什麼好看的？她來了妳還要招待她，費心又費力，她真不懂事！」

阿菀忍不住噗哧一聲笑出來，嗔怪道：「你白天不在，我自己一個人在家裡怪沒意思的，就不能找個人來陪我說說話嗎？說話又不費什麼心。」

她本想活絡氣氛，誰知衛烜聽了卻道：「若不然，我將事情都推了，在家裡陪妳。」

阿菀頓時無語，虧他想得出來，還說得如此理直氣壯。

衛烜倒覺得這主意好，他喝了半盞茶，懶洋洋地拉著她的手輕撫著，用一種愜意的口吻說道：「反正現在無戰事，軍營裡的事務有趙將軍和錢校尉在，我在不在都不要緊，他們還巴不得我不插手才好。」

阿菀細細看他，確認他神色並無勉強之意，方笑著由了他。

衛烜見她沒任何意見，心滿意足地摟住她，心裡琢磨著，不管如何，他總得要給阿菀一個平安順遂的環境誕下孩子，不能讓她在擔驚受怕中養胎，省得她多思多慮熬壞了身子。

其實將阿菀送去渭城那邊的莊子養胎最為妥當，但渭城距離明水城甚遠，若是有什麼事情他要回明水城，距離太遠，稍有不慎便會抱憾終身，他怎麼可能讓這種事情發生？

連一丁點兒的可能意外都不允許。

所以，還是把阿菀放在自己眼前妥當。

阿菀看他沉思，也不知他在尋思什麼，便隨手拿了旁邊的書卷翻看起來。可才剛看了幾個字，書便被人抽走。

「小心傷神，別看了，讓人讀給妳聽。」衛烜親了親她細膩的臉龐。

阿菀爽快地應了他，轉而拿了針線笸過來，可才拿起針，又被人拿走了。

「針線費神，別做了，讓針線房的人做。」

阿菀順了他的意，轉而拿了棋盤過來擺棋譜，誰知仍是被搬走。

阿菀頓了下，叫人準備筆墨，想著乾脆來練練字，不料被制止了。

阿菀：「……」

衛烜不覺得自己做錯了，小心翼翼地擁著她，親親她的臉和嘴，恨不得將她整天抱在懷裡，剩下的九個月咻一下過去，孩子快點呱呱墜地才好。

「我總不能如此無所事事吧？」阿菀無奈地道。

自她有孕後，府裡的大小事務便不沾手了，直接交給管事嬤嬤和路雲等人。外院的事情有管家，內院的事情有管事嬤嬤，幾個莊子的事務有謝總管打理，衛烜派了人去查看，也不怕被膽大包天的下人欺瞞，一應事務安排得妥妥當當，她變得十分清閒。

「妳就和人說說話，看看花草，賞玩字畫古董便成。」衛烜理所當然地說：「對了，昨兒渭城那邊送了兩盆上等的蘭花來，我讓人搬過來給妳看。妳有什麼想吃的東西？我叫人送來，不用怕距離遠，反正不費幾個錢。」

阿菀：「……」

阿菀看他逕自去吩咐了，只得把話嚥下，心裡期盼著孟妡快些過來。

過了兩日，孟妡來了。是沈罄親自護送她過來的，還拉了幾車行李來，看得阿菀目瞪口呆，以為她是要來明水城長住了。

馬車進了衛府，阿菀和衛烜站在垂花門前，當看到從馬車裡鑽出來的少女時，阿菀忍不住露出了大大的笑容。

「阿菀！」

孟妡歡快地朝他們跑了過來。

還未到面前，阿菀被衛烜一把抱到懷裡，孟妡也被人從後頭拉住。

孟妡先是瞪了衛烜一眼，然後回頭看向拉住她的男人，不滿地道：「你做什麼？」

「她身子重。」沈罄簡單地說道。

孟妡噘起嘴巴，「我又不會真的撲到她身上，難道在你心中我是這麼不著調的人嗎？」

沈罄看著她不語，看得孟妡恨得好想像在家裡一樣，跳到他身上揉他，誰讓他總是板著臉打擊她，還多說一個字都不肯，真是悶死人了。

知道和丈夫說不通，孟妡轉頭朝阿菀笑得燦爛，「妳怎麼出來了？烜表哥也親自過來接我，真是不好意思。」原來衛烜也不是那麼小氣巴拉的。

誰知衛烜沒給她面子，直言道：「是阿菀要來接妳，我不放心她。」

孟妡鼓起腮幫子，覺得這些男人一個兩個的都愛打擊人。幸好她早就明白衛烜的德行，也沒有太在意，只是看著阿菀猛笑。

阿菀不動聲色地觀察沈罄一番，見他從扶孟妡下車開始，到後來沉默地任由孟妡嗔怪，處處透著珍愛之意，不禁感到欣慰。

「好了，你們長途跋涉而來，辛苦了，先進來喝杯茶。」阿菀笑著道。

眾人移駕至花廳，丫鬟已奉上茶果點心，大夥兒才開始敘話。

說了些彼此的近況後，衛烜便帶著沈罄去書房說話，方便她們姊妹倆說體己話。

不過，在離開之前，衛烜免不了叮囑一番，不外乎是要兩人別聊太久別累著。他擔心孟妡這個話嘮管不住嘴，喋喋不休，讓阿菀聽得累著。

孟妡瞪眼，不滿地道：「我是這麼不懂事的人嗎？你也太小瞧我了！你快快走，我會好好照顧阿菀，不會讓她累到。」

衛烜有些不放心地帶著沈罄離開。

他一走，孟妡便朝阿菀猛笑，「我以前覺得烜表哥是個鬼見愁，沒想到他會這般囉嗦。還是妳有本事，能讓他的鋼鐵石頭心化為繞指柔。」

阿菀被打趣慣了，倒了杯自己慣常喝的棗茶給她，笑道：「他便是這性子，妳說這些也沒趣。倒是妳，怎麼過來了？妳夫君也跟著來，陽城那邊的長輩怎麼說？」

孟妡拈起一顆草莓吃掉，笑嘻嘻地說：「就妳愛操心，我好得很呢！收到妳的信，得知妳有了身孕，我就想過來看看妳。陽城距離明水城不過幾天的路程，比京城近多了。我原是想自己過來的，可是子仲不放心我一個人上路，便稟明了婆婆，他便跟著來了。」

雖然這一年來彼此常通信，可是信上能說的有限，哪裡比得上姊妹倆面對面促膝長談，當下兩人移坐到暖房臨窗的炕上，盤著腿說起話來。

孟妡眉眼間俱是盈盈的笑意，一看便知她過得相當幸福。

事實上，孟妡來到西北後，雖然偶爾和沈罄有摩擦，卻和在閨閣中沒什麼兩樣，而且沈罄素來是個悶葫蘆，孟妡說上一百句，還沒能得他一句，以致於成親至今，夫妻倆從未吵過架，因為實在是吵不起來。

加上沈罄沉默之下的溫柔體貼，孟妡雖遠離了家人，卻沒有過得太艱難，她自己又是個樂觀的人，很快便贏得沈家二房上下的喜愛。振威將軍夫妻都是爽快人，沈罄的兄弟姊妹性子都受沈二夫人影響，個個心胸開闊，孟妡在極短的時間內便融入了沈家。

阿菀抿唇微笑，聽著她喋喋不休說著自己的事情。

說完自己的事，孟妡迫不及待地問道：「妳呢，如何？沒有報喜不報憂吧？」

「哪能啊？」阿菀失笑道：「我是這樣的人嗎？何況，阿烜是什麼樣的人，妳也是知道的。他可不會給我氣受，不然我有的是法子治他。」

孟妡贊同地道：「雖然妳平時悶不吭聲，但是想要欺負妳不容易。我先前觀烜表哥的模樣，可真是將妳捧在手心裡怕摔了，和以前沒什麼兩樣。還是妳厲害，能訓得他服服貼貼的，像我就沒用了，子仲就是個悶葫蘆，我生氣時他還不知道我為什麼生氣，真是氣人。」

阿菀大笑，「還說呢，他事後不是也常捎些京城的小玩意兒給妳，討妳歡心嗎？」

孟妡抿嘴一笑，然後說到了阿菀懷孕的事情上，「得知妳懷了身孕，我真的很高興。對了，我帶了很多吃的用的過來給妳，還有不少西北的特產。妳若是覺得哪些好，便讓人告訴我，我下次再捎來給妳。」

阿菀也不矯情，歡喜地收下，又想到孟妡和沈罄成親一年有餘，還沒消息，她怕沈家人會不高興，而孟妡遠離娘家人，被人欺負可沒人為她作主，不免關心幾分。

孟妡聽罷，扭捏起來，囁嚅地道：「婆婆說我們成親才一年，不急的，當初她生子仲時也是成親三年後，子嗣才順利，所以不曾催我。再說，子仲對這種事並不強求，說來了就好生下，沒來也不勉強。」

阿菀盯著她的表情看，確定她說這話時沒有任何陰影，方鬆了口氣。

兩個女人在暖房裡說得高興，書房裡的兩個男人卻是一個肅穆一個冷戾。

沈罄的表情有些凝重，衛烜瞥了他一眼，嗤笑一聲，「若非你娶了那個蠢丫頭，爺才懶得理陽城的事情。」

沈罄抿緊唇，這幾年來，狄族幾次三番來犯，明水城都沒有吃太大的虧，全是有衛烜在的緣故，所以聽他說了陽城的祕事，他不免心驚，不知他從何處探得了消息。

當天，衛烜設宴款待沈罄夫妻二人。

沈罄和衛烜都不是多話的人，連襟二人相對無語，自顧自悶頭喝酒吃菜，孟妡和阿菀卻是兀自聊得歡快。

晚上，沈罄夫妻住進了阿菀特地讓人收拾出來的客院。

沈罄趴在床上閉目養神，由著某隻猴子在他背上戳來戳去，直到她最後翻身坐到自己的腰背上時，也只是睜眼看了她一眼，又什麼也沒說地閉上眼睛。

「阿罄，子仲，你們今天在書房裡說了什麼話？」孟妡好奇地問道：「你那時候的臉色好可怕，是不是烜表哥欺負你了？他那人從小到大都是這個脾氣，最愛欺負人。別怕，若是他欺負你，我找阿菀去罵他，阿菀一定會幫我的。」

聽出她話裡的維護之意，沈罄嘴角微微勾起，難得地問：「妳看出來了？」

孟妡笑嘻嘻地貼著他的背，「那當然。雖然你總愛板著臉，可是我有火眼金睛，什麼事都瞞不過我。說吧，發生什麼事了？」

沈罄伸手將她從自己的背上拉下來，順便將她擁進懷裡，「沒什麼，只是一些公事。」

孟妡哦了一聲，便沒再問了，不過心裡卻門兒清。若真是公事，他只會板著臉，很冷靜地處理了，斷不會有那麼可怕的表情，怕是遠不止這般簡單。對於衛烜，孟妡雖然時常說他如何可怕如何討人嫌又小氣霸道，卻對他有一種莫名的信任。

不過，沈罄不說，她便沒再深究，她只要知道，看在阿菀的分上，衛烜無論如何都不會做出傷害自己的事情就行了。

「子仲，阿菀有了身子了，身邊又沒熟悉的長輩陪著，我有些擔心，不若我們在這裡多住些時日吧。」孟妡抱著他，親吻著他的喉結，極力討好，「如果你不放心陽城，你先回去，到時候讓烜表哥派人送我回去就行，你說好不好？」

她每說一句就親他一下，聲音甜膩，氣息甜蜜，連聖人都受不住。

沈罄的喉結滾動了幾下，終於將她作怪的臉往懷裡按去，說道：「隨妳。」

孟妡喜笑顏開，終於安靜下來。

只是，不到半刻鐘，她又開始鬧騰了。沈罄原本閉著眼睛，聽著她甜美的聲音漸漸入睡，可是當聽到她提到孩子的事，睡意瞬間飛了。

「……阿菀有了寶寶真是太好了，我也想有個白白嫩嫩，又會叫爹娘的孩子。你說，我們要不要努力一下？你瞧，上回京裡來信，我大姊姊又有了身子，二姊姊現在有兩個寶寶，雖然我沒能見到小皇孫，可是他一定是和皇長孫一樣聰明可愛。現在阿菀也有了身孕，再過幾個月便會生下可愛的寶寶，真好啊……」

沈罄沒吭聲，默默斟酌著怎麼說才會讓她不生氣不難受。

「子仲，你說好不好嘛？」

「隨妳。」

「怎麼能隨我？難道我一個人能生？」孟妡伸手戳他的胸膛，「我跟你說……」

然後，那張動個不停的小嘴被堵住了。

沈罄翻身壓到她身上，用行動支持她，順便截斷了她的喋喋不休。

第二天起床，孟妡惱得抄起枕頭砸他，「都怪你！都怪你！」

沈罄伸手撩開床幔，看了看外頭的天色，發現時間尚早，便將小妻子拉到身前，捏了捏她的下巴，不以為意地問道：「怪我什麼？難道不是妳想要生孩子的嗎？」

孟妡氣得漲紅了臉，吭哧幾聲，方道：「那我叫你停，你怎麼不停？若是讓阿菀知道我因為……而晚起，我臉都沒了……」

沈罄見她掙扎之間，寢衣的襟口敞開，露出如凝脂般細膩的肌膚，上面還有被他烙下的點點痕跡，眸色不由變暗。

「夫妻敦倫是正道，她不會笑話妳的。」他輕輕吻了下她的胸口，然後將她抱到懷裡。

孟妡也伸手回抱，臉埋到他胸前，笑咪咪地說道：「我決定了，我要在這裡住上兩個月，等阿菀坐穩了胎再回去。」

婦人懷孕的前三個月是危險的時候，過了三個月，若無什麼情況便算是坐穩胎了，這時候就可以廣而告知親朋好友自己有孕。孟妡知道有衛烜在，沒什麼可擔心的，但是明水城這兩年戰事不斷，她擔心若是戰事再起會對阿菀有影響，自己在這裡，也能多照顧她。

沈罄沒有說話，只是親了親她的臉。

等時間差不多了，夫妻倆才起床，叫丫鬟進來伺候。

此時已是辰時過三刻，比沈罄以往早晨起床的時間遲了一個多時辰，不過現在出門在外，自然是客隨主便。

阿菀打發了青雅過來請他們夫妻去正院一起用膳。

「世子妃有了身孕便比較嗜睡，早上醒來的時間會比以往晚一些。」青雅略帶歉意地解釋道：「太醫說，孕婦需要多歇息，所以世子吩咐要讓世子妃睡足了才叫起。」

沈罄臉上沒什麼表情，孟妡卻高興地說：「自是如此，表哥說的對，要聽太醫的！」

等去了正院，便見衛烜夫妻已經在那兒等著。孟妡快步走過去，扶住阿菀的另一隻手，偷偷對衛烜扮了個鬼臉。

衛烜冷冷地瞪了她一眼。

用過早膳，衛烜將沈罄叫走了。

阿菀和孟妡聽說兩人出府也沒在意，還讓下人將花房裡幾盆開得正好的花搬過來。

孟妡得知府裡有個花房，十分羨慕，說道：「西北的風沙大，花草不好養，而且也費神，我只讓人種了一些易養活的，像蘭花、牡丹這些嬌貴的，可就養不好了。還是烜表哥好，有這本事蓋個花房給妳賞玩。」

阿菀臉皮抽搐了下，實在是不好跟這丫頭說衛烜種種極端到變態的舉動已經不像是正常人了，但想到他莫名的恐懼，阿菀覺得自己要寬容些，只是沒想到自己寬容了，越發縱得那位世子爺往極端發展，讓人不知說什麼好。

兩人賞完了花，阿菀一時興起，要孟妡將她在西北寫的隨筆散文拿來瞧瞧。孟妡十分高興，她最愛和阿菀一起談論文章中描寫的去過的地方。

兩人才看一會兒，便見路雲端著托盤進來，托盤上是兩碗甜湯。

「世子妃，世子有吩咐，看書費神，若是您想看書，讓奴婢念給您聽。」路雲忠實地傳達了衛烜的話。

孟妡目瞪口呆，說道：「不過是一千字不到，不必如此吧？」

阿菀苦笑，她還以為有沈罄過來牽制那位世子爺，自己就可以隨興些，誰知道他會派了路雲在府裡盯著自己。

孟妡無奈，只得自己念給阿菀聽。

一連幾天，衛烜白天都和沈罄出去，有時候在城裡，有時候出城，不知道兩人在做什麼事。其他人都知道沈罄是陽城振威將軍之子，而且是衛烜的連襟，倒也沒有多想，唯有朱城守和趙將軍等人暗暗關注著。

聞得阿菀的好姊妹從陽城過來看她，又得知孟妡的身分，朱夫人、趙夫人、錢夫人等等官夫人紛紛上門來拜訪，順便邀請孟妡去做客。

孟妡是個天生的發光體，和誰都處得來，三言兩語便投了朱夫人等人的心，她笑嘻嘻地應了她們的邀請，卻道：「我雖然想去幾位姊姊的府上叨擾，可惜阿菀正懷著身孕，不宜出門，我怕她在家裡無聊，得要陪著她，希望諸位姊姊不要介意。」

這麼個嘴甜美貌又活潑可愛的姑娘，身分高貴，沒有倨傲，自是令朱夫人等人喜歡，全都笑著說不介意。知道姊妹倆難得一見，自是話多，也沒有天天上門來打擾。

趙夫人倒是隔三差五上門來，並不是來找阿菀，而是透過阿菀找郁大夫。

阿菀原是想要讓郁大夫直接去趙將軍府裡為她請脈，趙夫人卻義正辭嚴地說：「如此豈不是教朱夫人她們得知了去？」

阿菀差點笑出來，就算朱夫人她們一時半刻不知道，可她如此頻繁過來，再略一打聽趙夫人近來時常使人到藥鋪抓藥，如何會不知？果然這位趙夫人真是個單純的人。

趙夫人很喜歡阿菀，現在又來了一位郡主，也是才貌兼備的錦繡人物，將她喜得愛往阿菀這兒跑，和孟妡說話。這一來二去，孟妡也和趙夫人熟悉了，知道了她來衛府的事情。

「那位郁大夫真的是專治不孕不育的嗎？」孟妡眼睛瞪得大大的。

阿菀：「……」她能說其實郁大夫是專剋不孕不育的嗎？

想到郁大夫給衛烜弄的藥，若非斷了藥，怕是她一輩子也懷不上，這也太厲害了，不是專剋不孕不育是什麼？阿菀也問過郁大夫，原來比起讓人有孕，還是讓人不孕簡單。

「這個說不準，我也不知道。」阿菀含蓄地道。

誰知孟妡好像是狗聞到了肉骨頭一般，在趙夫人過來找郁大夫治療時，她也跟著去了，回來的時候，跟著她的丫鬟手上也多了幾包藥。

「是藥三分毒。」阿菀不贊同地道：「要它做什麼？」

她想到孟妡也這般急著想要孩子，明明沈罄不急，也沒人催她。

孟妡笑道：「沒關係，郁大夫說，這藥很溫和，有病治病，沒病補身。」

阿菀仍是不放心，打發了青萍過去詢問，得知真的只是溫補的藥，才讓人給孟妡煎藥。

這事情卻被晚上回來的衛烜和沈罄知道了，衛烜一臉詭異地看了看沈罄，旁人不知他想什麼，阿菀卻知道這位世子爺怕是想左了，以為人人都像他那樣神經病，直接吞了藥以絕後患。而沈罄卻是直皺眉，面上似乎有不贊同之色。

果然，晚上歇息時，孟妡再次想要騎到他背上作威作福時，被沈罄抓了下來。

「喝什麼藥？是藥三分毒，妳身子沒什麼病，不用喝。」

他難得說了這麼長的一段話，若是平時，孟妡自是高興，這會兒則是嘟著嘴道：「知道啦知道啦，阿菀也是這麼說。我就喝幾副看看，郁大夫說這藥很溫和，只是調理身子的藥，不會有什麼危害的。」然後巴巴地看著他，「阿罄，子仲，你就讓我喝嘛，我想試試，如果不行，我就不喝了！」

沈罄仍是皺眉，想到她每當說起家中幾個姊妹的孩子時那副神采飛揚的神色，便知她心意，只好默默將她攬到懷裡，默默掀起她的衣服，自己壓了上去。

孟妡不知道他怎麼突然發神經壓上來了，正想詢問，嘴便被他熟練地堵住了。

另一邊，阿菀和衛烜兩人洗漱過後上床，夫妻倆也在說話。

「你這些天帶沈罄去什麼地方了？」

衛烜將她擁到懷裡，手小心地覆到她平坦的腹部上，說道：「也沒去什麼地方，只是在城外轉轉，順便打些獵物給大家打打牙祭。」

「真的？」阿菀又問：「那獵物呢？」

衛烜眼珠轉了轉，說道：「那些獵物過了一個冬，大多瘦骨嶙峋，味道比不得莊子養的鮮嫩，就沒帶回來給妳嘗鮮了。不過我們倒是獵了幾隻火狐狸，等硝製好了皮子，再送過來給妳，天氣冷時給妳做件皮裘。」

阿菀暫時信了他，抓著他的大手，安穩地靠到他懷裡，低聲道：「沈罄有什麼打算？是自己先回陽城，還是兩個月後再和阿妡一起回去？」

老實說，孟妡決定在這兒陪她兩個月，阿菀是極感動的。雖然她也勸孟妡回去，省得陽城那邊的長輩們不高興，可是孟妡堅持留在這裡，並且修書一封回陽城，取得了長輩們的同意，阿菀才沒有再說什麼。

做人媳婦，比不得做姑娘時。阿菀自己頭上沒有嫡親婆婆，瑞王妃因著莫名的顧忌，沒敢太管自己，對她而言，這個兒媳婦當得十分輕鬆自在，孟妡卻不同，她不希望孟妡為了自己，和夫家的人生了嫌隙。

「他留下。」衛烜親親她的額頭，遲疑地說道：「過幾天，我要帶沈罄出去一個月。」

阿菀原本有些昏昏欲睡，聽到他的話，瞬間清醒，「去做什麼？」

衛烜沒有吭聲。

阿菀看他的樣子，便知道這事怕是不好開口，他又不願意欺騙她，所以選擇沉默。這是他慣常的做法，有事不願意欺騙她，也不願意違心對她說什麼時，便會沉默。

「會有危險嗎？」她擔心地問。

「……可能。」他斟酌地道。

阿菀狠狠掐了他一下，「是就是，不是就不是，不接受可能。」

衛烜忙道：「我已經讓人打點好了，自然不會。」

阿菀方才鬆手，幫他揉揉被自己掐的地方，可這麼一揉，將他的身體揉出了火來，令她漲紅了臉。她明明很純潔很小力，沒有做什麼不合時宜的舉動，這位世子爺怎麼……

「阿菀……」衛烜親她的臉，聲音變得沙啞，並且無師自通地拉起她的手覆到他身上某個火熱的東西上去。

等一切結束後，阿菀打了個哈欠，背對著他縮進了被子裡。衛烜幫她清理了手，又親親她柔嫩的手心，方抱著她入睡。

過了幾天，衛烜和沈罄準備出門。

孟妡雖是提前得了消息，仍是悶悶不樂，臨出發那天，抓著沈罄的手嘟著嘴不說話。沈罄平時不會主動開口，於是兩人大眼瞪小眼。

阿菀正叮囑著衛烜外出小心，瞥見那對夫妻的舉動，啞然失笑，發現最後不意外的還是孟妡憋不住，率先開了口。

「我不管你們去做什麼，但是你一定要謹慎。你要記得，我在這裡等你回來。」

沈罄點點頭，伸手輕輕撫了撫她的肩膀，只到他下頷高的少女，看起來小小巧巧的，只要她扁起嘴，露出委屈的樣子，他的心便會難受得慌，甚比在戰場上親眼目睹了戰友們被敵人殺死時更難受。

「聽到沒有？」孟妡忍不住想要扯著他的衣襟咆哮，真是恨死他這種不愛說話的性子了。幸好每次只要她煩得他開口許下承諾，縱使沒了性命，他也會遵守諾言。

「如果你敢出事，我便帶著嫁妝改嫁，讓別的男人睡你的老婆。」她陰惻惻地說。

「知道了。」沈罄終於開口，眸色有些深，「我會平安回來的。」

孟妡立刻笑顏逐開，若不是在外面，她幾乎都想要踮起腳來親他了。

衛烜耳聰目明，聽到孟妡的威脅，頓時覺得這個蠢丫頭其實挺聰明的，將一個擁有鋼鐵意志般正直的男人捏在手心裡訓得服服貼貼的。他該慶幸的是，出嫁後她便去了西北，沒有和阿菀混在一起，不然阿菀豈不是要被她教壞了？

想到若是上回他要阿菀打胎時，若阿菀也像孟妡一樣威脅他……

算了，他寧願阿菀多咬他幾口洩憤。

阿菀不知道他的心思，慢條斯理地道：「既然你說不危險，我就安心在家等你回來。若是你不守信，那我只好也不守信，到時候帶著你的孩子出去找你。」

衛烜：「……」

將兩個男人送出門後，無論是阿菀還是孟妡，都有些失落，兩個女人在羅漢床上對坐，撐著下巴，看起來懶洋洋的，彷彿沒有什麼幹勁。

「……以前他也總是有事沒事就出城去巡視，有時候是兩三天，最多十來天，沒有像這次一去就要一個月。」孟妡忍不住嘀咕著，「神神祕祕的，也不知他們要去做什麼。」

阿菀瞥了她一眼，笑道：「捨不得啊？」

孟妡紅了臉，又嘟囔了幾句，才興致勃勃地道：「他們不在，真是太好了，這幾天我就和妳一起睡吧！」

阿菀失笑，被她的話感染，很快便放鬆下來。

衛烜和沈罄出城之事，在明水城並未引起什麼騷動，唯一關心他們去處的，只有趙將軍和朱城守。兩人對衛烜心存一種莫名的忌憚，而這種忌憚又因為衛烜給明水城帶來實質的好處，混入了感激。這種忌憚與感激並重的情緒，實在是讓他們憋得難受。

如同這次，衛烜和沈罄出城很快便不知去向，讓朱城守和趙將軍兩人心焦得不行。他們既擔心衛烜的安危，怕他出了什麼事，不好對京城那邊交代，又要擔心他去做什麼事，會不會膽大妄為地幹出什麼驚世駭俗的事情來。

「我想他不是笨蛋，自會明白自己的身分。」朱城守說道，安慰憂心忡忡的趙將軍，「老趙，你是個粗人，就別擔這個心了，守好明水城要緊。」

趙將軍嘆了口氣，悵然道：「以那位在皇上、瑞王心中的地位，若是他出情，無論與咱們有無關係，我們可都是吃不完兜著走了。我上有老母，下有嬌妻稚兒，無法不防啊！」

朱城守忍不住笑出來，肚子上的肥肉一顫一顫的，笑得趙將軍莫名其妙，「我聽說將軍夫人近來時常往世子妃那兒走動，每次回來都會打發人去藥鋪抓藥，好似是調理身子的，莫不是將軍就要有稚兒了？」

趙將軍聽得無語，不耐煩地道：「好你個朱儉，這種娘們兮兮的事情你也好意思打探！她們女人就愛玩這套，隨她！」

只要那位嬌滴滴的夫人不再莫名其妙搞些什麼所謂的風雅之事，趙將軍覺得她去折騰這些也挺好的，所以並不覺得丟臉，只是朱城守那種幸災樂禍的語氣讓他很是不爽。

「這可不是我打探的，是我夫人告訴我的。」

兩人說笑了一陣，話題又圍繞到已經離城的那位世子爺身上，皆不知他到底出去做什麼，而他們派去跟蹤的人，不過才三天便被甩開了，他們只能無奈地將人撤了回來。

衛烜和沈罄離開後的前幾天，阿菀和孟妡都有些不習慣，幸好雖然不習慣，但因有從小一起長大的姊妹相陪，倒也不覺得無聊。

孟妡每天都和阿菀膩在一起，每天最關心的是她肚子裡的孩子。

「我見很多婦人懷孕時有不少症狀，像大姊姊和二姊姊當年會害喜，二姊姊甚至折騰得東宮人仰馬翻的，怎麼妳好像除了每天多睡一個時辰外，什麼問題都沒有？」孟妡納悶地道：「若不是大夫確定了妳懷孕，我還沒什麼感覺。」

她忍不住細細打量阿菀，見她的臉色雖不算得健康，卻也不是十歲前那種蒼白瘦弱得一副短命相的樣子，不由稍稍安心。

「可能是我的心態好吧。」阿菀微笑道，心中卻想著，為了肚子裡的孩子，她也得好好養好身子，擺正心態，省得自己若是出了什麼事，以那位世子爺神經病的程度，這孩子以後還不知道怎麼不受他待見了。

雖然阿菀覺得父母愛自己的孩子是天經地義之事，可是那位世子爺顯然不這麼認為，讓她驚懼之餘，只能試著慢慢影響他的想法，讓他改變心態。所以，無論如何，她都不允許自己因為一點任性出什麼事，這樣平和地走下去是最好的。

幸好這孩子是個有福的，一直乖巧地窩著，沒有讓她有什麼害喜的症狀，不然那位世子爺被嚇到，不知會不會犯神經病。

「對了，妳有孕的消息告訴康儀姨母他們了嗎？」孟妡又問道：「若是姨母他們知道，一定高興極了。姨母只有妳一個孩子，知曉妳有孕，指不定會不辭老遠過來。」

「還是不要吧。」阿菀不願父母大老遠跑過來，路途遙遠不說，路上不太平，還是在京城裡待著好，「我得了消息才寫信回去，到現在不過半個月，他們應該還沒有收到信。」

兩人正說著，路雲捧了京城來的信函進來。

阿菀和孟妡相視一笑，說道：「正說著，信就來了。」

雖然遠在邊城，阿菀和京城卻保持著每半個月寫一封信的頻率，並沒有因為路途遙遠便與京城失了聯繫。

今兒的信件依然是那幾封，瑞王府的、長公主府的，還有太子妃的，都是平安信多。只是，今天信件的內容有些不同，不約而同都說了同一件事。

阿菀大吃一驚，猛然抬頭，對孟妡道：「三公主她……」

「那個倒楣鬼怎麼了？」孟妡沒好聲氣地道。

「說是去打獵時不慎摔下馬……」阿菀輕聲說道：「當場死亡。」

「啊……」

兩人面面相覷。

阿菀和孟妡都是長公主之女，並被封為郡主，與宮裡的互動比其他宗室之女要頻繁。可以說，孟妡成長的歲月裡，少不了宮裡的那幾位公主，其中與三公主的孽緣尤其深，兩人都互相看對方不順眼。

阿菀和三公主是因為衛烜而結仇的，而孟妡和三公主則是彼此性格不合，小時候在宮裡沒少針鋒相對。後來三公主幾次破壞孟灃的好事，更讓孟妡對她氣得牙癢癢的，卻從未想過，那樣討厭的人，會突然傳來死訊。

「到底是怎麼回事？」孟妡正色問道。

阿菀看完信，直接把信遞給她。

孟妡一目十行地看完，氣得差點摔信，「真是……死了也要噁心人一下。」

她原本生出的莫名悵然，很快便沒了。

去年阿菀來明水城時，宮裡便開始為三公主挑選駙馬，只是三公主不配合，過程並不順利，皇后也被三公主幾次頂撞氣得甩手不幹，跑到東宮去抱孫子，結果被孟妘趁機絆住，將大兒子丟給皇后照顧，要她別去沾手三公主的事。

皇后丟開手，鄭貴妃就接了過去。雖然女兒不爭氣，卻是從她肚子裡爬出來的，仍是得為她好生謀劃，於是想要為她挑一個俊美不輸孟灃的，讓她忘記孟灃。

只是談何容易，孟灃的魅力不在容貌，而是在那種矛盾的氣質上，他既有貴族子弟的優雅清貴，又有與其母相似的疏朗豪爽，兩者組合在一起，實在是一種難以言喻的魅力。

因此，挑來挑去，三公主都不滿意，心裡仍是念著孟灃，甚至有一回趁著出宮時，直接去尋了孟灃，還做了一件讓人髮指的事，那便是趁人不注意闖進了康平長公主府，從奶娘那兒搶走了孟灃剛滿百日的兒子，欲要將之摔死。

若非柳清彤當機立斷扭折了她的手搶回兒子，怕是當時不知會釀成什麼慘劇。

康平長公主氣得頭昏，當天便進宮尋太后和文德帝哭訴。

這事本就是三公主不對，文德帝雖有心要護著女兒，卻也無可奈何。將康平長公主安撫住後，這回終於不再心軟，強勢地為三公主選了駙馬。

三公主的駙馬是去年春闈的一名武舉人，江北人士，生得高大英武，相貌堂堂，就是家境單薄了些。若是為駙馬，可謂是當朝駙馬中家勢最低微的了。可三公主劣跡斑斑，許多人反而在背後嘀咕這位武舉人吃了大虧。

九月時三公主出閣了。

果如眾人所想，三公主縱使出閣，依然無法忘懷孟灃，時常守在孟灃出沒之地，嚇得孟灃不敢隨意出門。那位駙馬雖然氣得半死，可有鄭貴妃和皇上看著，只能將這種不滿憋在心裡，甚至三公主從未召過他進公主府，夫妻倆算是分居而住。

直到今年二月，三公主得知孟灃與友人去京郊打獵，她急忙跟了過去，卻因為甩了隨行的護衛進了密林，驚了馬，從馬上摔下來，被草叢中的一根尖銳樹枝從胸口刺穿而過，當場救治不及而死亡。

孟妡深吸了一口氣，才將那股噁心感嚥下。

她悶悶不樂地坐著，心裡五味雜陳。

她討厭三公主，可猝不及防地聽到這個討厭的人死了，不免還是感到唏噓。

沉默了一會兒，孟妡才道：「阿菀，妳相信有這麼巧的事情嗎？」

阿菀摸著信件，沒有回答。

孟妡自言自語地道：「世界上的巧合多了，就顯得刻意了。她做了這麼多錯事，厭她惡她恨她的人不少，也不知道她是得罪了誰，這般恨她，恨到讓她……」

最後，她幽幽地嘆了口氣。

連續幾天，孟妡的情緒都很低落，阿菀有些無奈。

倒不是說孟妡對三公主的死難過什麼，而是她雖然討厭三公主，但好歹相識一場，得知認識的人突然沒了，正常人心裡都會對生命的無常有所感慨。阿菀覺得，她可能是因為三公主的死而聯想到不知去了哪裡的沈罄，開始擔心罷了。

阿菀沒有勸孟妡，果然過了段日子，她便恢復正常了。

到了四月末，明水城的天氣終於有了暮春的溫煦。

正在這時，趙夫人身邊的一個大丫鬟翦羽被趙夫人派過來向她們請安。

阿菀和孟妡正在院子裡喝茶賞花，乍聽趙夫人身邊的丫鬟過來，不禁都感到奇怪。

「趙夫人一向喜歡來妳這兒走動，今兒怎麼只打發丫頭過來？」孟妡好奇地問道。

阿菀懶洋洋地倚靠在美人椅上，邊吃著密瓜邊道：「叫她進來問問就知道了。」

見她這副懶樣，孟妡忍不住戳了她的腰肢一下，說道：「阿菀，妳真是越來越懶了，小心以後生個懶寶寶。」

阿菀不為所動，怎麼舒服怎麼來，根本不忌諱什麼。這樣的懶散清閒，不知這世間多少出嫁為人媳婦後的女人夢寐以求。這種時候，她自也不勉強自己保持什麼形象了，一切以舒服自在為主。

翦羽隨著路雲進來，眉眼間洋溢著一股壓抑不住的喜色，看得阿菀和孟妡越發好奇。

翦羽向兩人請完安，笑容滿面地說：「世子妃、沈夫人，我們夫人今兒身子有些不適，想請郁大夫上門去看看。」

說是身子不適，卻喜氣洋洋，這種古怪的反差，再加上近來趙夫人的行為，很容易便讓人想到點子上了。

「哎呀，不會是……」孟妡又驚又喜。

翦羽抿嘴一笑，「我們夫人也不確定，所以想要請郁大夫過去一趟。」

阿菀忙道：「這是應該的。」然後讓人帶翦羽去郁大夫那兒，請他去將軍府。

孟妡急不可耐，對趙夫人的肚子十分關注，畢竟這可是關係到自己以後能不能也懷上個寶寶。原本她只是覺得趙夫人如此誠心，抱著試一試的態度也跟著折騰一回，看能不能也懷上一個，方才會跟著找郁大夫看看。若是趙夫人真的能懷上，那麼自己懷孕的希望也大。

想到軟嫩嫩的小寶寶，孟妡的口水都要流下來了。

「阿菀，我好久沒見到趙姊姊了，我也去瞧瞧吧，回來給妳消息。」

阿菀見她迫不及待的模樣，不覺好笑，卻也知道孟妡喜歡小孩子，想要自己懷一個也是人之常情，便笑著應了，叫人給她抬轎。

孟妡去了一個時辰，回來時滿臉笑容，和阿菀說道：「郁大夫說，趙夫人是懷上了。她現在不宜出門，還讓我跟妳說聲謝謝，說改天坐穩了胎，親自過來謝妳。」

阿菀擺手道：「謝我做什麼？要謝的是郁大夫。」說完，著實納悶，也不知道郁大夫真的是專治婦人不孕不育，還是瞎貓碰到死耗子。

孟妡卻對郁大夫的醫術充滿了信心，握著拳頭道：「趙夫人說，她也會感謝郁大夫，但若是妳沒有將郁大夫帶來明水城，她也遇不到郁大夫，所以妳的功勞不小。」說著，她拍掌笑道：「郁大夫的醫術不錯，看來我也有指望了。」

她又忙忙帶著一群丫鬟僕婦去了郁大夫的院子，找他討論生孩子的祕方。

阿菀看得直搖頭，仍是拿不定趙夫人有孕是郁大夫的功勞，還是趙夫人近來想要懷孕，自己特別注意才懷上的，這種事情很難說。

過了兩天，當郁大夫按時過來為她們請平安脈，淡定地對搭完脈的孟妡說「恭喜沈夫人，妳這是喜脈」時，阿菀傻眼了。

他真的是專治不孕不育症的專家嗎？

孟妡一時間不敢置信，下意識地問：「真的？」

郁大夫點頭道：「自是真的，恰好一個月了。」然後，就如同前些天對趙夫人說的那些孕婦須知，也將之對孟妡重複了一遍。

孟妡欣喜地轉頭看過來，阿菀朝她露出笑容，讓她終於有了真實的感受，激動得說不出話來，雙手覆在肚子上差點喜得蹦起來。

阿菀見她高興，又忍不住看向郁大夫，覺得風中凌亂了。

原來他真的是婦女之友嗎？

他只是用研究亂七八糟的藥物為藉口來掩飾自己是婦女之友的真相吧？

再算算孟妡懷孕的時間，分明就是她和沈罄來到明水城的那幾天懷上的，那時候孟妡已經跟著趙夫人一起喝郁大夫開的藥了，這實在是有力的證據。

阿菀一時間被郁大夫這位不按牌理出牌的大夫弄得囧囧有神，連白太醫特地過來為她們請脈，並且多為孟妡搭了好長時間的脈，阿菀都沒能回過神來。

白太醫也非常糾結。

自古同行相忌，他自恃是太醫院的太醫，比郁大夫這個野路子出身的醫者好多了，剛來明水城時得知這位被瑞王府養著的大夫也跟來時，還防備了好一陣子，擔心他搶了自己的飯碗，直至發現郁大夫的專業和自己完全不同時，便淡定了。

誰知這位只喜歡研究各種古怪藥物的郁大夫，突然有一天變成了婦女之友，專治不孕不育症，成為女子最受歡迎的大夫之一，讓他突然有了一種緊迫的危機感。

白太醫覺得這兩位夫人能相繼懷孕，一定是巧合。

阿菀也滿心狐疑，特意尋了個時間將郁大夫叫來，問道：「郁大夫，沈夫人和趙夫人都有了身孕，可算是你的功勞。」然後話鋒一轉，又道：「不過，我很好奇郁大夫你當初開了什麼藥給她們，能讓她們相繼傳出好消息。」

郁大夫看了她一眼，如實地道：「就是一些調理婦人身子的補藥罷了。是藥三分毒，總不能隨便吃藥，這些補藥比較溫和，有病治病，沒病補身，無礙的。」

阿菀：「……」果然只是補藥嗎？

看著面色平淡的郁大夫，她想起那些知道孟妡和趙夫人懷孕的女人，個個都排隊想要請郁大夫看診，不禁啞然失笑。

算了，還是得遏制一下外面的流言，省得郁大夫真的天天被請去治療不孕不育症。

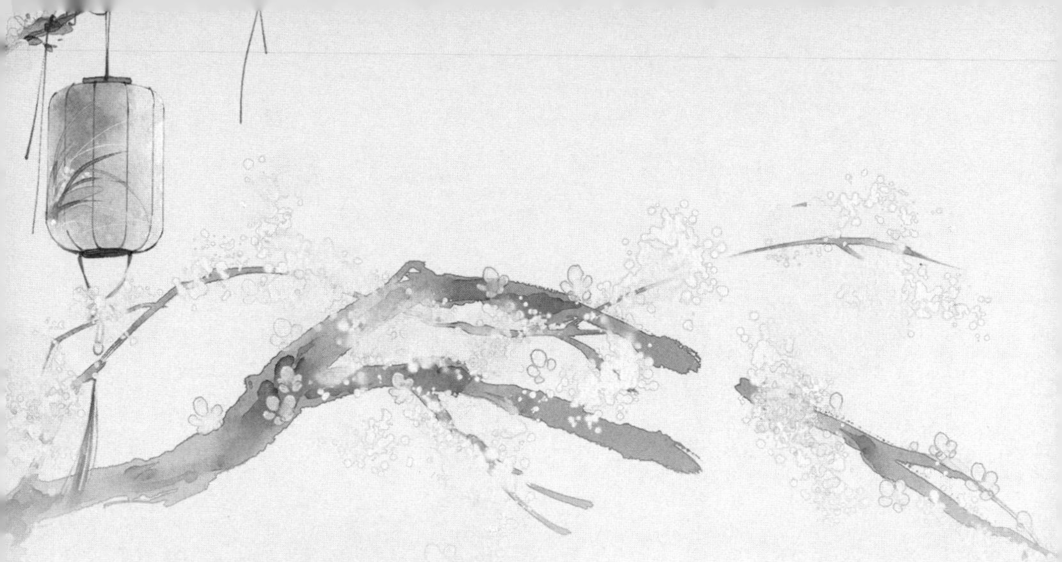

參之章 產子陰霾

知道自己懷孕後，孟妡越發盼著沈罄回來，好和他分享這個喜悅。她是真心喜歡小孩子，兩個姊姊生的孩子，沒一個不愛，現在自己懷上，自然也盼著以後生一個萌萌的孩子。

眼看一個月之期到了，孟妡變得焦躁起來，加之懷孕後她的害喜情況明顯和家中兩個姊姊一樣，很是折騰人，弄得衛府上下都緊張不已，貼身伺候的丫鬟婆子們生生瘦了一圈。

與她相反，阿菀依然不焦不躁，每天除了多睡一個時辰，沒有其他問題，該吃就吃該睡就睡，雖然依然吃的不多，但好歹看著省心。也是因為阿菀如此省心，身邊的丫鬟們並不怎麼擔心，可偏偏來了孟妡這麼個折騰人的，反而累得原本不擔心的丫鬟們跟著提起心來。

阿菀挪著步子進門，嗅到空氣中一種細微的氣味時，當機立斷退了出去。

雖然沒有害喜症狀，但是她懷孕以來便不太聞得異味，屋裡屋外必須保持乾淨。孟妡明顯又害喜了，阿菀不敢拿自己開玩笑。

丫鬟出來叫人時，便見阿菀坐在廊下的一張椅子上曬太陽。

阿菀起身進屋，確認已經沒有異味，這才放心往裡走，結果看到孟妡有氣無力地倚在榻上，神色頗為倦怠。

「吐得很厲害？要不要喝杯檸檬水？」阿菀關切地問道。

孟妡虛弱地點頭。

阿菀忙讓人去倒杯檸檬水過來給她。

孟妡喝了半杯，臉色果然好多了，她靠在迎枕上，懨懨地說：「我突然明白妳平時為什麼喜歡懶洋洋地坐著了，這種時候真是能坐著就坐著，能瞇著就瞇著。明明小孩子那麼可愛，可怎麼這過程這麼難受呢？真希望時間咻一下就過去，孩子馬上出來和我見面……」

聽到她孩子氣的話，阿菀忍不住笑了笑。

孟妡坐了一會兒，終於恢復幾分精神，說道：「原是想等妳坐穩胎再回去的，卻不想又要多留一個月了。」

前三個月不宜出行，所以甭管是不是要趕著回陽城，孟妡這情況是回不去了。不過，對於沈家來說，子嗣乃大事，他們恐怕也巴不得她在明水城好生待著，坐穩了胎再回去。

「那就留唄，正好我們做個伴。」阿菀邊吃著丫鬟呈上來的櫻桃邊笑著說。

孟妡看她好胃口，有些羨慕，明明以前覺得櫻桃好吃，可現在聞到它的味道卻會反胃。

「對了，有他們的消息了嗎？」孟妡問道。

阿菀遲疑了一會兒，說道：「雖然沒有，但是妳不用擔心，沒消息便證明他們此時無事，若是有事才會遞消息回來。」

孟妡悻悻然地道：「明明已經一個月了，如果他再不回來……」

就在兩人皆盼著衛烜和沈罄平安歸來時，明水城的戰鼓聲再度響起。

阿菀已經習慣明水城大大小小的戰事，可衛烜他們還未回城，她的心突然變得沉甸甸的，感覺到肚子不太舒服，她趕緊深吸一口氣，平復亂了的情緒。

孟妡擔心地過來問道：「阿菀，有消息了嗎？」

阿菀怕她胡思亂想，便看向路雲。路雲以前是衛烜的貼身大丫鬟，幫著衛烜接管外面傳回來的各種信息，手上握了一些人，消息比她們這些內宅婦人靈通許多。

「世子妃放心，主子沒有傳訊回來，證明一路平安。」

阿菀聽完便放下心，見孟妡仍是蹙著眉，正打算安慰她，簾子被一個小丫頭掀開，就聽那小丫頭興奮地說：「世子妃、沈夫人，世子他們回來了，趕在城門閉城迎敵前的一刻，真的是好驚險呢！」

孟圻瞬間喜笑顏開，快步往外走，嚇得幾個丫鬟忙追上去小心護她左右。

阿菀慢吞吞坐起身，沒有急著出去，而是看向小丫頭，問道：「世子爺在何處？」

「剛才去了軍營，沈少爺先回府了。」小丫頭伶俐地回答。

阿菀笑了笑，她不知道會是這情況，縱使衛烜想要第一時間回府，恐怕趙將軍也會派人過來攔了他，讓他先去督戰，其他事情容後再議。

她並不在意，這種時候，衛烜的出現有助於振奮明水軍的士氣。她吩咐丫鬟隨時注意客院那邊的情況，細心伺候好後，便安心地坐著等衛烜回來。

這一等，便等到了天黑。

當衛烜風塵僕僕地進來時，阿菀正欲迎上去，卻被他躲開，甚至退離幾丈遠。

阿菀蹙眉，留意到他身上的薄披風下染上了血漬的衣袍，目光頓時變得幽深。

下人很快準備好了洗漱的熱水，由粗使婆子提進淨房。

衛烜站得遠遠的，只拿一雙眼睛在阿菀身上掃了好幾遍，也不知他在想什麼，眉眼間還殘留著一股煞氣，顯然是剛從戰場回來，那股氣勢還未收回來之故。

阿菀站著任他打量，對他道：「先去沐浴，其他稍後再說。」

衛烜眉頭皺了下，顯然不太想「稍後再說」，就怕她說些他不愛聽的話，只是雖然如此，但也沒辦法，只得遠遠地避著她進了淨房。

看他一副如臨大敵的模樣，阿菀知道先前自己兩次因為聞到血腥味嘔吐不止的事情嚇到他了，讓他不免反應過度，所以現在不敢近她的身，怕她又要遭一回罪。

阿菀本欲跟進去，卻被衛烜制止，「別進來了，省得汙了妳的眼。」

阿菀原是想去看看他身上的傷口，聽了，也擔心自己會受不住那味道只好作罷，轉而去吩咐人準備膳食，順便叫來路雲，詢問她同世子一起回來的人的情況。

路雲不知她問這個做什麼，有些為難，含糊地道：「無甚要緊，只是一些皮肉傷。」

「皮肉傷？怎麼樣的傷法？」

見她非問個明白，路雲一邊注意她的神色，一邊答道：「有兩個侍衛傷勢重了些，其他的都是皮肉傷。」說著，暗暗祈求她別問那麼詳細，萬一讓她嘔吐什麼的可不好。如今阿菀是非常時期，下人們都有志一同不敢拿瑣事來煩她，更不敢將外頭髒的臭的拿到她面前說。

幸好阿菀不是要細問那些侍衛的傷勢是什麼樣，只是從這兒了解一些情況。若是那些侍衛受傷輕，證明他們所辦的事情極為順利；若是傷勢重，只能說中途有了波折，才會導致衛烜也受了傷。

如此一想，她不禁又擔心起來。

衛烜洗漱出來，身上已經換了乾淨的衣物，還有一股清淡的藥香，恰好能將他身上的血腥味掩蓋過去。阿菀見狀，便知道他的傷勢不輕，氣得想要罵他，又後見他滿臉疲憊，只得暫時壓下不提。

「先用膳。」

衛烜笑咪咪地坐到桌前，待下人上完菜，也不急著吃，而是開始詢問她在府裡的情況。

「很好，沒什麼事，就是趙夫人和阿炘都有了身子。」阿菀輕描淡寫地說：「說來都是郁大夫的功勞，果然如你當初所說的，他對治這種婦人之病十分在行。」

衛烜：「……」這肯定不是諷刺吧？

當初衛烜將郁大夫帶回王府，用的名義就是擅長治婦人不孕不育症。雖然事後郁大夫整天宅在藥房裡研究著古怪的方子和疑難雜症，但也沒有太多人質疑。現下孟炘與趙夫人相繼懷孕，算是有力的證明，郁大夫多半一時半刻擺脫不了婦女之友的名頭了。

衛烜閉上嘴巴，默默低頭喝湯。

用完膳，衛烜又磨磨蹭蹭地在阿菀身邊打轉，欲言又止。

因為他在，阿菀不好像這個月般做些事情打發時間，便顯得有些無所事事，正撐著下巴凝望窗外的夜色。見他憋得難受，不覺有了笑意，當下拍拍身邊的位置，說道：「你若不是很忙，就坐下來說說話。」

衛烜很猶豫，「妳會不會想吐？」

「不會。」

衛烜一聽，喜形於色，猴急地上了炕，坐到她身邊時，還特意仔細觀察她的臉色，見她面色無異樣，終於伸手將她抱到懷裡，滿足地吐了口氣。先前怕自己身上的血腥味讓她反胃，不敢靠近她，想得抓心撓肺也只能憋著，現在見她沒事，自然是將人先摟到懷裡抱著，滿足一個月未見她的相思之情。

明明才一個月，卻想得難受至極。

阿菀倚著他的肩，與他說起這個月的瑣事，然後說到京城來信中提起的三公主的死訊。

「聽說是意外，也不知道後來如何了，皇上有什麼處置。」阿菀嘆了口氣，頗為擔心不管是意外與否，皇上會不會因為悲痛而遷怒於人，尤其是孟灃。三公主的死，雖與他沒有直接關係，卻也有間接關係。

衛烜皺起眉頭，說道：「她自己甩了侍衛進林，與旁人何干？縱然皇上可能會因此對孟灃有些不喜，但還有康平姑母在，無事的。」

其實衛烜在回來的路上已經收到京城的來信，知道的比阿菀清楚多了。先不說三公主之死是誰的手筆，但說她死後宮裡的反應確實頗大。不僅鄭貴妃悲痛萬分，就是三皇子和五皇子也讓人去查探此事，其中最倒楣的便是三公主的駙馬，被五皇子直接帶人砸上門去，將他打了一頓，聽說只剩下半口氣。

五皇子原本也想帶人去打孟灃，卻被太子制止。怎麼說孟灃也是太子的小舅子，看在太子妃的面子上，也不能讓人隨便欺辱，而且這事與孟灃何干？又不是他將三公主叫過去的，他反而還是受害者，受到三公主之死的連累。

五皇子沒能揍到孟灃，便想了幾個陰損的法子想要毀了孟灃為妹妹報仇。在他心裡，既然三公主如此喜愛孟灃，如今三公主死了，那孟灃合該下去陪她。

他欲找人暗殺孟灃，被柳清彤撞破，拿鞭子將那些人一個個抽飛，五皇子敗露形跡，被文德帝拘了起來，如今正被幽禁在五皇子府裡。

五皇子這算是徹底失勢了，當時他做的那些陰損事被人參到了皇帝那兒，文德帝雖然惱怒至極，可也沒辦法再維護他，只得將他幽禁起來。

女兒意外過世，鄭貴妃正悲痛萬分，五皇子又被廢，她被這連番打擊得病了，而三皇子雖然仍在，但在那年秋闈受傷，傷在男兒隱祕處，這輩子也算是毀了。

鄭貴妃一脈，可謂是廢了。

衛烜得知這一連串的事，心裡十分平靜。他知道藉著三公主之死將五皇子報復孟灃未遂的事情參到皇帝面前的，是四皇子和九皇子的人。

四皇子那兒有跡可循，這位也是個不安分的主，隨著三皇子的失勢，他應該也能察覺到了什麼，心思活泛開來，起了不該有的貪念。而九皇子那兒，卻是早早將痕跡抹平，無人能察覺，他也是因為上輩子之事，方才知道朝中哪些人是九皇子的人。

九皇子的生母陳貴人在去年秋圍後被封妃，雖比上輩子封妃的時間遲了幾年，到底位分晉了，而且是個聰明隱忍的，給她時間，不保證她不能翻起風浪來。上輩子九皇子便是在她的謀劃下，一步步登上那九五至尊之位，沒有走上太子和三皇子等人的老路。

衛烜暗自琢磨著，若非不想讓太子在前頭太扎眼，犯了文德帝的忌諱，怕是這件事情也不會如此收尾，會咬出更多人來。

不過，此時他遠在邊城，京城如何牽累不到他身上，從得來的消息中大約可猜得出是誰的手筆，卻已經與他無關了。

阿菀還在絮絮叨叨說著，話題從三公主轉到了郁大夫身上，兩人不約而同將京城裡的事情掠過去，不太在意。

既然不在京城，想太多無濟於事，不若便這樣吧。

「你身上的傷如何？」阿菀問道，伸手摸了摸他手臂，知道這裡綁了繃帶。

衛烜不著痕跡地移開手臂，圈著她的身子，讓她偎到自己身前，「只是些皮肉傷，無礙的。」說著，他親親她的臉，「妳只管專心養好身子，平平安安便好，其他的事不必擔心。」

阿菀狐疑地看他許久，最終只是點頭，催促他趕緊去歇息。

翌日，衛烜一大早去了軍營，昨天敵人來得快也去得快，據聞現在狄族的騎兵據守在明水城百里之外，雖沒有發動攻擊，但戰況一觸即發，衛烜仍是需要去軍營坐鎮。

用過早膳，沈罄護送著孟妡過來，同阿菀見了禮後便出去了。

經過一晚的休息，孟妡的臉色變得紅潤，眉梢眼角都洋溢著歡快的氣息，「昨晚我和子仲商量好了，等我坐穩胎就回陽城，這段時間他會在明水城陪我。」

阿菀看她幸福的樣子，也替她高興，「子仲有心了。」
孟妡點點頭，啃著一顆酸澀的李子，吃得開懷。
衛烜一連往軍營跑了幾天，之後便守在家裡。阿菀看得好生納悶，怎地還不打起來啊？那些狄族的騎兵到底守在那裡做什麼？好像在等狄族王庭那邊的回應似的，莫不是王庭那邊出了什麼事情？
不僅阿菀納悶，很多人都覺得奇怪，直到半個月後才知道確實是狄族那邊出了事。
整個北地草原分布著大大小小十餘個部落，狄族是其中一個，其先族長在位時，這些部落被打了一回，熄了心思，各自為政，彼此相安無事。而早些年狄族換了個族長上位，這位新族長是個有野心有能力的，組織了一隊騎兵，用暴力征服了幾個部族，很快便發展成了草原中最大的一個部落，還設了王庭，對大夏的富饒虎視眈眈，終於趁著前年冬天草原一場大雪凍死了無數的牛馬後，有了對大夏發動戰爭的藉口。
然而，狄族內部不是鐵桶一塊，那些後來歸順的部族各懷心思，為一點事情吵了起來。草原這邊起了內訌，一時間顧不得對大夏的戰事，使得軍隊只能駐紮在邊境上，暫時形成兩軍對峙的局面。
「既然如此，何不趁著草原那邊內亂，一口氣滅了他們？」朱城守興奮地道。他在明水城住了十餘年，對明水城的情況極為了解，十分痛恨那些如狼似虎的草原騎兵，不知多少大夏的百姓將士死於他們之手。
趙將軍也心動，卻搖頭道：「談何容易？我們若是出手，說不得會逼得他們反而擰成一股繩，一致對外了。」
雖是這麼說，趙將軍還是找來衛烜商議，最後衛烜上了一份密摺回京。

對於上頭的人的心思，明水城的百姓是不知的，只是對這種情況由一開始的詫異到最後的接受，該怎麼生活就怎麼生活。

這種局勢同樣與阿菀關係不大，她依然是該安胎就安胎，該吃就吃該睡就睡。

在她懷孕滿三個月時，收到了京城對她懷孕之事的反應，首先是幾車的補品吃食等運來明水城，京中的親朋好友彷彿怕阿菀在邊城什麼都缺，連嬰兒的襁褓衣物都送了不少來。

孟妡跑過來和阿菀一起接見京城來的管事及護衛，對阿菀道：「或許現在我娘他們也收到我的信了，指不定到時候也會送這些東西來。」

阿菀笑道：「定是這樣。」

看完了行李單子，阿菀詳細詢問徐管事京城裡的事，誰知徐管事一臉為難地對她說：「聽聞世子妃有了身子，長公主便說要和駙馬一起過來看您，只是他們走得慢，又帶了許多東西，應該還有半個月便到了。」

阿菀吃了一驚，當即讓人去尋衛烜。

衛烜正在練功房和沈罄過招，見阿菀派人來找他，以為出了什麼事，忙擦了汗換了一身衣服，卻不想原來是京城來人了。

「阿烜，我娘和我爹要過來了。」阿菀拉著他的手，一臉的慌張，「這路途遙遠，路途中匪徒橫行，萬一他們……」

衛烜反而鎮定下來，只要不是她出事，什麼都好說，而且在聽說康儀長公主要過來時，他心中一動。康儀長公主是生養過的，以她愛護阿菀之心，有她在旁邊看著，阿菀屆時生產時也安全些。

這麼一想，衛烜忙道：「妳不用擔心，我馬上派人去驛站接他們，不會讓他們遇險。」

說著，心中已經有了主意，讓人叫了路雲過來。

路雲過來後，他當著阿菀的面吩咐道：「妳馬上聯繫路平，讓他帶人去接長公主他們，萬萬不可讓他們出事。」

路雲看了阿菀一眼，應了一聲，轉身去聯絡在外頭的路平。

阿菀平靜地接受了路雲的側目，對衛烜當著自己的面透露此事，並無太大的反應，甚至覺得能知道也可，不知道也不惱。而衛烜向來不會瞞她什麼事，讓她知道這些事也不在意。

不過，阿菀仍是從中推測出路平被衛烜派出去做的事情不簡單，恐怕與北地有莫大的關係，她突然生出某種想法。

莫不是這次狄族王庭發生的事情與衛烜有關？

孟妡聽說康儀長公主要過來也極為高興，又有些羨慕，不禁也想念起京城的家人朋友。只是她很快便不羨慕了，因為過了幾日，同樣收到了京城來的信，說是康平長公主和其兄長孟灃要過來探望她。

而打從知道父母要來後，阿菀每天引頸期盼，既擔心路途遙遠，父母趕路累出病來，又擔心路上不安全。偏生她此時有孕在身，即便擔心也不敢拿自己的身子開玩笑，得好生養著，弄得她頗為難受。

衛烜只得安慰道：「別擔心，徐管事不是說了嗎？父王派了他的親衛送姑母他們過來，一路上都有人打點，我也派了人過去接應，不會有事的。反倒是妳，別胡亂操心，省得姑母過來見到妳不愛惜自己，讓她生氣。」

果然，阿菀想到公主娘生氣時的威力，頓時不說話了。

不說阿菀盼著康儀長公主來，孟妡接到母親兄長他們要過來探望自己的消息，也盼望至極，忍不住也像阿菀那樣擔心。

她拉著沈罄過來尋衛烜，問道：「烜表哥，你說我娘和哥哥他們怎麼會挑這種時候來看我？會不會是京城裡出了什麼事？」

想到三公主過世，雖然大家都說沒事，但怎麼可能沒事？

三公主癡纏自己的兄長，她的死雖是自己作孽造成的，可也有孟灃的因素在，就怕皇上遷怒。縱使皇上不遷怒，也怕有人對付太子，拿太子的妻族來說事。

衛烜不以為然地道：「說妳蠢妳還真是蠢，太子妃還在宮裡，如果京裡真的有事，妳娘和妳哥哥敢離開嗎？」

孟妡雖然不滿他罵自己蠢，可是聽了他的解釋卻很高興，便不在意他罵自己了。

衛烜罵完，感覺到一道冰冷的視線，略略側頭，便見沈罄臉色冷峻地看著他。他嘴角翹起，露出挑釁的笑容。他愛罵就罵，對方不高興也不關他的事。

孟妡心滿意足地和沈罄離開，等著父母兄長過來。因為她懷孕未滿三個月，不宜回陽城，只能在明水城住下安胎，連陽城都特地打發了兩個有經驗的僕婦過來照顧她，所以康平長公主他們得了消息，應該會轉道往明水城來。

過了半個月，康儀長公主夫妻風塵僕僕地到了明水城。

兩對夫妻皆到門口迎接，以示尊重。

當阿菀看到父母從馬車下來時，忍不住心酸，急步上前，被康儀長公主摟進了懷裡。

康儀長公主相當激動，抱著一年多未見的女兒，甚是欣喜。

阿菀抱著公主娘好一會兒，才看向眼眶微紅的駙馬爹，發現他仍是如此感性，不禁笑著喚了聲爹，結果羅曄拉住她的手，激動得說不出話來，忽略了旁邊的女婿。

衛烜盯著阿菀被岳父拉著的手，想要扯回來自己拉著，又想到阿菀對康儀長公主夫妻的重視，只能暗暗咬牙忍住。

孟妡忙和沈罄過來請安，「姨母，好久不見了，我也很想您，您和姨父一路辛苦了。」康儀長公主見孟妡雖然做了母親，仍是一團孩子氣，不禁失笑，再看旁邊長身玉立的沈罄，知道沈罄果然不負姊姊康平的期望，待孟妡極好，方能讓她出嫁後仍保有赤子之心。

「有什麼辛苦的，天天坐著馬車，又不用自己走路。」康儀長公主含笑道。

羅曄也點頭，「是啊，以前去過江南，卻還未來過北地，這沿途的風光時時不同，處處皆有故事，不枉來這麼一趟。」說完，望著女兒傻笑，「最重要的是，我家阿菀在這裡……」

「先進屋再說吧。」衛烜見再說下去就要沒完沒了，趕緊催促道。

待到花廳坐下，孟妡迫不及待地問道：「姨母，聽說我娘和哥哥也要過來看我，他們怎麼突然要過來？可是有什麼事不成？而且怎麼不和你們同行，也好有個照應？」

康儀長公主笑盈盈地道：「他們自是想念妳了，京城裡無事，便想趁著天氣還暖過來看看妳，並沒有什麼事。先前他們不知道妳也在這裡，想是要緩段時間再過來，卻不想我出發了之後，他們接到了明水城的信得知妳也在，用了好些天安排京中事宜，方才過來。」

這話說得無懈可擊，似乎沒什麼可琢磨的地方，孟妡縱使仍是疑惑父母兄長為何突然想來，也只能接受，又詢問了母親兄長帶了什麼人過來、路上可安全之類的，得康儀長公主一一回應，才終於放下心。

康儀長公主夫妻抵達明水城，自然是要設宴款待一番。

第二日，羅曄將衛烜和沈罄兩個晚輩叫去敘話，康儀長公主也得了空閒，攜同兩個姑娘說話，詢問她們離京後的情況。雖有書信往來，到底不如當面問來得放心。

孟妡自幼和阿菀一起長大，稍大些後，管家理事、主持中饋等，也是康儀長公主手把手教導的，在孟妡心裡，康儀長公主儼然是第二個母親。而康儀長公主也將她當第二個女兒看待，很多話都不避著她。

康儀長公主見兩個姑娘始終笑嘻嘻的，不覺也跟著歡喜。

問完了女兒和侄女的近況，方拉著她們的手道：「沒想到妳們會相繼有了身孕，這婦人懷孕，無論身子健康與否，要注意的事可多著……」

其實康儀長公主並不擔心孟妡，而是擔心阿菀。阿菀自幼體弱，她憂心阿菀遺傳自己的體質，子嗣艱難，莫說十月懷胎辛苦，分娩時更是危險，還怕她和自己一樣只生了個女兒便再無生養，不知公婆或旁人如何看她。

康儀長公主憂心忡忡，縱使衛烜現在對女兒好，也不在意女兒生男生女，但是未來會是如何呢？以後會不會有其他想法？畢竟人的想法多變，世間有哪個男子能堅定如一？

待孟妡回去歇息，阿菀將來尋她的衛烜打發了，便膩在公主娘身邊，然後發現公主娘掩飾在笑容下的擔憂，略一想便知道自家公主娘雖然有時候思想超前，但時代所局限，仍是拿這時代的人的想法來看待事情，所以才會放心不下。

想了想，她決定將衛烜所做的事情揀一些告訴她，不過衛烜因為擔心她難產而想要打胎一事卻掠去了，這事情除了他們夫妻沒第三個人知道，縱使白太醫和郁大夫有所猜測，但這兩人行事謹慎，自然不會多嘴說出去。

「烜兒真的這樣做？」康儀長公主吃驚地看著女兒。

阿菀點頭，覷著公主娘的神色，擔心她會斥責衛烜離經叛道，畢竟連深明大義如康儀長公主，也覺得子嗣是大事。

果然，康儀長公主表情複雜，嘆了口氣，說道：「烜兒有這個心……也挺好的。」只希望衛烜能一直這般，待以後老了時別因為這事情後悔遷怒到女兒身上。

說到底，康儀長公主也是自私的，怕阿菀和自己當初一樣難產。難產便罷，若是因此而沒了性命，那才是讓她難受的，所以，知道衛烜為了避免這種情況，先一步吃了避孕藥時，心裡五味雜陳。

「既然這孩子來了，便放寬心將他平平安安生下來。」康儀長公主拍著她的手，「我和妳爹已經決定了，要在這裡待到妳生產後再回去。」

阿菀對他們的決定又驚又喜，可仍是擔憂，「這樣好嗎？京城那邊……」

康儀長公主不覺一哂，「我只是個沒有實權的公主，妳爹也是個閒散駙馬，能有什麼事？放寬心吧！」何況此時京城的局勢非常混亂，連太子也被逼得韜光養晦，康儀長公主覺得待著實在是沒意思，不若過來陪女兒，這樣自己也安心。

阿菀聽罷，終於放了心。

心情一放寬，便又說起了當初趙夫人和孟妡相繼懷孕的事，「若不是我及時讓人去解釋，怕是明水城裡的婦人個個都以為郁大夫專治不孕之症了，不過，雖是如此，還是有好些婦人特地請了他去看病。」

康儀長公主也忍不住掩嘴笑道：「若是能懷的話，當初你們將郁大夫送來時我早就懷上了，只怕也只是巧合罷了。」笑完後，見女兒瞅著自己，那雙和自己長得極為相似的美目一眨一眨的，可愛得緊，不禁愛憐萬分，「妳這小丫頭看我做什麼？」

阿菀遲疑地道：「娘，如若郁大夫真有這本事，您要不要……」

康儀長公主忙擺手道：「若是我還年輕，自是要試一試，只是我和妳爹都這把年紀了，還有什麼事情想不開？雖然子嗣重要，我也想給他再生個孩子，可妳也知道我的身子情況，縱使現在比以前好多了，到底年紀大了，便能懷上，也不知能不能平安生下來。若是生下來便讓他沒了娘，不能護著他看著他長大，讓他來這世間遭罪，不如算了。」說著，她溫柔地看著女兒，「如此，還不如留著這命，也能好生看著妳。」

她沒說的是，怕自己真的不在了，留下一雙兒女，萬一將來他們出了什麼事，沒有自己為他們籌謀，她如何能放心？不若不再要孩子，也能活得長久些，看著女兒就好。反正這事丈夫已經不在意，她又何必再執著？

阿菀猜出了康儀長公主的想法，淚盈於睫，趴到她懷裡哭了一場，哽咽地道：「若是讓您這般為我操一輩子的心，我心裡難受。」如此還不如不生她，省得母親如此操心。

「說什麼傻話？」康儀長公主不悅地道：「這是我自己的事，妳胡思亂想什麼？」

被母親的話感動到，阿菀暗暗決定，怎麼著自己都得要好好的，以免公主娘傷心。

晚上衛烜回來時，阿菀趴在他懷裡，同他說了今兒公主娘和她說的話，眼睛又濕了，「我以前從來不知母親會有這種想法，好像是我拖累了她，這樣還不如她當初不生我。」

衛烜抱著她沒有說話，心中卻暗忖，如果康儀長公主沒有生她，他這兩輩子如何能遇到這個來自異界的獨一無二的阿菀？他很慶幸康儀長公主生了她，讓他遇到了她。

幾日後，康平長公主和孟灃也來了。

眾人一起到門口迎接，孟妡尤其高興，抱著自家娘親的手又笑又叫，被康平長公主斥了幾句不穩重，卻是滿臉笑容，語氣也不嚴厲，只有滿滿的溺愛。

孟灃見妹妹那小女兒嬌態，便對沈罄道：「子仲，小妹被家母寵壞了，望你多擔待。」

沈罄點點頭，只道了句「這是內人」。自己的妻子，自然是自己包容，不必外人多說。饒是孟灃習慣了他的脾氣，也被噎得不行。衛烜看得挑眉，第一次覺得沈罄看著還算順眼。

當日康平長公主和孟灃便在客院歇下。

兩位長公主前後來到明水城，使得明水城裡的官員趨之若鶩，尤其是這其中還有太子的妻族，自是要好生巴結。可惜康平長公主不耐煩這些，只收了禮物，便讓阿菀使人打發了。

兩對母女坐在一起說話，康平長公主架不住女兒像隻猴子一樣癡纏，罵道：「都要當母親的人了，還沒個大人樣。」

孟妡理直氣壯地道：「就算我要當母親了，我也是娘親的女兒！」

康平長公主素來疼她，對她無可奈何，方道：「妳們也不用擔心，太子妃在宮裡好著，她有兩個嫡子傍身，又是個心有成算的，吃不了虧，而且皇長孫聰明伶俐，深得皇上喜愛，只要太子不犯什麼大錯，這般規規矩矩熬下去，遲早會熬出頭來的。」

康儀長公主聽罷輕輕一笑，阿菀也安靜地微笑聽著，並沒有插話，母女倆都知道康平長公主這是淨揀著好話來哄孟妡。

「這樣我就放心了。」孟妡拍拍胸口，「那哥哥呢？沒有受到牽連吧？」

她到底還是擔心兄長和母親突然過來是迫於無奈。

康平長公主臉色沉了下來，然後嘆了口氣，說道：「皇上多少是有些不痛快，不過看著我的面子才沒說什麼，只是這情分遲早要耗完的，屆時……」

話沒有說完，但在場的人都明白。

「行了，沒什麼事，況且清彤他們還在京裡，皇上不看僧面也會看佛面，不管旁人說什麼，都會開口護一護妳兄長。不說這個了，妳們倆身子重，萬不可多思多慮。」康平長公主拉著兩人的手，笑道：「妳們有什麼想吃想玩的儘管說，我在渭城這邊也有個莊子，到時讓人給妳們送過來，斷斷不能虧了妳們。」

孟妡和阿菀對視一眼，笑咪咪地說了聲好。

女眷這邊對京城的事情輕描淡寫，男人那邊氣氛卻有些沉凝。

孟灃黑著臉，憋著氣道：「我也未曾想到那些人會這般大膽，藉著機會設計這事，將太子和三皇子都拖下水。幸好當時太子妃反應及時，讓太子派人過來通知我，破了三皇子設的局，方未使得我們兩敗俱傷。有時候，我真是忍不住想要……」

沈罄坐在一旁瞇著眼睛想事情，雖然他未參與進去，卻也能感覺到京城裡的血雨腥風。

衛烜撇嘴道：「你急什麼？」

孟灃住了嘴，臉色仍是不好看，氣道：「若非為了太子妃，我如何也嚥不下那口氣。」

「那你待如何？」衛烜端著茶盞抿了口，輕飄飄地問道。

孟灃的唇抿得更緊了，事情都發生好幾個月了，該他做的他已經做了，不該做的也忍住沒出手，可還是覺得不夠，他想要讓那膽敢設計他的人、對付他家人的人都付出代價。

衛烜見他無話可說，便冷著臉道：「你將四皇子推出來，倒是明智，可惜另一個人藏得太深，抓不到他的把柄。」然後也嘆了口氣，上輩子就是這樣，不動聲色地將所有人都當成了踏腳石，成就一人的帝王之路。

可惜自己死得早，若是他沒死，待他凱旋歸來，定然又是另一番局面吧？不過他一點也不後悔，沒了阿菀的世界，待著也是無趣，不若這輩子一開始便給了他機會，如同現在，將京城的水攪得更濁。有人想要坐享其成，也要看有沒有那個命享。

「其實你做得不錯了。」衛烜又道：「四皇子被拖下水，有他攪和，太子也不扎眼。」依文德帝的性子，太子越能幹他越忌憚，不若這般平平淡淡的。

孟灃尚有許多話欲與衛烜說，但沈罄在這裡，只好閉上嘴。雖然沈罄是妹夫，可沈罄到底長年居於西北邊境，有些事情不知道反而好。

沈罄也是個有眼色的，坐了一會兒，便起身告辭。

孟灃這才從袖子裡拿出一本藍皮冊子遞給衛烜，說道：「你當年留給我的錢，我已經獻給太子一半，另一半封存在江南的老地方。如果你需要銀子，說一聲便成。」然後又拿出另一本冊子放在桌上，「這些是太子這兩年用去的銀兩細目，你看看。」

衛烜隨手翻了下，對孟灃點頭道：「你辛苦了。」

孟灃端起茶喝了口潤喉，笑道：「也就這麼點事，若是我都辦不好，也枉費你的安排了。」說著，他悵然地道：「我只希望一切都順順利利的。」

「放心，也不過是幾年的事情了。」衛烜輕聲道。

「什麼？」

衛烜不語，意味深長地看著他。

康平長公主等人來到明水城，使得整個衛府都熱鬧起來，而且有了長輩坐鎮，連阿菀都覺得安心不少。

可能是難得見到母親，孟妡特別愛膩著康平長公主，待知道他們會待到她坐穩胎，再跟著一起去陽城拜見親家時，她更高興了。

「娘，若是京城沒什麼事，您就和哥哥待久一點吧。」孟妡又開始撒嬌，「可惜小侄子太小了，不然嫂子他們就可以過來了，我還沒有見過小侄子呢！」

說到孫子，康平長公主也很高興，「那個小猴子白白胖胖的又好動，力氣很大，這點倒像他娘。我們過來時剛為他辦了抓周禮，他抓了弓箭，也不知以後會怎麼樣……」

聽著她絮絮叨叨的，阿菀幾人都忍不住笑著附和。

說完孫子的事，康平長公主才道：「不過是許久不見妳了，我才會和妳哥哥過來看看，可不能待得太久，妳爹和妳嫂子他們在京裡，我們哪裡能安心住著？」

孟妡嘟起嘴，「那爹為什麼不一起過來看我？您看姨父都過來看阿菀了。」

她也是極想念父親的。

康平長公主戳了她一下，「家裡總要留個人，哪能獨留妳嫂子和孩子在家？」

孟妡不過是說說罷了，聽罷便轉移了話題，拉著母親嘰嘰喳喳說個沒完。

四月末開始，明水城便處於兩軍對峙的局面，雖然中間不乏小打小鬧，但都不是什麼大的戰事，一時間明水城真是安穩得讓人覺得太平極了。

等孟妡坐穩了胎，康平長公主、孟灃和沈罄夫妻終於啟程回陽城。

阿菀頗為不捨，可也知道他們能在明水城待這麼久，是因為孟妡要安胎之故，現在已經滿三個月，自然不能再待著不走，省得沈家那邊有意見。怎麼說孟妡肚子裡的孩子都是沈家二房的長子長孫，眾人也是重視的。

孟妡同樣依依不捨，眼淚差點飆出來，哽咽著對阿菀道：「等妳要生時，我肚子也大了，不好過來看妳，也不知何時能再見……」

旁邊的人看得無語，但也知道孕婦多愁善感，變臉就跟變天一樣。見孟妡哭得那麼慘，阿菀反而不好傷懷，只道：「等我生下孩子，待他大一些，我親自抱他過去看妳。」

好不容易在孟妡的哭哭啼啼中，將他們一行人送走了。

生怕路上不安全，衛烜還特地派他的親衛護送他們回陽城，順便讓在外頭行事的路平暗中開路，省得有一些不長眼睛的蠻子南下劫掠時驚了他們。

孟妡和康平長公主等人離開，阿菀雖然有些傷感，可是身邊有父母及衛烜陪著，很快便轉換了心情。

衛烜鬆了一口氣，覺得康儀長公主夫妻不辭老遠過來，真是太好了。

阿菀感念父母的關愛之情，對母親的話簡直是無不聽從，即使隨著月份漸大，身體各種症狀都出來了，脾氣克制不住，可只要是母親說的話，她盡皆照辦，讓衛烜都吃醋了。

「妳真是聽話，在我面前就沒這麼乖。」衛烜抱著她，在她頸窩間親來啃去。

阿菀被弄得癢癢的，拍著他的肩道：「如果你是我娘，我也聽你的話。」

「我可不想當妳娘……」衛烜嘀咕著，濕潤的吻順著她的脖子吮吻而下，然後拉開肚兜的繩子，親了親那顫巍巍的桃子，繼續道：「這裡好像變大了……」

不再是小包子，變成大包子了。

被阿菀拍了一記，他也不理，從胸脯往下，來到她高聳的肚皮，接著被阿菀制止。

「不行，很醜。」阿菀哪好意思讓他看到自己這樣。

「有嗎？我覺得很好。」衛烜不以為意地道：「如果妳不信……」說著，抓著她的手按到了自己身上某個又硬又熱的東西上。

阿菀：「……」

阿菀真想掐住他，誰讓他耍流氓。

懷孕滿五個月，她的模樣開始變了，雖然上半身看著依然纖細，可是臉色變差了，皮膚上出現了斑紋，腿腳也有些浮腫，行動越來越笨拙。

每天早上梳洗時，攬鏡自照，都覺得慘不忍睹，沒想到懷個孩子會變得這麼醜。有經驗的婦人說，母醜宜男。意思是說，懷孕時母親醜得厲害，那麼這胎定是兒子。雖然這話沒有什麼科學根據，可結果都是生兒子的多，還是有其道理。

康儀長公主知道衛烜當初做的事，也聽女兒說她當時曾和衛烜說可能只生這一胎，所以女兒這輩子可能只有這麼個孩子，自然希望這胎生的是兒子，以後也不怕有什麼意外。

而阿菀覺得，變得這般醜的自己，衛烜還這麼有「性趣」，只能說他的眼睛不是被糊了看不清楚她的樣子，就是他真是愛她愛得越發神經病了。

再看他變得狂熱的表情，阿菀覺得應該是後者居多，他根本是神經病得不正常了。

衛烜不知道阿菀的想法，他是真的不覺得阿菀變醜了，更巴不得她肚子裡的那塊肉快快落地，別耗了阿菀的生命才好，省得他每天提心吊膽的。在這種種顧慮之下，他哪裡還顧得上她是美或是醜。

如今他每天晚上要做的事情便是把她摟到懷裡，上下其手一番。這樣不僅對她的身體變化知之甚詳，也能感受到她的肚子在他的關注下一點一點地變大。

他的心情有些微妙。

兩輩子第一次要當爹，也不知是個什麼滋味。

可能是自己這般醜的模樣都被他看去，阿菀索性破罐子破摔，由著他了，愛怎樣就怎樣吧。反正她可以肯定，他比自己還要緊張她的身體，不會做出什麼危害孩子的事。

阿菀放開心了，她身邊的丫鬟們卻緊張得要死，謝嬤嬤更對衛烜每天晚上回來與孕婦同床共枕之事頗不贊同。

以前這裡沒個長輩，謝嬤嬤不好說什麼，現在康儀長公主來了，自然可以找個人說了。

「真是這樣？」康儀長公主驚訝地問。

「是的。」謝嬤嬤擔心道：「從郡主有了身孕開始，只要世子爺在家裡，兩人都是同床共枕，並未分床睡過。」

她無聲嘆了口氣，不是沒見過感情好得不想分開的夫妻，但是那些妻子在懷孕後，丈夫若是不分房睡，也是在屋裡支個榻睡，哪像這對小夫妻還同睡一張床，讓她擔心少年人定力弱，克制不住起了興致同房。若是動作大些，對孩子可不好。

康儀長公主若有所思，見謝嬤嬤苦哈哈地看著自己，便笑道：「沒事，烜兒有分寸。」

謝嬤嬤臉變得更苦了，小夫妻倆沒經驗，這長輩又不管，如何是好？

康儀長公主知道謝嬤嬤的性子，當下寬慰一番便將她打發了。女兒和女婿感情好，她只會開心，至於小夫妻床笫間的事，她不是不管，而是相信衛烜。

衛烜沒少找郁大夫和白太醫問話，想是兩位大夫為了保命，都會不遺餘力叮囑他婦人懷孕時的各種注意事項，根本不用她多嘴。

然而，不僅謝嬤嬤為衛烜的定力擔心，很多人也起了心思，朱城守便是其中之一。他習慣性地以男人的角度想事情，便和自家夫人提了個意見。

「世子妃有了身孕，諸事不便，不若我們再牽個紅線，給世子爺介紹個身家清白的姑娘去伺候他，如何？」說著，他迅速想到了幾個人選，皆是明水城某些官員家的女兒。能伺候親王世子，也算是高攀了。

朱夫人聽到這話，臉色大變，毫不客氣地一拳揍了過去。

等將丈夫打成豬頭，她才氣恨地道：「你們男人只會用下半身思考，就容不得旁人的夫妻感情好嗎？別用你那齷齪的腦袋來揣測世子的行為，世子素來愛重世子妃，誰不知道？你倒好，竟然生出這等念頭來！若是世子知道了，恐怕將你從一隻豬削成了人棍都使得，到時可別怪我沒提醒你！」

朱夫人常去衛府走動，雖然沒怎麼見過衛烜，可從阿菀那裡也揣測得出幾分衛烜的行事，且不說衛烜的秉性如何，光是她和阿菀的交情，她就不允許丈夫做這種天怒人怨的事。

同是女人，她最是理解女人的心情，怎麼會做這種事情？

她也知道明水城的勢力錯綜複雜，而衛烜是空降過來的，代表了皇帝，在明水城中的地位頗為特殊，有些事情從衛烜身上下手是最好的，可是什麼法子不好，只會往人家後院塞女人，這算個什麼事兒？

朱夫人越想臉色越難看，手一伸，抓住想偷溜的丈夫，拖進房裡再教育去了。

阿菀不知道外面人的心思，也不知道朱夫人幫她擋了一回算計。依朱夫人城守夫人的地位，若是有些事情她不搭腔，旁人也不敢隨意行動，方才讓阿菀清清靜靜，沒被人打擾。

隨著月份漸大，阿菀每天都極是辛苦，衛烜和康儀長公主夫妻都擔心不已，每天圍著她打轉，就怕她有個什麼意外。

在這樣的氛圍下，在某個毫無預兆的日子裡，她終於提前一個月發動了。

此時已經進入臘月，外面可說是滴水成冰。

隨著天氣越發寒冷，明水城已經有一個來月沒有戰事，整座城陷於冰天雪地之中，街道上行人匆促，等到寅時末，外面早沒什麼人了。

而此時衛府卻是一片忙亂，原因是世子妃今兒晌午時突然發動了。

當時阿菀正陪著父母吃午飯，午飯是烤得酥脆的羊肉大餅，配著青菜湯，她像隻倉鼠一般啃得正歡，突然感覺到肚子有些墜痛。

這種墜痛近來時常發生，余嬤嬤等幾個有經驗的僕婦和接生嬤嬤、醫女們都說是正常現象，讓她寬心，不必太緊張。阿菀半信半疑，後來發現她們轉身去尋自家公主娘時臉色凝重，便知道她們是為了寬慰自己才會這樣說。事實上，阿菀知道自己的身體情況可能不太理想，但是怕影響到她的心情，方沒有說實話。

只是公主娘看起來比自己還要害怕，衛烜也是一副隨時可能會暴走的模樣，阿菀只得當做什麼都不知道。

同桌吃飯的衛烜、康儀長公主和羅曄見她啃著啃著忽然停了，不由感到奇怪。

「怎麼了？可是肚子又痛了？厲不厲害？怎麼個痛法？」衛烜儘量放柔聲音，可是那急促的語氣仍是暴露了他心裡的不平靜。

康儀長公主夫妻也同樣緊張地看著女兒。

阿菀皺著眉頭，看看父母，又看看衛烜，淡定地說：「我好像要生了。」

「要要要……要生了？」羅曄大著舌頭，一臉不知所措，「那那那……那怎麼辦？對了，快去請大夫，還要……還要燒熱水！對，準備好熱水……」他抓著頭髮，努力回想妻子當初生產時的情景，可惜此時腦中一團亂麻，根本想不起來當時到底是什麼情況。

衛烜呆呆地看著阿菀，腦子空白，下意識道：「哦，要生了……要生了？怎麼辦？」他一把將抱著肚子的阿菀抱起來，手足無措地站在那兒。

康儀長公主被這兩個成事不足敗事有餘的男人氣得半死，霍地起身，對衛烜道：「快將阿菀抱到產房去！」然後將急得像熱鍋上的螞蟻的丈夫推到一旁，對伺候的人吩咐道：「青雅和青環去廚房守著，畫扇去請接生嬤嬤過來，青霜去請郁大夫，余嬤嬤和安嬤嬤跟我來……」

由於阿菀的懷相不太好，尤其是到最後幾個月時脈象不穩定，連幾個有經驗的嬤嬤都覺得阿菀的身子弱，孩子可能無法在肚子裡待滿十個月，有早產之相。

現在聽到女兒要生，康儀長公主雖然也慌，到底有心理準備，並沒有太失分寸。

在康儀長公主有條不紊的指揮下，丫鬟們找到了主心骨，各自行動了，讓原本也驚慌的謝嬤嬤頓感安慰，覺得康儀長公主能過來真是太好了。

衛烜穩穩地抱著阿菀進了從一個月前就收拾好的產房，小心翼翼地將她放到已經消過毒的床上，摸著她的額頭，柔聲道：「阿菀，妳別怕，孩子已經在妳肚子裡待夠九個月，長得夠大了，不會有事的。」

他的聲音十分堅定，若是臉色能別那麼蒼白，手別抖得那般厲害，那就更有說服力了。

阿菀無力地朝他笑了下，聲音裡滿是對他的信任，「嗯，我知道，我相信你。」

接生嬤嬤很快進來，看到衛烜在這裡，下意識皺起眉頭，想說點什麼，卻被人扯了過去，只得閉嘴先檢查孕婦的情況。

接生嬤嬤熟練地看完，對其他緊張的人說：「世子妃要生了。」

「真的？那妳快接生啊！」

一道急促的男聲傳來，眾人下意識看去，原來是羅曄正趴著門框探頭對裡面叫著，又急又憂，想要進來又不敢的模樣。

眾人這才想起衛烜這個男人也在，當下有人趕他，「世子爺，您可不能待在這裡。」

衛烜眉毛一豎，就要發脾氣，康儀長公主忙道：「烜兒，你先出去，阿菀這是第一胎，沒有那麼早生。」

康儀長公主發話，衛烜不敢生氣，他蹲在床邊，握著阿菀的手，堅定地道：「不行，我要在這裡陪阿菀。姑母，您就允了我吧。」

康儀長公主皺眉，她倒不是覺得男人進產房汙穢什麼的，而是覺得他一個大男人杵在這兒，礙手礙腳的，十分不便。正要勸著他，卻不想阿菀開口了。

「阿烜，你聽娘的話，出去吧，我沒事。」阿菀壓抑著差點出口的呻吟，勉強對他說道。她的聲音如平常般柔和，彷彿她現在並不是經歷人生的緊要關頭，而是在做小手術。

事實上，她疼得想要哭，只是能放緩語速，笑著安慰他，緣於她上輩子已經習慣這樣的痛苦，兩輩子練就出來的忍耐力，讓她對疼痛有著非凡的忍耐力，尤其是知道這個男人完全是個長歪了的神經病時，更不能讓他有發作的可能。她怕到時候她痛得控制不住，嚇著他，所以還是將他弄出產房比較好。

只是她以為自己看起來很正常，卻不知落在旁人眼裡，蒼白的臉、滿臉的汗，卻強作鎮定地安慰人的模樣有多可憐。

康儀長公主看得心酸，眼淚差點掉下來，不過也知道女兒的顧忌，當即將衛烜轟出去。衛烜一走，康儀長公主馬上坐到床前，柔聲安慰道：「阿菀別怕，娘在這裡陪妳。」

阿菀笑著輕應了一聲。

衛烜被趕出去後，也跟羅曄一樣想要趴著門框往裡面瞧，余嬤嬤見狀，趕緊過去將簾子放下，槅扇一關，把兩個男人擋在外頭。只是雖然擋住了他們，但每當丫鬟端著熱水進進出出時，仍是讓他們抓緊時機往裡頭張望。

余嬤嬤只好黑著臉站到門前，用自己有些分量的壯碩身體擋住兩個人，將他們驅趕到外室去待著，省得在門前礙手礙腳。

衛烜哪裡肯走，就著門縫往裡面叫道：「阿菀，妳現在怎麼樣了？要不要我進去？」說完，發現裡面根本沒有聲音，他頓時慌了，「怎麼沒動靜？阿菀，妳應一聲啊！」

余嬤嬤被氣樂，「世子爺，世子妃要積攢力氣，待會兒才好生產，您讓她怎麼吱聲？」

衛烜一聽，又慌忙朝裡面叫道：「阿菀，妳別出聲了，留點力氣，打發個人過來回我一聲就成了！」

接著，他等了好一會兒，方見到安嬤嬤那張老臉探了出來。

「世子爺，世子妃讓您好生坐著，若是有事她自會叫您，您在這裡，讓她沒法子專心生產。」說完，不理會這兩個男人，自顧自回了產房，把門重新關上。

只是，衛烜每隔一段時間，便會忍不住扒著門往裡面叫。

產房裡，阿菀努力吸氣，儘量控制自己的呼吸及頻率，發現終於沒那麼痛時，不禁對旁邊幫她擦汗的母親道：「娘，我好像沒那麼痛了，是不是不生了？」

康儀長公主看向接生嬤嬤。

「世子妃，這是常有的情況，您是第一胎，這用的時間是要久些。若是您覺得餓的話，可以先吃些東西，補充體力。」接生嬤嬤極有經驗地道。

康儀長公主一聽，笑著問道：「阿菀，妳想吃什麼？告訴娘，娘讓人做。」

阿菀渾身疲累，腦子轉不動，一時間沒什麼特別想吃的，便說道：「來碗三鮮麵吧。湯要最鮮的那種，食材也要新鮮的，不要加鹵肉和熏肉了。」

康儀長公主聽罷，趕緊讓人去安排。

衛烜只覺得度日如年，每一息都難熬非常，腦袋裡不由想到自己的嫡親母妃和上輩子繼母難產的情景，阿菀應該不會這樣吧？

他越是慌張，面上越是冷戾，額頭青筋突突跳動著，不知道該怎麼辦，只好和旁邊同樣焦急的岳父大眼瞪小眼。這時，突然見內室的門打開，霍然站了起來，三步併兩步上前，急問道：「怎麼了？生了？」

余嬤嬤無語地看著他，心說才進去兩個時辰，怎麼可能生了？可是看他一副凶神惡煞的樣子，讓她著實心驚，擔心他不管不顧闖進去，只好嚥下口中的話，轉而道：「世子妃餓了，奴婢要去煮碗麵給她吃，才有體力生產。」

衛烜一聽，忙道：「那妳快去啊！」

余嬤嬤再次被他毛躁的舉動弄得無語，想他過了年，也不過是才十九歲，便默默安慰自己，年輕人衝動些是自然的。

等余嬤嬤下去，羅曄過來安慰道：「沒事，既然還想吃東西，證明阿菀還好，就像當初她娘親生她時，也是想吃東西，這樣很快便能生了。」

「是嗎？」

「是的！」羅曄斬釘截鐵地答道。

衛烜終於捨得施捨了個眼神給岳父，只是看他一眼又馬上調過頭，暗自想著，岳父那般不著調，他要真相信他的話就是棒槌了，還是自己進去再看看比較好。

所以，當余嬤嬤用保溫食盒將煮好的麵端進去時，後面跟了個男人。

產房裡忙碌的人悚然一驚，接生嬤嬤正要趕人，衛烜已經長腿一邁，來到了床邊，對靠坐在床上臉色蒼白的阿菀道：「我看著妳吃完麵再出去，反正妳現在也不忙著生，我在這裡不會礙著妳們的。」

眾人對他著實無語了，見連康儀長公主沒趕他，只得睜隻眼閉隻眼。

康儀長公主看了看女兒，又看了看衛烜，很爽快地讓出了床前的位置。

衛烜坐到錦杌上，接過余嬤嬤遞來的湯麵，柔聲對阿菀道：「阿菀，我餵妳，可好？」

阿菀看著他，點點頭。

麵條有嚼勁，湯頭鮮美，阿菀卻有些食不知味，她時而看看旁邊坐著朝她微笑的母親，又看看目光沉沉地看著自己的衛烜，搭在腹部的手指不由得蜷曲了下。

吃了半碗麵，那種鋪天蓋地的痛感再度襲來，讓她忍不住皺起眉頭，滿臉冷汗。

衛烜差點端不住手中的碗，一臉驚恐地看著她，那模樣兒看起來很淒慘，比她這個產婦還要可憐，讓阿菀突然想笑又想哭。

「你先出去吧，我沒事的。」阿菀溫聲勸說道，接著對旁邊的接生嬤嬤道：「嬤嬤，可以了，我們開始吧。」

衛烜看著眾人一擁而上，將床圍得密密實實，而他什麼時候被人擠出來也不知道，只是捧著剩下半碗的麵，腦子空白，直到聽見一絲柔弱的呻吟聲，才終於回過神來。

「阿菀！」他將碗塞給旁邊的僕婦，拚命往前擠去。

「快出去！」康儀長公主被他弄得好氣又好笑，強勢將他轟了出去。

衛烜站在門前，像是罰站一般，連羅曄到他身邊問他的話也沒聽見，目光有些呆滯。

「你到底怎麼了？」羅曄用力拍了他一下，「烜兒，你看到什麼了，是不是阿菀……」

說著，自己緊張起來。

衛烜失魂落魄地看了他一眼，說道：「沒什麼！是的，沒什麼！」

他自言自語，像是在說服自己。

天色漸漸暗了，明水城還在下雪，雪在黑夜中無聲無息地落著，很快占滿了原本好不容易清理乾淨的院落。

這個雪夜特別寒冷，雖然屋內燒了地龍，可是站得久了，身子也變得僵冷不堪。

羅曄來回踱步，一邊舒緩凍冷的身體，一邊關注著產房裡的狀況，心潮起伏不定。

直到夜深人靜，整個院子依然燈火輝煌，無人能入睡。

天微微亮時，羅曄已經坐靠在太師椅上睡著了，身上披著一件厚褥子，只是睡得並不安穩，直到突然聽到開門的聲音方驚醒。抬頭望去，只見衛烜憔悴地站在門前，而丫鬟將一盆盆的血水端了出來，看得他心驚肉跳。

「怎麼了？怎麼會有這麼多血水？」羅曄驚恐地問道。

余嬤嬤再次上場，杵在門前，勉強說道：「駙馬不必擔心，沒什麼事。」

羅曄哪裡會被她糊弄，馬上道：「我不信，阿菀是不是難產了？」說著，厲聲對旁邊伺候的丫鬟道：「緊去叫白太醫和郁大夫過來！」

丫鬟驚得跳起來，拎著裙子忙忙出去了。

白太醫和郁大夫就在隔壁廂房候著，從昨天午時阿菀發動起便候在那裡了，一直未曾離開，吃喝拉撒都在那兒，所以很快便被丫鬟叫了過來，然後被推進了產房。

余嬤嬤很適時地又用自己魁梧的身體擋住門，不讓兩個男人入內。

羅曄怒了，「我的阿菀在裡面不知道發生什麼事，妳讓我在外面等，卻讓他們進去？」

余嬤嬤面無表情地道：「駙馬爺，他們是大夫，自然可以進去。」而且，大夫還是他叫過來的，簡直讓人不知道說什麼好。

就在余嬤嬤被駙馬的無理取鬧弄得哭笑不得時，身側忽然有個人擠了進去。

轉頭看到是衛烜，她登時大急。

衛烜竄進產房，看到床上閉著眼睛生死不知的阿菀，腦子裡嗡了一下，前世接到她的死訊時的那種渾身宛若被人抽走了力氣的絕望感再次襲上心頭。

如果這個世界沒了她，他重生回來又有何意義？

難道他們的緣分只有這短短的幾年？

「你怎麼進來了……」

虛弱的聲音響起，那雙每每讓他狂躁的心平穩下來的沉靜雙眸也凝望過來，如往常般看著他，讓他以為自己置身夢中。

這個世界上再沒有人能有她這般美麗又神奇的雙眼，讓他愛得扭曲瘋狂。

衛烜說不出話來，在她面前直接失語，只是失魂了般望著她，隨後被人架到一邊，產房裡的人又開始忙亂起來。血腥味沖天，讓他的眼睛似也變得猩紅，如同上輩子親手屠了狄族的王帳時，那沖天的血光將他的雙眼染紅，宛若修羅。

他像根木頭一樣杵著，在一片混亂中顯得格格不入，直到接生嬤嬤驚慌地說著什麼，康儀長公主也焦急地對著床上漸漸沒了生氣的人喚著她的名字時，他的身體晃了晃……

「烜兒！」

「世子爺！」

「快阻止他！」

各種叫聲響起，衛烜充耳不聞，只是呆呆地跪在床前，雙手緊緊摟住阿菀的身子，眼淚一滴一滴地落到了她的臉上。

阿菀無力地睜開眼睛，嘴角嘗到了鹹鹹的味道，不知是自己的汗水還是什麼，但是那擁抱著自己的人倒是無比熟悉。她勉強扯了扯嘴角，只覺得有什麼東西終於脫離了身體，令她整個人瞬間放鬆下來，那種窒息般的撕裂痛楚終於結束了。

「太好了，生了！」

接生嬤嬤驚喜地說，同時手腳麻利地將臍帶剪掉，小心翼翼地把那小小紅紅的嬰兒抱出來，在其屁股上拍了拍，震天的哭聲便衝破了冬日雪落時的寧靜。

明水城上空的雪不知何時停了，灰暗的天空露出了絲絲的湛藍色。

聽到產房裡傳來響亮的哭聲，羅曄喜得手舞足蹈，連忙又趴到門縫上。

「怎麼樣了？可平安？是男是女？」

裡面沒人理他，而是將白太醫和郁大夫叫進去為產婦看診，弄得羅曄更緊張了。

他雖然很想親自進去看看，可是在裡面生孩子的是自己的女兒，雖說是父女，可有男女大防在，再者，他若被允許入內，證明產婦不行了，才會破例讓男性長輩進去見最後一面，所以他寧願這般趴在門邊看，也不想像衛烜這般理直氣壯地闖進去。

片刻，緊閉著的門打開了，白太醫和郁大夫一臉放鬆地出來。

見著羅曄，白太醫拱手笑道：「駙馬爺請放心，母子均安，無甚事情。」

「母子？」羅曄鸚鵡學舌般重複。

余嬤嬤滿臉喜悅地跟出來，說道：「恭喜駙馬爺，世子妃生了個小少爺，母子均安！」

羅曄聽完，驚喜莫名，「哎呀，兒子好，聽聲音那麼響亮，定然是個健康的孩子！」

阿菀剛出生那會兒，孱弱得像隻小貓，讓人擔心她隨時可能沒了氣息，他們夫妻簡直夜裡都不敢閉上眼睛。也因為如此，羅曄希望女兒這胎能生個健康的孩子，別像他們那樣時時刻刻提著心，故而聽到外孫是個健康的孩子，羅曄終於鬆了一口氣。

余嬤嬤笑道：「世子妃懷小少爺時養得好，孩子自然也健康。」想到阿菀遭的罪，她也心疼不已，又道：「雖然早了一個月出生，但大夫說無礙，仔細養些日子便會好的。」

羅曄只管點頭，又探頭往裡面湊去，問道：「孩子呢？快抱出來給我瞧瞧……對了，烜兒呢？他是不是被嚇昏了？」

余嬤嬤聽了，臉上露出複雜的表情，半晌方笑道：「駙馬爺說哪裡的話，世子爺此時正在裡面陪著世子妃，沒有暈，只是……」不肯走罷了。

產房裡的人還是忙得熱火朝天，婆子們幫生產完後虛脫昏睡過去的阿菀清理身子，時不時偷看跪坐在床前動也不動的衛烜。見他死活不肯走，詢問了康儀長公主後，只得作罷。幸好他只是癡癡地看著床上的世子妃的臉，沒有亂瞄，她們才能仔細為阿菀清潔下體。

接生嬤嬤將新生兒清洗乾淨，包到襁褓裡，遞給了康儀長公主。

「這孩子像烜兒，以後定也會像烜兒一樣健康活潑。」康儀長公主滿臉激動地看著襁褓裡正呼呼大睡的外孫，笑得嘴不合攏，巴不得外孫像衛烜小時候那般四處搗蛋。

與丈夫的心思一樣，康儀長公主希望女兒不要重蹈他們夫妻倆曾經經歷的痛苦，不用時時擔憂孩子無法養活，天天活在恐懼自責中。

聽到她的話，接生嬤嬤下意識看了眼床邊，見嬤嬤們已經為世子妃清理乾淨身子，也換上了乾淨的衣物，世子卻仍是像木頭似的保持著先前的姿勢，不禁暗暗搖頭。

她幫很多世家貴族的夫人們接生過，從來沒見過哪位爺像這位世子爺一樣，竟直接闖進產房，還賴著不走，也不怕被血汙了氣運。不過，剛才見他緊抱著世子妃的樣子，那種無聲的哀傷絕望，讓人莫名感到心酸。

世間夫妻千萬種，沒有比他表現得更赤裸裸的了，打破了她對世間男人的認知。都說瑞王世子是個無法無天的小霸王，怎想得到他會為一個女人如此重視？

「阿媛，孩子如何了？快抱出來給我瞧瞧！」

門外響起丈夫的聲音，康儀長公主這才想起他在外面必也是心焦，不由看了眼熟睡的孩子，方交給余嬤嬤，讓余嬤嬤抱出去給丈夫瞧瞧。

孩子被余嬤嬤抱出去，康儀長公主這才看向床邊。

剛才白太醫和郁大夫進來確認過，說女兒只是產後虛脫昏睡，沒有什麼大礙，可他們兩人也說了，女兒生這胎生得不易，元氣大傷，雖未損及身子，可也要養個幾年才能恢復。

而且，日後確實不宜再要孩子，即使能懷上，可能也沒有這次的幸運了。

想到這裡，康儀長公主嘆了一口氣，慶幸女兒在懷孕過程中很聽話，將肚子裡的孩子養得好，更慶幸女兒生的是兒子。不是她重男輕女，而是她明白這世道對女子的束縛頗為苛刻，何苦再生個女孩讓她來受罪？

「烜兒，阿菀沒事了。」康儀長公主走過去，拍拍衛烜的肩膀，「你一夜未閉眼，先去休息吧，阿菀還要睡一會兒才醒。」

背對著她的衛烜沒有說話。

就在康儀長公主欲再要勸說時，方聽到他沙啞的聲音：「姑母，您和姑父也累了一宿，你們去歇息吧，我在這裡陪陪阿菀。」

他這麼一說，康儀長公主才感覺渾身酸痛，走路都有點兒飄。

從昨天晌午到現在，已經過了一天一夜，她雖是在中途瞇了片刻眼睛，但阿菀還沒生產完，她哪裡敢閉眼，就這麼跟著一起熬。熬了一天一夜，如今也有些吃不消了。

康儀長公主又勸了幾句，見衛烜不為所動，暗暗嘆息。先前兵荒馬亂的，沒注意到他的異狀，卻發現了落到女兒臉上的淚，她不知道說什麼好，只是憐惜之情油然而生。

想罷，她也不再勸，使了個眼色給屋裡伺候的人，讓她們仔細照看著，便對他道：「那行，我先去躺躺。你若是累了也去歇息，不然阿菀醒來看到可是會生氣。」

康儀長公主說完，離開了產房，一踏出去，便見羅曄抱著孩子，一臉的興奮。

「阿媛，快過來，妳看這孩子是不是長得像阿菀？這眉毛、這鼻子、這嘴巴……」

康儀長公主探頭看了眼，無奈搖頭。孩子剛出生，哪來的眉毛？鼻子和嘴巴也小小的，五官沒長開，哪能看出像誰？她先前那般說，也只是覺得孩子的輪廓有點像衛烜罷了。

「行了，把孩子交給奶娘，等會兒他醒了就要喝奶，可不能餓著他。」

羅曄聽了，依依不捨地把小外孫交給旁邊候著的奶娘，見妻子一臉疲憊，詢問了裡面的情況，得知衛烜在那裡守著，便放心地攬著妻子的手回房歇息。

產房裡的人輕手輕腳地整理周遭散亂的物品，生恐發出一點聲音吵到床上安睡的人，惹怒世子爺。迅速收拾妥當，大夥兒連忙安靜地退到門口守著。

屋裡靜悄悄的，安靜得彷彿只有窗外冷風呼嘯而過的聲音。

衛烜趴在床前，手伸進被褥裡，握著阿菀有些涼意的手，癡癡地看著她因為孕育孩子而變得不再嬌嫩的容顏，眼睛眨也不眨。

他深恨自己竟讓心愛的妻子遭了這種大罪，恨不得以身相代。

「阿菀……」

他與她臉貼著臉，蹭著她的臉蛋，低聲說道：「妳知道嗎？如果妳不在了，那……也沒必要存在了。妳若是知道，一定又要說我胡鬧了，可是我走了兩輩子，好不容易才得到妳，很多東西已經不在意了……」

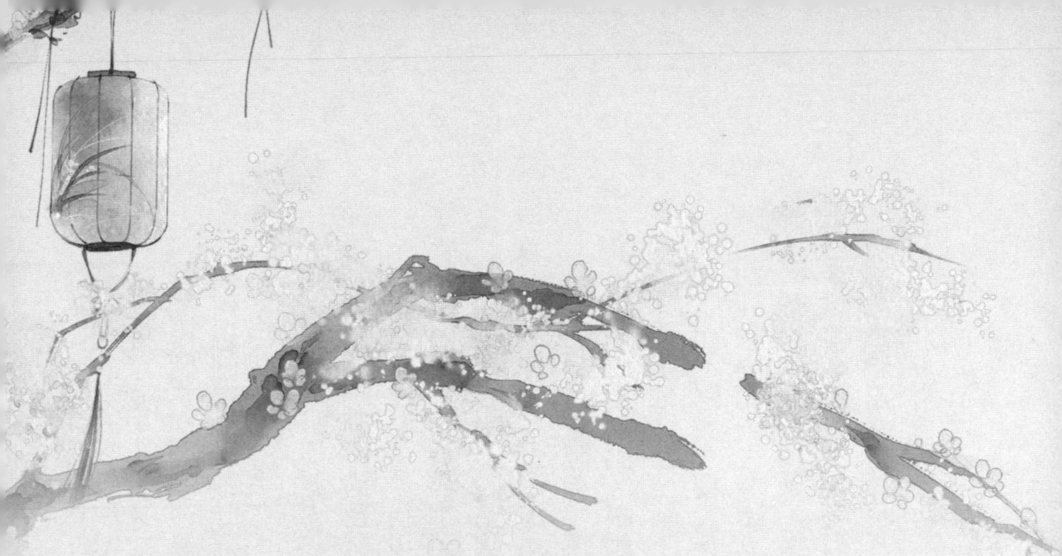

肆之章

火藥現世

阿菀睡了兩天，方才醒來。

睜開眼睛，便看到一臉憔悴地坐在床邊望著自己的衛烜，忍不住朝他笑了下。

衛烜也回了個笑容，很自然地探過身來親了親她的嘴角，為她掖了掖被子，問道：「妳睡了兩天，餓了嗎？」

阿菀驚訝不已，她竟然睡了兩天，那豈不是……直覺地看向衛烜，他的神色相當平靜，卻讓她感覺這是神經病要發作的前兆，到嘴的話不由噤了回去。

衛烜見她沒吭聲，便揚聲叫丫鬟進來，又吩咐人去準備吃食，接著接過丫鬟倒來的溫開水，扶起阿菀，餵她喝水潤喉。

阿菀被他扶起身時，這才發現肚子已經扁下去，那種無所適從感令她心急，顧不得下體殘留的些許痛楚，忙問道：「孩子怎麼樣了？」

她記得自己昏睡前，聽到接生嬤嬤說「生了」，卻不知道有沒有其他問題。

衛烜聽到她的話，眼神深沉許多，淡淡地道：「沒事，姑母和奶娘正在照顧他。」

阿菀看了他一眼，對上他的目光，心弦一顫，趕緊低頭喝水。

喝了水，阿菀想要說什麼，青雅提著食盒進來了。

阿菀昏睡兩天，要不是白太醫和郁大夫分別過來把脈，保證她只是產後脫力，須好生歇息，府裡早就炸開鍋了。廚房裡一直燉著雞湯，以備她醒來隨時可以吃。

衛烜拿銀調羹餵她喝湯。

阿菀邊吃邊試著和他搭話，「你看起來很憔悴，是不是沒有好好歇息？我沒事，你瞧，我現在不是好好的嗎？」

衛烜應了一聲，沒接話。

阿菀繼續試著說幾句話活絡氣氛，卻見他始終態度冷淡，心裡七上八下，擔心他神經病發作起來沒完沒了，害她不敢再提孩子。只是，自己懷胎十月生下的孩子，哪能不關心？耐著心喝完雞湯，阿菀又道：「孩子呢？我還沒見過他，讓奶娘抱過來給我瞧瞧。」

衛烜點頭，吩咐丫鬟去叫人抱孩子過來。

阿菀抿嘴微笑，覺得衛烜也不是病得那麼無可救藥。

過了一會兒，康儀長公主親自抱著孩子過來，奶娘和丫鬟跟在她身後。

「阿菀醒了，覺得怎麼樣？吃過東西了？還餓嗎？孩子在這裡，妳不必急，他剛喝完奶，睡著了，一直很乖呢！」康儀長公主說著，把孩子抱到女兒面前讓她看。

阿菀看到襁褓裡的小人兒時，整顆心變得軟乎乎的，只覺得怎麼看都看不夠，恨不得把孩子時刻鎖在身邊，可惜衛烜不允許她做這種事，插進來說道：「阿菀剛睡醒，郁大夫已經吩咐過，她必須好好休息，不能勞累。」

康儀長公主點頭稱是，對女兒道：「妳安心休養，孩子有我看著，不會有事的。」

阿菀雖然不捨，但也只能笑著應下。

等孩子被抱出去後，衛烜扶著她躺下，「行了，妳繼續歇息，睡飽了咱們再說話。」

阿菀被他那種輕柔的語氣弄得心顫，很想說她現在就可以和他說話，可是看他那樣就知道不可能，只得無奈地閉上眼睛。

家裡有個隨時會發病的神經病真可怕！

孩子的洗三日，因為阿菀還在休養兼天氣寒冷，所以沒有大辦。

不過，雖然沒有大辦，但明水城中有頭有臉的人都過來觀禮了，縱使身分不夠的，也送了賀禮過來，場面極為熱鬧。

阿菀倚靠著錦緞面的大迎枕，額頭戴著藏青色鑲寶石的抹額，聽著青霜稟報外面洗三禮的情況。知道有公主娘幫忙操持，她放鬆許多，暗自慶幸公主娘不遠千里從京城過來。

孩子平安生下來，阿菀的元氣大傷，現在依然虛軟無力，沒什麼精神。康儀長公主為了讓她安心休息，不僅親自照顧外孫，還接過衛府的中饋，將全府上下打理得妥妥當當的。

衛烜見有岳母幫忙管家帶孩子，便放心往阿菀身邊湊，緊盯著阿菀的作息。

洗三禮一結束，宴席開始，康儀長公主不需要在現場作陪，客氣地同朱夫人等人說了幾句話，吩咐余嬤嬤好生伺候，便親自抱著孩子回屋。

羅曄早就已經伸長脖子等在那兒了，見她進來，雙眼放光地跑過來抱過孩子，動作十分熟練，顯然是這兩天訓練了很久。

康儀長公主看在眼裡記在心上，再想起衛烜看這孩子的眼神，不免嘆息。轉眼想罷，又覺得這樣很好，至少丈夫看起來很樂意教養外孫。外孫的爹不上心沒關係，他們做為外祖父母，自會好生看著，不會讓孩子受委屈。

阿菀不知道父母的想法，只知道孩子雖是早產，但孕期時營養充足，生下來也沒有什麼不足之症，如今有母親幫著照顧，自無不放心。

簾子被人掀起，衛烜走了進來。

「你回來了。」阿菀笑道：「宴席結束了？」說著，吩咐青雅去準備熱湯過來。

「還沒。軍中的將士在拚酒，我不耐煩應付便回來了。沒有我在，他們還自在些。」

他的實話實說讓阿菀忍不住莞爾。

衛烜喝了半碗湯，用熱水淨手，將手弄暖後，方坐到床邊伸手摸了摸阿菀的臉，問道：「妳覺得怎麼樣？身子可有什麼不適？今天吃了什麼？」

阿菀略略偏頭，剛躲開他的手便瞄見他的臉色微變，暗道糟糕，忙拉住他的手道：「剛喝了雞湯，精神比昨日剛醒來時好多了，你不用擔心。」

衛烜回握她的手，擱置在自己的手掌上，漫不經心地道：「那就好。郁大夫他們說妳這次傷了元氣，得好生將養著，否則日後落下什麼病根就不好了。」

阿菀瞅著他，點了點頭，表示自己很乖很聽話。

兩人說了些話，衛烜催促她歇息，「妳睡吧，孩子有岳母看著，不用擔心。」

阿菀不擔心，只是再過一刻鐘，公主娘就會抱兒子過來，她不想睡。

不過，她若說要等兒子，這位世子爺可能會犯病。

從她昨天晚上醒來到現在，衛烜一直不怎麼說話，表現得也是溫柔體貼，對她更是關懷備至，可是她打小就認識他了，哪會不知道他的脾氣最是暴躁不過，平時怎麼順心怎麼來。這會兒他能克制自己，什麼都不說，如果不是準備要放大招，就是想憋在心裡將自己憋成變態，然後再反過來折騰她。

阿菀知道他不想要孩子，他覺得孩子會消耗母親的生命力，而當初之所以會留下這孩子，也是因為打胎的危險太大，讓他不敢輕舉妄動。只是，留下這孩子的前提是，她能順順當當地生產，結果她的身體果然不堪負荷，差點難產，再次將他嚇著了。

不過是一個晚上，阿菀便能察覺這位世子爺對危害她的兒子不待見，雖然也不至於冷漠以對，但她聽丫鬟說，他都遠遠看著，不怎麼親近孩子，臉上亦不見笑容。

阿菀無可奈何，只能日後想法子解開他的心結，總不能讓他討厭自己的孩子。她拉著他閒聊，見康儀長公主抱孩子過來，她的笑容忽然變得溫柔。

衛烜看在眼裡，微微蹙起眉頭。

康儀長公主將外孫放到女兒身邊讓她看，眼角餘光瞥見衛烜的神色，暗暗嘆氣。夫妻倆感情好是好，可孩子是他們血脈的延續，哪能如此排斥？

康儀長公主覺得自己得找個機會開導他才好。

母女倆這是心有靈犀了。

康儀長公主和女兒說了會兒話，擔心影響她休息，很快便抱著孩子出去。

衛烜押著阿菀躺下，阿菀精神不濟，也不勉強，不一會兒便睡著了。

這一睡，睡到了傍晚。

現在是臘月，天黑得早，外面已經暗了下來，只聽得寒風吹得窗櫺啪啪作響。

路雲指揮著粗使婆子搬了張長榻進來，放在床鋪的對面。

坐在床上的阿菀，看著忙碌的丫鬟婆子，招來路雲問道：「這是要做什麼？」

路雲恭敬地回稟道：「這是世子爺吩咐的，說是晚上要歇在這兒陪您。」

阿菀沉默了下，轉頭對旁邊不掩驚訝的青雅道：「拿面鏡子過來給我。」

眾人納罕，不知道她是什麼意思，這話題也跳躍得太快了。

青雅拿了一面小菱花鏡給她。

鏡面打磨得極光滑，雖說沒有水銀鏡那樣光可鑑人，但依這時代的工藝水準來看，已經能讓人將自己的模樣看得清楚。

鏡子裡的人，五官依舊，只是膚色臘黃，色斑還未消失，甚至有點醜，與昔日的模樣天差地遠，阿菀看得嚇了一大跳。

這模樣的自己，那位世子爺不僅看得癡還親得下，果然是愛她愛得神經病了。

阿菀放下鏡子，忍不住摸摸自己的臉。

青雅眼珠轉了轉，小聲地說：「世子妃放心，余嬤嬤說了，孩子出生後，這色斑很快便會消失，到時候好生養著，補足元氣，就能恢復往昔的容顏。」

余嬤嬤是宮廷出身的嬤嬤，對女子的容貌皮膚護養很有一套，當初阿菀出閣時能保養出一身纖滑水嫩的肌膚，都是余嬤嬤的功勞。

阿菀只當沒聽見，將鏡子塞到枕頭下。

稍晚，衛烜洗漱完便直接進來，坐到床對面的那張榻上。

「你這樣……不太好吧？」阿菀含蓄地道：「我現在還在坐月子，屋子裡的腥氣未散，不免有些晦氣。」她對這種事不以為然，但還是要維護他的面子，省得下人看輕他。

「沒事。」衛烜不以為意，深深地看著她，聲音又輕又柔，卻透著些許詭異，「只有看著妳，我才能放心。」

阿菀無言以對，果然這次生孩子把他嚇到了。

正房裡的事自然瞞不住康儀長公主，路雲叫人搬長榻時，康儀長公主便得了消息。

「殿下，如此不好吧？」余嬤嬤不甚贊同，她活了大半輩子，第一次見到如此視規矩如無物的男人，偏偏還做得那麼理直氣壯，「世子年輕氣盛，您瞧，要不要去勸一勸？」

「從小到大，他打定主意要做的事，妳見過誰能阻止他？」康儀長公主無奈地道：「我們雖然是長輩，他面上也敬重我和駙馬，可是他一旦下了決定，便是十頭牛也拉不回他。說的再多，他當面應了，轉過身依然我行我素，有什麼用？」

況且，她隱隱感覺到衛烜對女兒的感情極度狂熱，那簡直是要命。

康儀長公主無奈，只能默默安慰自己，至少他們夫妻倆的感情非常好。

長輩不管，下人不敢明說，於是，阿菀坐月子期間，衛烜理所當然地和她同房了。

臨近過年，明水城的天氣酷寒，狄族內亂未平，戰事不起，大家都能安心過冬。

衛烜沒事做，便天天窩在府裡，像牢頭般盯著阿菀養身體，同時恪守白太醫和郁大夫的叮囑，將阿菀看管得牢牢的，差點連她解決生理問題都要幫她，實在是破了她的羞恥度。

因阿菀在坐月子，所以衛府這個新年過得很簡單。有康儀長公主坐鎮，阿菀萬事不愁。

其間朱夫人等人過來探望她，順便將趙夫人在小年時平安誕下一名千金的事跟她說了。

「雖說是女兒，但趙將軍愛得像什麼似的，洗三那日，還親自抱出來給人瞧。抱孩子的姿勢有些僵硬，可看得出來他是用心學習過的。」朱夫人感嘆道：「聽說趙將軍前面的那位夫人為他生了三個兒子，都由老家裡的老夫人教養著，他不缺兒子，趙夫人能生女兒也好。」

朱夫人對趙將軍家裡的事門兒清，覺得依趙夫人那種天真爛漫的性子，生女兒固然有些遺憾，卻讓趙將軍的幾個兒子放心。

阿菀聽了一耳朵，知道各人有各人的緣法，感嘆一聲便放下了。

隨著新年到來，孩子很快滿月了。

整整一個月，阿菀都窩在屋裡被看管著，所有婦人坐月子的事，不需要丫鬟婆子特地說，衛烜已經給辦完，不僅讓阿菀無言以對，也讓伺候阿菀的丫鬟婆子們覺得自己很沒用。

衛烜才懶得理旁人怎麼想，他繼續神經病中，旁的男人不會做的事他都做了，只是面對阿菀時，依然溫柔得詭異，讓阿菀每每在他的注視中頭皮發麻。

小時候覺得他是熊孩子，長大後覺得他是中二病，如今他成了個頂天立地的男子漢，更變成了神經病，這到底是什麼時候進化的？

孩子滿月這日，還未出新年，康儀長公主夫妻商量過後，決定要為唯一的外孫大辦滿月，邀請明水城中的官員過來與宴。雖然比不得京城的人多，可也極為熱鬧，甚至直接在明水城的各個客棧開了流水席，讓明水城的百姓們同樂。

康儀長公主這樣的大手筆震住明水城中的很多人，百姓們倒是樂於有這樣與貴人同慶的機會，免費的白食誰都愛。

孩子滿月了，也證明阿菀終於出月子，可以將自己好生洗刷一頓了。

她愛潔，一個月不能碰水十分苦逼，這會兒在丫鬟的伺候下，她將渾身上下清洗了兩遍，頭髮也仔細地搓了一遍。

等她沐浴出來，奶娘已將餵飽奶的孩子抱過來了。

過了一個月，孩子明顯長大了些，雖然仍是吃了睡睡了吃，但偶爾會睜開眼睛，眼珠骨碌碌地轉著，彷彿在看人，有時則會自己吐泡泡自己玩得歡。用康儀長公主的話來說，這孩子很好帶，不愁人，羅曄甚至每天都要過來看好幾次，抱一抱才行。

阿菀抱起兒子，轉頭看了看，對一旁守著的奶娘和青環道：「妳們到門口守著，有人過來就告訴我一聲。」

將人都遣到外面，只留下了青雅伺候，阿菀便解開衣服給孩子餵奶。

青雅擔心地道：「世子妃，這樣好嗎？依您的身分，並不需要自己親自奶孩子，而且世子似乎不喜歡您這樣……」

「沒事，我的奶水雖然不多，但也有一點，每天餵他喝幾口就行了。我聽人說，母乳對孩子好。」所以，阿菀當初沒有喝白太醫開的藥，便是想讓孩子多少能喝些母乳。

孩子先前被餵飽了，所以喝的不多，睜著一雙眼睛，張著粉嫩嫩的小嘴盯著她直看。

阿菀看得心花怒放，縱使知道孩子現在視力沒有發育完全，看不了太遠的東西，但仍是很高興，覺得孩子知道她的氣息。

母子倆正歡喜地對望著，外面響起了丫鬟喚「世子」的請安聲。阿菀慌忙掩好衣襟，然後淡定地抱著兒子，望著掀簾子進來的孩子他爹。

衛烜看到她抱著孩子，如同每一次般，眼裡有什麼東西滑過，速度太快了，阿菀都以為是自己的幻覺，是她想多了。

「阿烜，快過來看，兒子會看人了。」阿菀用愉悅的語氣說。

衛烜走過來，坐到她身邊，隨意地看了下，用很冷淡的聲音應了一聲。

阿菀頗為無奈，又道：「對了，我剛才聽說徐管事來了，應該是在年前就出發過來了。他帶了什麼東西來？父王可有和你說了給孩子取名之事？」

「他這次來得匆忙，父王來不及取名字。」衛烜不以為意地道：「皇室的孩子都是滿月時才取大名的。」

「那也得給兒子取個小名叫著吧？」阿菀笑盈盈地問，別有用心地道：「不如你先幫兒子取個小名，你說叫什麼好？」她故意引導他，想讓他與孩子多些互動。

衛烜沉默片刻，說道：「討債的！」

阿菀：「……」

最後夫妻倆討論未果，孩子的小名不了了之。

阿菀覺得，不能真順著這位世子爺的心情叫「討債的」，那就好笑了，也會讓別人知道他不待見自己的孩子，阿菀才不允許這種事情發生。看來這位世子爺是指望不上了，只好指望自家公主娘和駙馬爹，他們一定十分樂意。

於是，等康儀長公主和羅曄過來看她時，阿菀便抱著孩子坐在臨窗的大炕上，朝父母甜蜜蜜地笑著，請他們為孩子取小名。

「大名是要等他一歲時由他祖父取，所以我們商量著，小名就由爹娘你們幫忙取一個先混叫著。」阿菀解釋道。

衛烜在旁坐著，對阿菀的話不置可否。

康儀長公主夫妻很高興，羅曄熟練地將孩子抱了過去，見他還沒睡，便伸手逗弄起來，笑著道：「縱是小名，也不能含糊，容我想想。」

康儀長公主好笑地看著他，自從孩子出生後，丈夫便處於亢奮的狀態，大名小名列了一堆，卻沒一個滿意的，將從京裡帶來的那本《說文解字》翻了又翻。

見丈夫霸著外孫不放，康儀長公主也沒和他搶，看看阿菀的氣色，溫聲道：「臉色還是有些差，得仔細養著。要聽大夫的話，切不可挑食。」然後又對衛烜道：「你且放心，阿菀這次因禍得福，以後定然會健健康康的。」

衛烜垂下眼簾，淡然道：「姑母說的是。」

康儀長公主見他神情冷淡，忍不住和女兒對視一眼，彼此眼裡都看到了無奈。她們寧願衛烜給點反應，也別這般不溫不火，看著就瘮人。讓一個脾氣暴躁的人生生憋成這般模樣，想想就讓人鬱悶，還不如乾脆點。

說了會兒話，康儀長公主夫妻便起身離開，臨走前對阿菀道：「妳還在養身子，不宜操勞，孩子有我看著，不必擔心，好生歇息便是。」

阿菀雖然想要將孩子養在自己這裡，可也知道自己現在精神不濟，而且見父母對孩子那般喜愛，想想他們的年齡，便也覺得將孩子養在他們身邊，讓他們排解寂寞也好，況且她也不是見不到，不就多走幾步路罷了。

等送走了父母和孩子，阿菀和衛烜兩相對看，默默無語。

半晌，還是阿菀受不住他那種詭異的目光，硬著頭皮道：「今兒出了月子，我也輕鬆許多，咱們一塊兒說說話吧。」

衛烜看著她，「妳想說什麼？」將主動權都交給她。

阿菀再次無言以對。

以往都是她沉得住氣，耐性十足地等待事情的發展，現在風水輪流轉，這位脾氣最是暴躁不過的世子爺默然不語，一副由著她說什麼，他自巋然不動的模樣。

阿菀無語半晌，然後道：「算了，我想歇息了。」

衛烜聽罷，便叫丫鬟進來伺候他們洗漱，又準備好了湯婆子等物烘暖被子。

孩子滿月後，阿菀坐月子也結束了，夫妻倆同床不用避諱什麼，只是惡露還未排清，自然是什麼都不能做。這種事情衛烜比阿菀這個當事人還要清楚，自然是什麼也不會做，只是抱著她入眠。

當他溫溫柔柔地親她的眼皮時，阿菀忍不住嘀咕道：「這麼醜，你也親得下……」

衛烜很自然地在她臉上多親了幾下，才道：「醜嗎？好像沒有戰場上那些臉上受了傷且傷口腐爛的將士的模樣醜。」

阿菀被他噎得不行，竟然拿自己和那些受傷的將士比，虧得他能面不改色地說出來。

她把頭靠在他的肩窩裡，有些冰涼的手腿纏到他暖和的身子上，舒服地吁了口氣。大夫說她生下孩子後元氣大傷並不是騙人，這一個月來，她的手腳比過去冰冷些，窩在被子裡若是沒有湯婆子會冷得睡不著，每天沉睡的時間也比過去多一個時辰，且精神也不太好。

「阿烜，你是不是很生氣？要生氣就生我的氣吧，畢竟是我要堅持生下孩子的，與孩子無關。」阿菀軟聲道。

「沒有。」衛烜生硬地回答：「我怎麼會生妳的氣？別亂想。」

若是不生氣，這語氣怎地這般硬？還提也不提孩子，分明是不待見。

「我爹說了，孩子長得像我，眉毛、眼睛、鼻子、嘴巴……」

「岳父的話妳也信？」衛烜嗤笑道：「他那麼小，眉毛都沒生，怎麼看得出像？眼睛小小的、鼻子和嘴巴也小小的，哪裡看得出像？不像妳！」他斬釘截鐵地道。

阿菀捶了他一下，「我說像就像！好歹看在他長得像我的分上，你就多看看他，多抱抱他。」

「真的不像！」衛烜還是覺得他不像阿菀，分明是像自己多，討債鬼一個！

夫妻倆就著孩子像誰的問題說了大半時辰的話，最後還是阿菀撐不住，慢慢睡著了，沒能和他爭個明白。

出了元宵，今年正是文德二十五年。

阿菀悵然，文德二十五年不知道會是個什麼樣的年，京中的那些人又會如何。去年康平長公主和孟灃送孟妡回陽城後，待了些日子便回京了，如今又恢復書信往來，能聊的體己話實在不多，也不知道京中局勢如何。

不過，轉眼看到圍著兒子轉的父母，阿菀相當慶幸公主娘和駙馬爹跑過來了，至少放在眼前看著也安心些。

過了元宵，阿菀生的小包子終於有了小名，是羅曄取的，叫做長極。

長，久遠也。

極，棟也。

在《說文解字》中，這兩個字都有其寓意，即長壽穩固。

羅曄取這二字，為的是保孩子長命百歲，健健康康成長。

阿菀聽了很歡喜，怎麼樣都比「討債的」好一千萬倍。倒是衛烜聽了不以為意，私底下仍是嘀咕著「討債的」，讓阿菀每每聽了就想要揍他。

小長極被康儀長公主照顧得極為精心，阿菀每天都要抱幾回，看他一天翻一個樣地成長，心裡也軟乎乎的，有時候會忍不住親他好幾下，親得他嘟起嘴巴吐泡泡抗議為止。

一月下旬，趙將軍的女兒滿月，阿菀讓人備了禮物套車親自走一趟。

見到阿菀過來，趙將軍府裡的人極為熱情，將她引去了趙夫人那兒。

此時朱夫人、錢夫人等明水城的幾位官夫人都在，見到她時紛紛起身行禮。

阿菀坐到丫鬟搬來的椅子上，看到趙將軍的女兒頭上的胎毛有些發黃稀疏，不像她家小長極般烏黑油亮。這大抵是做母親的心情，怎麼著都覺得自己家的孩子可愛。

看完孩子，阿菀嘴上稱讚著，將為孩子備的長命金鎖等東西送上來。那金鎖的分量十足，另配有各種瓔珞項圈，還有一些給小姑娘的玩意兒。數量不多，卻無一不是精品。

「世子妃太客氣了，她小人家的，哪能受得住這等福氣？」趙夫人客氣地道，看向奶娘抱著的女兒，眉眼俱是溫柔。

阿菀抿嘴一笑，「有什麼受不受得住的，不過是身外之物罷了。」說著，又仔細看趙夫人的臉色，頓時心中悲憤。

同樣是生孩子，人家生完孩子後珠圓玉潤，膚色紅潤光滑，連點色斑都沒有，和她形成了強烈的對比。或者這便是生男醜母，生女美母吧。

大抵是被趙夫人刺激到，阿菀回府便開始計畫著保養及減肥事宜，想要減掉肚子上的游泳圈。雖然那位世子爺已經神經病到眼睛被糊住了，看不出她的醜，她仍是覺得自己很醜，擔心會影響夫妻間的感情。

於是，阿菀又開始跟著柳綃打拳了。

說到柳綃，阿菀也有想法，她留著柳綃夠久了，是得尋個時間讓她同她師兄成親了。

柳綃和她的師兄柳綱是孤兒，被義拳莊的莊主收養，冠了師父的名字。柳綱以前在東宮教授太子習拳鍛鍊身子，後來北方戰起，便被太子派到邊境來掙軍功。柳綱很有本事，加上太子在私底下運作，下面的人也給幾分面子，他很快便在慶和城軍中成了一個小校尉。

慶和城距離明水城約六七天的路程，若是讓柳綃從明水城發嫁到慶和城，也是使得的。

阿菀將這事琢磨了一遍，便和母親說了。

康儀長公主極是贊同，「這些年若非他們師兄妹倆，妳和太子的身子也不會恢復得這般快，妳可要好生感謝人家。」然後便對余嬤嬤道：「屆時咱們也給她添妝，讓她風光出嫁。」

余嬤嬤湊趣笑道：「自該如此，若是公主放心，柳綃姑娘的親事便交給老奴來辦。」

阿菀聽了相當高興，余嬤嬤是母親身邊的得力人，做事妥貼，若是能由她出面操持柳綃的婚事，旁人定然不敢小瞧柳綃。等柳綃去了慶和城，那些官夫人也得給柳綃幾分面子，讓她不至於因為身世而處處被排擠。

與公主娘商議好後，阿菀便叫來柳綃，和她說了這事。

柳綃面上透著些許羞澀，跪下來向阿菀磕頭，認真地道：「若非太子殿下、世子和世子妃、長公主抬舉，我們師兄妹如何有今日？他日只要世子妃有吩咐，柳綃莫敢不從。」

阿菀抿嘴一笑，讓青雅將她扶起來，「這是妳應得的。」

等柳綃走後，阿菀端著茶盞，目光又移到了身邊幾個丫鬟身上，突然有些不捨。除了青萍，青雅、青環、青霜也到了年齡了，不管是放出去，還是配人，都得有個章程了。身邊一下子要少這麼多人，阿菀有些悶悶不樂，只是再不捨，仍是得將謝嬤嬤叫過來，和她商議她們的事情。謝嬤嬤和丫鬟感情親厚，這事交給謝嬤嬤去問最是合適不過。

等謝嬤嬤領命下去，阿菀繼續悶悶地窩著。

衛烜從軍營回來，見她精神不好，不由問道：「怎麼了？」

阿菀便將柳綃的親事及四個大丫鬟的事情同他說。

衛烜沒什麼表示，不管是柳綃還是青雅幾人，在他眼裡都只是個名字，她們長什麼模樣他一概不知道，也沒放在心上。只是讓阿菀心情不好，他便不得不關注。

衛烜脫下身上被春雨弄濕的外袍，換上一件繭綢袍子，坐到她身邊，習慣性地將她抱到懷裡摸摸她的手，然後從袖子裡拿出一封信來，說道：「小皇叔來信了。」

「榮王？」阿菀一愣，這位胖子不是已經神隱很久了嗎？她都快要忘記榮王以前的活躍了，自那年他離京後，據說到處遊山玩水，做了一個逍遙王爺，讓她羨慕得緊。

算著年齡，榮王如今已經二十好幾了，還沒有娶王妃。

「對，小皇叔說他找到他的天仙美人了，要迎娶她。」衛烜臉上浮現些許笑意，「等小皇叔成親，皇上便讓他接管內務府。」

消息有些多，讓阿菀一時間驚住。

榮王比衛烜年長六歲，是先帝駕崩之前先帝后宮中的一位嬪妃懷上的，到文德元年出生，被文德帝當成兒子般教養長大，在旁人眼裡是個不著調的王爺。

如今這個不著調的榮胖子要成親了，皇上再也不用擔心他打光棍到老了。

「真的是天仙美人？那姑娘是什麼身分的？」阿菀好奇地問道，她記得衛烜曾和她說過榮王的擇妻標準，當時還以為榮王是以此為推脫，不想成親。

「信上沒說。」衛烜聳聳肩，「小皇叔只讓人送信給我，說是找到他心目中的天仙美人了，不日會回京成親。聽聞當年小皇叔離京時，就和皇上說定，只要對方家世清白，祖上三代沒犯事，便允他迎娶為妃。前陣子皇上亦有言，待他成親，便將內務府交給他管。」

阿菀詫異道：「皇上是什麼意思？這是要啟用榮王？」

衛烜淡淡一笑，模稜兩可地道：「許是如此吧。」

京城的局勢已經顯現出亂象，幾個皇子明爭暗鬥，太子韜光養晦，不願意當那出頭鳥。文德帝老了，精神比不得年輕時，心性更為冷酷，現在已很少有人琢磨得透他的心思。

不，還有一個人能摸到幾分。

阿菀狐疑地看著衛烜，感覺裡面有她不知道的內情，見他不說，便也不糾結，笑道：「我還記得榮王當年的誓言，不知未來的小舅娘會是何等天仙法。」

「再過陣子就知道了。」衛烜將信闔上。

說完這事，衛烜又同阿菀說起春天送去阿菀那幾個莊子的退伍士兵之事，今年又有一批士兵要送過去，衛烜頗擔心莊子容納不下。

阿菀想了想，說道：「你放心，謝管事遞話過來了，莊子裡每到收成時都要雇用大量民工過來幫忙，人手還是很缺，暫時能容得下。」說著又朝他笑道：「那些士兵雖然都是因傷退役，可大多有一把力氣，有些還是侍弄莊稼的好手，莊子有他們加入，田裡的作物長得更好了，謝管事也不用再天天到田裡盯著。」

衛烜笑了笑，頗為滿意。這輩子追隨他的人，因傷退役後都有好去處，至少餓不死。

不過，他也明白，阿菀的這幾個莊子現下看著雖好，可是位於北地，若是太平年代還好，只是現在戰事不斷，還有草原部落虎視眈眈，若是沒有絕對的武力恐怕是保不住。

他不知道百年之後這裡會是如何，但這是阿菀的財產，定不能教人糟蹋了。

「不知這仗要打到什麼時候……」

聽到阿菀的嘀咕聲，衛烜回神，什麼都沒說，只是擁緊了她，彷彿是一種無言的安撫，或者又是什麼保證，讓阿菀一時呆愣。

這種複雜的情感，直到奶娘將孩子抱過來時才沒了。

「長極今天如何了？」阿菀抱過兒子，親了親兒子粉嫩的小臉，見他咧開嘴對自己笑，心中馬上歡喜起來。

長極是個脾氣極好的孩子，阿菀覺得這一定是遺傳到了自己的好性子。這樣好，若是像他爹，那就是個爆脾氣，以後同樣會是個熊孩子。

她很高興長極的脾氣像她，極少哭鬧，最多只是餓了尿了時哼哼兩聲。

阿菀詢問奶娘兒子今天的作息，得知和平常差不多，便讓奶娘到門口候著，將兒子放到炕上，伸手逗了下，抬頭對旁邊冷著臉的男人道：「阿烜，你瞧長極多乖，這性子像我。」

衛烜勉強扯了扯嘴唇，「一點也不像。我聽姑母說了，妳小時候比他乖多了，半夜醒來從來不哭鬧，讓他們很省心，所以沒必要一點事情也往妳自己身上扯，不像就不像。」

阿菀汗了下，自己能和真正的嬰兒比嗎？這位世子爺還真是固執。

「你再看看嘛，說不定會覺得像了。你瞧，長極的臉長開了不少，我覺得他的眼睛很像我。」阿菀不死心地道。

衛烜瞥了一眼，嫌棄地道：「那瞇瞇眼，哪裡像了？」

阿菀勃然大怒，「我出生時也是這種瞇瞇眼！」

見她生氣，衛烜原本還欲要說的，只得作罷。

兩人正說著話，謝嬤嬤進來有事請示阿菀，阿菀藉口出去，也不叫奶娘進來，對衛烜道：「我先出去和謝嬤嬤議事，你看著兒子，別讓他哭鬧。」

衛烜看了她一眼，沒有吱聲。

阿菀彷彿沒有看到謝嬤嬤擔心的眼神，下了炕，理了理衣服便和謝嬤嬤出去了。

衛烜看著阿菀離開的背影，直到簾子垂下來，安靜的室內只剩下了父子倆，一個坐著，一個被裹在襁褓裡。

衛烜的背脊挺得直直的，目不斜視，根本不看旁邊的小嬰兒，兀自展開榮王的信看了起來，直到哼哼唧唧的聲音傳來，他才轉頭看去，便見小長極正咂巴著小嘴，似要吃奶。

衛烜的臉有些黑，忍住了叫奶娘進來的衝動。

阿菀既然將這個討債的留下來，恐怕不會想讓他叫奶娘進來，他忍了。

小長極咂巴了好一會兒小嘴，又吐了幾次泡泡，發現沒有人理他時，終於哼哼唧唧起來。哼唧了好一會兒，仍是沒有人理，這才開始哭泣。

他哭得很小聲，像貓叫，衛烜見他只是張著嘴巴乾嚎，眼睛裡沒有淚水，便認定他是在找存在感，並不予以理會，等到小貓似的哭聲變成了震天響的大哭，他身體倏地變得僵硬。

「果然是個討債的……」

衛烜邊嘀咕邊生硬地將小長極抱起來，結果發現炕上鋪著的狐皮墊留了點點水漬，再將那啼哭的小包子舉高，不意外地看到了襁褓上濕了一塊。

衛烜的臉黑了，揚聲叫奶娘進來幫他換尿布。

奶娘一直在門口候著，極是擔心衛烜一個大男人不會照顧孩子，而世子妃走之前，特地吩咐過，裡面若是沒有叫，便不能進去。

聽到叫喚聲，奶娘立刻帶著丫鬟進去，利索地幫尿濕了的小主子換尿布，又用新的襁褓將他裹起來，這才恭敬地退出去。

衛烜臉色越黑了，目光不善，小傢伙不知事地朝他咧嘴露出無聲無齒的笑容。

「不僅是個討債的，還是個傻的，自個兒傻樂。」衛烜嘀咕了一聲，伸手戳了下他的臉。那種柔嫩至極的觸感，讓他飛快縮回了手。

等阿菀回來時，便見這父子倆一個靠著迎枕嚴肅地想事情，一個已經睡著了。

阿菀伸手在兒子胸口上輕輕撫了下，坐到衛烜旁邊，朝他笑道：「長極有沒有哭鬧？」

衛烜瞥了她一眼，「尿濕時哭過，後來換了尿布就好了。」

「你換的嗎？」阿菀一臉期盼地問道。

「妳現在是在做夢嗎？」

「……」

阿菀被氣得想咬他，衛烜將她抱到懷裡，把自己的衣領扯開，平靜地道：「妳咬吧。」

阿菀沒好聲氣地道：「咬什麼？有誰像你這樣大方叫人咬的？也不怕丟人。」

「給妳咬，省得妳憋著氣在心裡憋壞了。」他輕輕地撫著她的背說，聲音很是溫柔，舉止卻十分神經病，「以後若是我惹妳生氣，妳便咬我吧。」

「可是我不想咬你。」阿菀對他已經無力了，「長極是咱們的孩子，你對他好些又如何？若是他長大後知曉你這般對他，不知道會有多難過。就像你，如果你父王當初也像你這樣，你當年恐怕很難過吧？」

衛烜不說話了。

阿菀覺得有戲，繼續勸說。她才不會說那種兒子沒有父親疼愛她這做娘的加倍疼回來之類的話，她希望兒子有一個健全的家庭，在父母的關愛中健康成長。

最後仍是遊說未果，阿菀卻不洩氣，為了兒子，她怎麼著都得解除衛烜的心結。

於是，有一回，阿菀故意支開奶娘，當時衛烜也在，小長極恰好又尿了，阿菀幫他換尿布時有些手忙腳亂，便道：「阿烜，你過來幫忙，他太小了，我不敢用力……」

小長極雙腿蹬得歡，一隻小手捏成拳頭放到臉旁，歡快地遛鳥。

衛烜見她急得鼻尖冒汗，一臉嫌棄地拿過阿菀手裡的尿布，俐落地將小包子的雙腿捏住往上提，尿布在小屁股下面墊好，又三兩下將小包子裹好，才把他塞回去給有些呆的阿菀。

「你怎麼這麼熟練？」阿菀驚異地說，若不是她從奶娘那兒問過，知道這位世子爺平時連抱都不抱兒子一下，還真會覺得這位世子爺像她駙馬爹一樣，正學著當奶爸。

「看奶娘換的，看多就會了。」衛烜一副理所當然的神情。

阿菀的司馬昭之心眾人皆知，只要衛烜在家裡，都會讓奶娘將小長極抱過來放到跟前。康儀長公主大概也知道什麼，所以很早便對奶娘叮囑過，只要是世子妃吩咐的，都聽她的，久而久之，衛烜也知道了一些如何照顧小嬰兒的事，只是他沒理會罷了。

阿菀聽了忍不住想笑，抱著兒子蹭到他身邊，將孩子遞過去，軟聲道：「阿烜，你瞧，兒子其實挺可愛的，對吧？」

阿菀這麼說時，小傢伙恰好朝他爹露出一個無齒的笑容。

衛烜瞥了一眼，移開視線，倒是沒有再說什麼。

雖然他還是愛理不理的模樣，但阿菀知他甚詳，見他這副死樣子便知他是嘴硬，當下也不惱，反而覺得自己的努力還是有回報的。

到了二月底，他們收到了陽城來的信。

孟妡生了兒子。

康儀長公主夫妻相當高興，當即商議著要送什麼禮物過去，順便打算著等孟妡的孩子滿月時，夫妻倆親自去陽城一趟。

孟妡嫁到陽城，他們做為娘家人，怎麼都得過去為她撐撐場子。

阿菀頗為贊同，說道：「孩子滿月時正好是三月下旬，天氣也暖和了。」

其實她也有點想去，但知道衛烜定是不允許。上回趙夫人的女兒滿月時，她能出門，也是衛烜將她裹得像粽子，馬車車廂烘得暖暖的，才讓她出門，出遠門就甭想了。

「可惜妳還在調養身子，長極也小，不能跟過去。」康儀長公主柔聲說：「不用擔心，日子還長，妳們日後會有機會再見的。」

阿菀還是有些悶悶不樂。

等到三月下旬，在一個陽光明媚的早晨，康儀長公主夫妻帶著一車的禮物出門了，衛烜特地將自己的親兵撥過去護送他們去陽城。

送走了父母，阿菀鬱悶起來。

這時，謝嬤嬤終於將幾個大丫鬟的事情辦妥了，挑了一個時間和阿菀說道：「世子妃，青雅、青環都願意留在府裡，由您作主許配人，至於青霜……管家和我遞了話，說是世子身邊的周侍衛尋他來當冰人，向您求個恩典，想要迎娶青霜那丫頭。」

阿菀頗為驚訝，「怎麼回事？」

謝嬤嬤抿嘴一笑，說道：「青霜這丫頭伶牙俐齒，時常幫忙跑腿，和外院的管事、侍衛也說得上話。一來二去，外院的人都認得她。外院有幾個管事想要為家中的子侄求娶她，只是我打探過後覺得不妥，又問了青霜，便沒有同您說，只道是妳會為她們幾個丫頭作主。」

阿菀微笑著聆聽，親自幫謝嬤嬤倒茶，讓謝嬤嬤忙不迭站起來謝恩，被阿菀制止了，「妳是我的奶嬤嬤，我不過是給妳倒杯茶，算不得什麼。」

謝嬤嬤方才沒那般誠惶誠恐，喝了口茶後，繼續道：「這位周侍衛的能力不錯，雖然比不得路管事，可是手頭功夫也是過硬的。他想要迎娶青霜，便讓管家來同我遞話。我問過青霜了，她似乎也是知道周侍衛，當時臉紅得像蝦子，想來也是看上眼了。」

阿菀聽得忍不住想笑，若是如此，倒是省心了。她這輩子雖然做為貴族階級，心裡仍是保留著前世的觀念，在道德的允許下，希望自己身邊的丫鬟們都有好歸宿。她並不想做那種隨便將丫鬟許配給小廝管事的事，他們自己看對眼了才好。

當下，阿菀叫了青霜過來，開門見山地道：「我將妳許配給周侍衛可好？世子說了，他的親衛雖是簽了死契，但是若有一天他們想要出人頭地，世子會將身契還給他們。沒了身契，他們依然可以在王府裡當護院。」

青霜滿臉通紅，低頭看著自己的鞋尖，半晌方小聲地說：「全憑世子妃作主。」

阿菀和謝嬤嬤看她的樣子，都忍不住樂了。

等將青霜打發下去，兩人又討論青雅和青環的事，過濾了府裡的管事一番。初步有了人選，但一時半刻定不下來，還得讓謝嬤嬤再問問幾個丫鬟才好。

正當阿菀忙碌著丫鬟們的終身大事時，謝管事從莊子趕來了明水城。

聽說謝管事求見，阿菀有些驚訝。眼下應該正忙著春耕，謝管事怎麼來了？

阿菀滿腹疑惑地接見了謝管事，卻見他看她的目光有幾許敬畏。

謝管事向阿菀行了禮，說道：「世子妃，您兩年前吩咐的事……成了。」

阿菀聽完謝管事的稟報，不由驚呆。

沒想到真的有能人巧匠將火藥這玩意兒研究出來了，還將她原本所設想的土炸彈換了種類型。只是謝管事生平第一次見識到火藥的威力，也說不清楚，阿菀聽得迷迷糊糊的。

「世子妃，我將其中一位匠人帶過來了，您可以傳他過來問話。」謝管事說道。他雖然不知道那些爆炸威力驚人的東西是怎麼做成的，卻也知道它們的恐怖，若是用於戰事……

想到這裡，謝管事頭皮發麻。

當初他被挑中，派到北地來，心裡不是沒意見。原以為世子妃年輕不知事，才拿自己的嫁妝銀子到北地來買地建莊子。眾人皆不看好她此舉，只道她是內宅婦人，不通俗務，見著北方地廣人稀，便以為好經營。

誰知謝管事來了才知道北地雖然氣候惡劣，可是黑土地肥沃，適合種植耐寒的糧食。唯一可惜的是，這兒太接近草原部落，每年冬天都會受到那些部落小股騎兵劫掠生事。想來那些權貴之家也是清楚北地的狀況，才沒人像世子妃這般願意費這個銀子。

更讓謝管事意外的是，不過一年多，皇上便派了瑞王世子做為先鋒官空降至明水城，讓他看到了其中的機遇，更是用心經營好北地的這幾個莊子。

除了打理幾個莊子外，謝管事還接到了一個祕密任務，便是尋找了許多能人巧匠，將他們安置在嘉陵關最偏僻的一個莊子裡。那莊子連著一片山頭，山裡蓋了房，讓那些工匠在那屋子裡研究主子抄錄在一個小冊子的東西。

那山頭周圍百里無人居住，也因那裡地勢崎嶇且荒蕪，平時少有人過去，以致於那邊發生了什麼事情，也不會太惹人注意。

這幾年，謝管事常聽嘉陵關莊子那邊的管事回報說偶爾會聽到爆炸聲，也常有工匠受傷，他拿不準到底是在做什麼，只能出言安撫，親自跑去看了幾次，結果發現那些工匠雖然受傷，但因為給的撫恤金及待遇太好，沒人生出退縮的念頭，反而都十分積極地參與研究。幸運的是，大抵是那本冊子將很多要注意的事情詳細列出來，又派了人專門盯梢，工匠們不敢隨意測試，按著冊子裡的注意事項行動，倒是沒有惹出什麼人命來。

看著端坐在上首的阿菀，謝管事不得不暗讚一聲，覺得這位世子妃極有遠見。他不怕跟一個會來事的主子，就怕跟一個只想守成沒本事的主子。他現在還年輕，也有自己的理想，想要出人頭地，而主子交代給他的事情，無疑讓他瞧出了其中的厲害及機遇。只要他識趣聰明些，不僅不用擔心被滅口，將來更是大有好處。

半晌，方聽阿菀說道：「謝管事辛苦了，你先在府裡住下，好生歇息。」說著，叫來門外候著的青環，讓她將謝管事帶下去歇息，順便準備好一桌酒席伺候。

謝管事謝了恩，便跟著丫鬟下去。

去客院的路上，謝管事對引路的青環笑道：「又要勞煩青環姑娘了。」

青環抿嘴一笑，頰邊隱隱露出兩個梨渦，「謝管事客氣了。」多的便不再說了。

謝管事每回來明水城，十次有五次是青環出面送他客院的，故而他和青環能搭上幾句話。只是兩人一個是女主人身邊的大丫鬟，一個是莊子裡的管事，平常沒什麼來往。

到了客院，青環朝他福了福，便去吩咐人準備洗漱的熱水及乾淨的衣物，同時又去廚房吩咐廚子整治一桌好酒好菜送過來。

等她忙完，回到客院，便見謝管事已經洗漱完畢，身上穿著一襲石青色的直裰坐在那兒，見她帶著送酒菜的丫鬟進來，忙不迭起身謝過。

「謝管事不必客氣，您先用膳，待會兒再好生歇息解解乏。」指揮著丫鬟們將酒菜放到桌上，青環同謝管事福了福身，便要告辭離開。

「青環姑娘請稍等。」謝管事突然開口道。

青環轉身看他，微笑著示意他開口。

能被選到公主之女身邊伺候的丫鬟，首先這顏色便是不錯的。青環容貌嬌美，落落大方，單是氣質，便不是尋常人家的女兒比得上。謝管事看得心中一蕩，摸著袖子裡那支被他摩挲不知多少回的白玉簪子，猶豫了一下，才將之拿了出來。

他面色如常地笑道：「我來府裡多次，得青環姑娘照顧，謝某心裡感激不盡。這只是一點薄禮，不是什麼好東西，感謝青環姑娘的照顧，還望笑納。不只是姑娘，其他幾位姑娘也有禮物。」只是不是他親自送的罷了。

青環紅了臉，一時被謝管事這貌似求親的舉動弄得手足無措，偏偏他又顧及了她的臉面，話說得極好聽，連青雅她們的禮物也備上了。若是她收下，便是默許了他的示好，怕是轉頭他就去世子妃那裡求娶。若是她沒收下，也不打緊，不過是他一個管事要討好世子妃身邊的大丫頭，其他幾個丫鬟都得了禮物，也不算逾矩。

半晌，青環朝他施了一禮，說道：「那就多謝謝管事了，只是要勞煩謝管事將給姊妹們準備的禮物一起讓我帶過去，省得讓別人多跑一趟。」

謝管事苦笑地發現，自己被這丫頭將了一軍。再看她微紅的耳垂，心裡生出無限情思，笑著進內室取了一個紅漆雕花的匣子出來，將之遞給了她。
接過匣子，青環若無其事地退了出去。
與此同時，阿菀正心情激蕩，根本坐不住，開始在內室轉來轉去。
她的心情很複雜，也不知道自己當初的決定對不對，以致於現在她要的東西被研究出來了，她卻忽然心生膽怯。
現在是冷兵器時代，火藥還未用到戰場上，甚至據她讓人探查所知，海外的洋人世界也沒有出現火藥這東西用於軍事上。洋人的科技水準雖然比大夏進步些許，可還未有人專門研究火藥。這一開頭，會引發什麼結果，她已然可以預想，不免有些猶豫。
一時間，她拿不定主意。
等奶娘將兒子抱過來時，阿菀才發現自己在屋子裡轉悠了半個時辰了。
阿菀接過兒子，見他原本瞇著眼睛半睡半醒，因為換了個人抱馬上將眼睛睜得圓溜溜的，這副可愛的樣子讓她忍不住親了親他，偷偷餵起奶來。
她的奶水量少，根本不夠小傢伙喝，只得又叫奶娘餵他。
等小長極喝飽，阿菀將他抱到炕上，自己坐在旁邊，邊逗他邊想先前的事，直至衛烜回來，阿菀才精神一振，抬頭向他看過去。
衛烜見到阿菀又抱著那個討債的，心裡不太高興，不過也習慣了阿菀這段日子天天將兒子放到身邊，恨不得自己親自照顧，使得他每日一回來便要面對這個小鬼。不過，阿菀今天並沒有將大半的心思放在孩子身上，而是用一種莫名期盼的眼神看著自己。
衛烜心中微動，面上卻沒有太多情緒流露，自顧自進淨房洗漱換了一身寬鬆的直裰出來，才坐到阿菀身邊，接過丫鬟呈來的茶。

阿菀見長極瞇著眼睛要睡了，便叫奶娘將他抱下去。

孩子一走，阿菀立刻蹭到衛烜那裡，猶豫地看他。

「怎麼了？可是有什麼事？」衛烜拉著她的手，難得見她如此，不免多想了些，「無論有什麼事情，都有我頂著，妳不用擔心。」然後他語氣一變，有些冷淡地道：「若是妳還叨念著要去陽城，那便算了。」

阿菀被他一轉三折的語氣弄得哭笑不得，見周圍的丫頭都已退下去，不知怎麼地起了衝動，主動撲了過去。

衛烜差點被她撲得仰倒在炕上。

「阿烜，我和你說一件事。」阿菀認真地看著他，「我一直在猶豫著，不知怎麼辦才好，你聽完要仔細想想再做決定。」

衛烜見她如此慎重，將所有事情想了又想，仍是沒有頭緒，「妳說說看。」

阿菀醞釀了下情緒，便將今日謝管事告訴她的事情同他說了，並將四年前她讓謝管事來北地買地蓋莊子，還建了個祕密的火藥研究作坊的事情，一股腦兒倒了出來。

衛烜萬分驚詫，有了再世為人的經歷，他才能看出阿菀的祕密，兩輩子她都是異世客，甚至有時候從她不經意間說出的隻字片語可知道，她前世的那個地方絕非大夏，甚至是一個比大夏更奇特的世界，方能讓她以一介女兒身，識得那麼多東西。

這樣的阿菀讓他又愛又喜又怕，生怕她還惦記著那個世界，所以他一直假裝沒發現她的祕密，而現在阿菀又給了他一個驚喜。

聰敏如他，加這兩輩子的經歷，自然知道阿菀所說的火藥一旦問世所帶來的後果，稍有不慎，便會引起難以估計的傷亡，還得注意京城那邊的反應，讓他不得不防。

當下，衛烜馬上道：「這事先容我想想，妳不必擔心，交給我就行了。」

沒想到向來低調的阿菀，竟有如此大的殺傷力，衛烜心頭滋味真是難以言喻。

他發誓，自己兩輩子都想要抓著她甚至想要禁錮她，絕非和她擁有這種殺傷力有關，純粹只是因為他對她的偏執愛慕罷了。

衛烜對阿菀是極盡所能地寵愛，恨不得將她養得只能依靠自己，偏偏阿菀面上看著安安靜靜，心裡卻極有主意，根本沒有順著他期盼的路走。他沒轍，只好背地裡處處掌控住她身邊的人和事，將所有能讓她多思多慮的事都攬到自己身上。

這次阿菀讓人研發出了火藥這種威力無窮的東西來，雖然超出了他的想像，但他第一時間便想將之攬到自己身上，決定無論那火藥的問世是利大還是弊大，都得將阿菀摘得乾乾淨淨，以保護她為優先。

衛烜當即對阿菀叮囑道：「這事情妳不用告訴姑父和姑母他們。」

阿菀點頭，她可不敢說，不然精明的公主娘一定會懷疑她，至少那火藥的配方從哪裡來的，是看什麼孤本得來的之類的藉口，在公主娘那裡可行不通，至於衛烜……

阿菀看了他一眼，莫名感到心虛，可是直到用膳時，都不見衛烜問她關於火藥的來歷，便知道他對自己有一種無條件的信任，害她原本準備好的藉口都用不上。

用完晚膳，衛烜親自去見了謝管事和那名從莊子裡帶來的工匠。

將事情丟給衛烜，阿菀便安心地寫信給陽城、京城。

陽城那邊，孟妡一舉得男，在沈家可金貴了，沈二夫人幾乎將這兒媳婦當成親生女兒看待，婆媳倆整日嘻嘻哈哈，不像婆媳，倒像母女，讓沈家幾個男人頗為無奈。

孟妡最愛將自己的日常點滴寫在信裡，故而阿菀對沈家的情況頗為了解。

這次康儀長公主夫妻帶了一車禮物過去參加沈家二房長孫的滿月，給足了沈家人面子，因著沈家人和孟妡的熱情挽留，康儀長公主決定在陽城多住幾天。

阿菀展開駙馬爹的來信，看到駙馬爹在信上隱晦地提及他如何想念小長極，叮囑她要怎麼照顧小長極時，阿菀忍不住抿嘴微笑，心裡明白在陽城多留幾天的決定怕是公主娘決定的，駙馬爹離不得外孫，早就歸心似箭了。

相比於陽城，京城的局勢卻是讓阿菀心驚膽顫，不由得擔心起宮中的太子夫妻。

從今年年初開始，也不知道怎麼回事，太子被文德帝連番訓斥，連皇后都沒能避開。加之太后年紀大了，身體不好，精神一日比一日差，已經很少能左右皇上的決定，能庇護太子的時候不多。如此，使得偌大的皇宮裡，能在文德帝面前說得上話的人竟然沒半個。

太子被訓斥，在朝中越發像透明人，連滿朝的文武大臣也彷彿感覺到了什麼，不敢為太子說話。若非還頂著太子頭銜，眾人都覺得太子如今是被皇帝厭棄了。

其他皇子倒是活躍起來，其中尤以四皇子、七皇子、九皇子最為突出，五皇子、六皇子、八皇子也在暗中活動。可以說，幾乎年長的皇子們都有所動作，更不用說後宮的女人。

阿菀拿著京裡來的信，十分擔心宮裡的孟妘。

就在她發呆時，路雲又捧了兩封信進來，對她道：「世子妃，王府來信了。」

原來是瑞王妃和衛嫤寫給她的信。

阿菀來明水城的這兩年，每個月京城王府都有來信。瑞王妃時常進宮，常會在信裡提及幾句，好教阿菀對後宮的勢力有個概念，不至於因為身在邊境，對宮裡的事情一無所知。

這次瑞王妃在信裡說了衛嫤的親事。

衛嫤及笄後，瑞王妃便讓瑞王去向太后請了個恩典，將唯一的嫡女封為郡主，接著為她議親，最後定下的是承陽伯的嫡次子周拓。

阿菀覺得周拓這個名字好像在哪裡聽過，想了一會兒，沒能想出來，只好繼續看信，然後得知衛嫤和周拓的婚期定在今年九月，不禁有些擔心，依小姑子那樣的性子，嫁過去不知會不會被人欺負。不過瑞王妃那般心疼女兒，想來也是精挑細選了的，應該不會差。

至於衛嫤，小姑娘數年如一日，乖巧地在信裡彙報自己的日常，順便說她又自創了什麼新的針法，還讓徐管事送了很多她親手為小侄子和嫂子做的衣裳，最後用羞澀的語氣說自己要出嫁了，心裡十分想念她。

阿菀看得好笑，這個小丫頭定是很希望她這位大嫂回京去參加她的婚禮，可惜山高水遠，她不能放下年幼的兒子回去。

阿菀讓青雅將衛嫤做的衣服拿過來，只見針腳細密整齊，繡的花草也栩栩如生，布料用的是柔軟的細棉和綢緞，備了春夏兩季。

她很遺憾不能回去參加衛嫤的婚禮，便琢磨著給衛嫤的嫁妝，這時衛烜回來了。

「在看什麼？」衛烜去淨房換了衣服出來，看到桌上的東西，「京城裡來信了？」

「嗯，父王給你的信，我讓人送到書房裡了。」阿菀起身幫他倒茶，邊和他說起信中的內容及衛嫤的親事，末了問道：「這個周拓是誰？我總覺得好像聽過，你對他印象如何？」

衛烜漫不經心地道：「他是周拯的弟弟，性子還算不錯。」

接著他將周拯、周拓兄弟倆的事簡單說了說，阿菀才知道為何這般耳熟。這承陽伯府的嫡長子周拯，當年在昭陽宮的靜觀齋讀書時，正是衛烜身邊的跟班之一，與衛烜有狐朋狗友般的交情，雖然在外人看來，這些王孫公子有些不著調，但性子還是不錯的。

想來瑞王妃能挑中周拓，也是因為衛烜與周拯的交情在，且周拯以前也常去瑞王府尋衛烜，一來二去，瑞王妃也對這兄弟倆有大概的認識。

「周拓的性子如何？」

「唔……是個有主意的。」衛烜想了想，說道：「雖然有主意，卻不像宋硯那般有城府，只要王府沒事，他不會對妹妹不好，妳大可放心。」

阿菀聽後不禁鬆了口氣，只是聽他提起宋硯，心情又不太好了。

對於宋硯，阿菀的心情一直很複雜，她知道孟婼的性子是改變不了了，只要給宋硯機會，太子或衛烜露出有絲毫的疲態，怕是他找著機會便會奮起，屆時也不知道這樣心思深沉之輩對於髮妻會不會依舊。或許十幾年的感情，比不上權柄的誘惑，於男人而言，他們的心很大，裝得下江山美人，不會守著一個女人過日子。

「想什麼？」衛烜將她摟住，親了親她的臉，她臉上的肌膚日漸恢復往昔的光滑柔嫩，色斑退去後，又是美人一個。

「沒想什麼，只是有些擔心京裡的人……」說著，她忍不住嘆了口氣。

衛烜目光微閃，自是知道阿菀擔心的是什麼，左不過擔心太子的處境，最後連累到太子妃和皇長孫。若是太子不好，太子妃和皇長孫他們的下場可想而知。

他伸手撫著她的臉，沉聲道：「沒什麼好擔心的，太子不是冒進之人，且有太子妃在旁盯著，他不會做出什麼冒險的事情。只要太子能守得住自己，由著下面的皇子鬥，遲早有一天會是他的出頭日。」

阿菀抿嘴，「就怕太子忍不住。」做了近三十年的太子，實在憋屈，不想當皇帝才怪。

衛烜嗤笑道：「若是他這般蠢，那便算了。」

見他冷笑，阿菀扭身離開他的懷抱。

衛烜不以為意，又把她抱回來，「過兩天，我想去嘉陵關的莊子一趟。」

阿菀很快明白了他此舉的目的，「你是想要看看火藥的威力？」

「對，眼見為實，屆時再做打算。」

他說著，捏住她的下巴，將她的臉抬起來，慢條斯理地在她唇上親密磨蹭，蹭得她頭皮發麻，看他的目光都有了退縮之意。

自她生下孩子，這位世子爺的行為開始慢慢變得詭異，明明有時候溫柔至極，卻讓她覺得這是暴風雨前的寧靜，每次一對上他的目光，就想要閉上眼睛，來個眼不見為淨。

這分明是神經病越來越嚴重了。

果然，晚上歇息時，阿菀被他抱住，身子又忍不住想要退縮，當他的手往她腹部滑動時，她一顆心提得老高，並不是擔心他忍不住壓了自己，而是擔心他不壓，反而用另外的招數來在她身上折騰一遍。

最近他的花招很多，讓她頗招架不住。

等她終於可以抱著被子睡著時，能感覺到旁邊的男人正撐著頭看她，大手一下一下地撫著她，那種溫柔的感覺，讓她忍不住朝他靠了靠，很快便入睡了。

過了兩天，衛烜帶著謝管事和親衛離開了明水城。

明水城距離嘉陵關的那個莊子約莫五日路程，這來回便要用去十日。

衛烜離開後，阿菀沒了人管束，便將兒子抱到自己房裡養，每天除了聽管事嬤嬤彙報府裡的事務外，便是用心地養兒子。

兒子已經五個月，褪去新生兒的紅嫩，變成了一副白白嫩嫩的包子樣，可愛至極。

如今小包子最喜歡做的事情便是翻身，也不知是不是康儀長公主將他養得好，小長極長得很快，五個月大便能翻身得很利索，連朱夫人、趙夫人等過來看到時，都忍不住稱讚。

四月的明水城白天時的氣溫不高不低，阿菀幫兒子換上了衛嫤做的紅綢小衣，紅彤彤的襯著那白嫩嫩的皮膚特別嬌嫩，眼珠滴溜溜轉著，像小烏龜一樣翻身時的模樣萌翻天。

獨自照顧孩子後，阿菀終於知曉了養孩子的快樂。

就在她忙著養孩子時，康儀長公主夫妻終於從陽城回來了。

◆　◆　◆

轟隆隆的聲音不絕於耳，那種震天般的響動不僅讓山搖地動，彷彿要震破耳膜一般。

衛烜站在山谷前，迎著帶著涼意的山風，並未像其他人那樣掩住雙耳，而是眼睛緊緊盯著山谷中的爆炸餘威。

比起衛烜的鎮定，其他人縱使之前看過火藥的威力，此時仍是被震得說不出話來，眼前一片片被炸開的山石土塊，讓他們驚駭不已。

謝管事小心地陪在衛烜身邊，這樣的東西竟然是出自一個女人的手，想想既覺得可怕之餘，又讓他心裡由然升起一股敬意。

現場除了十幾名工匠外，只有謝管事和衛烜帶來的幾名親衛，眾人皆屏息看著爆炸過後山谷的情況。原本裸露的堅硬岩山被炸開來，只留下一些烏黑的痕跡。

衛烜忍不住走過去，踏上碎石塊，目光在附近逡巡，心裡有了決定。

他站了一會兒，轉身便見謝管事小心翼翼地跟著他。

「你叫謝……謝青河是吧？」衛烜開口道。

謝管事心中一跳，低了低背脊，答道：「回稟世子爺，小人正是謝青河。」

衛烜慢慢走下碎石堆，沉聲說道：「聽說你是虞州府尚安鎮人，家裡只有一位老母親和一名幼妹，可是如此？」

謝管事心裡忐忑，忙道：「是的。」

「你是幾時進長公主府當差的？」

「文德十年時，屬下有幸被選進公主府外院當差，得管事青眼，跟著識了幾個字，後來長公主和駙馬爺厚愛，被選去為世子妃打點陪嫁……」

衛烜聽完，方才問道：「可娶妻了？」

謝管事心中又是一跳，老實地道：「尚無。」

「你這個年紀……還沒成親也是怪事。」衛烜意味不明地說了一句。

謝管事心念電轉，已然明白衛烜的意思，當下直接跪地，說道：「屬下之所以未娶，是因為屬下已有心儀的姑娘，只等著她到適婚年齡，好去求娶她。」

「哦，是誰？」

聽他漫不經心地問話，謝管事心跳得厲害，慌忙道：「是世子妃身邊的青環姑娘。本來屬下是打算趁著這次去明水城時，託管家娘子去和世子妃求個恩典的。」說著，他面上露出了些許赧然，「卻未想沒機會說。」

衛烜低頭看向他，目光冷漠，看不出情緒。

半晌，終於聽得他道：「既是如此，我便替世子妃作主，將青環許給你了。她是世子妃身邊的人，你可要好生待她。」

謝管事大為驚喜，趕緊磕頭。他知道自己算是過關了，世子爺這是要重用自己了。

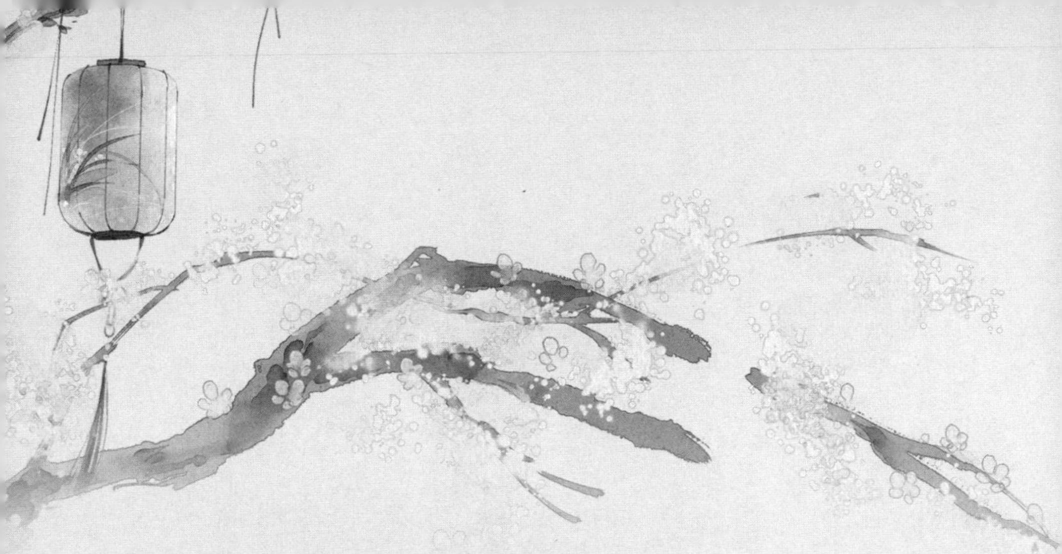

伍之章 皇權傾軋

孟妘剛處理完宮務，捧著茶坐在西暖閣慢慢啜飲，邊看著手中的信，眉眼看不出情緒，無端給人一種清冷的感覺。

周圍伺候的宮人們皆低眉斂目，安靜地候在一旁沒有發出聲音。

太陽漸漸偏西時，西暖閣外響起了一陣腳步聲，由遠及近，然後是宮人的驚呼聲。

夏裳擰眉，心裡有些怒意，覺得最近伺候的宮人真是越來越沒規矩，莫不是打量著皇上這幾年不如以往般重用太子，皆以為太子將要失勢，便不經心了。卻不想想，縱使皇上現在幾次三番地訓斥太子，太子依然占著儲君的名頭，仍是主子。

夏裳看了坐在臨窗大炕上的主子一眼，輕手輕腳往外行去，才到殿門前，差點被迎面衝過來的小人撞到。幸好她眼疾手快，彎腰抱住了衝來的孩子。

「皇長孫殿下！」夏裳低呼一聲，「您沒事吧？」

皇長孫見是夏裳，抬起圓潤的包子臉朝她笑道：「夏裳姑姑，我沒有事，我來找娘親，娘親在裡面嗎？」

夏裳見他滿頭大汗，忙拿帕子幫他擦汗，又嚴厲地看了眼跟著皇長孫過來的宮人，見那些宮人忐忑地垂下眼睛後，才收回目光，對皇長孫時溫聲道：「太子妃在裡面，殿下剛下學嗎？不用急，慢慢來，若是摔著自己，太子殿下和太子妃可要心疼了。」

皇長孫眨了下眼睛，乖巧地點頭，邁著小短腿走進去。走了幾步，忽然整了下表情，繃著臉，放緩步子，背著小手，慢悠悠地進了西暖閣。

皇長孫進了西暖閣，看到炕上的女人時，眼睛一亮，想要衝過去，只是想到太傅的話，復又放緩了腳步，一副小大人的模樣走過去。

孟妡見長子進來，招手說道：「灝兒，到娘這兒來。」

見母親招手，皇長孫頓時將太傅的交代丟到一邊，連蹦帶跳地撲了過去，撲到母親香軟的懷抱裡，在母親將他抱起時，雙手摟住她的脖子，奶聲奶氣地道：「娘親，灝兒回來了，弟弟呢？」看了看周圍，沒有看到自己那個愛鬧騰的弟弟。

孟妡在他的臉上親了下，等兒子也嘟著小嘴回親後，方道：「在裡面睡覺。」

「弟弟怎麼總是睡？都不和我玩。」皇長孫小聲地嘟囔道。

他很喜歡弟弟，也想當個好哥哥帶弟弟玩，可是從他三歲起便被皇祖父送去昭陽宮啟蒙，跟著太傅學習，雖然每日只是簡單地認字和聽太傅說些知乎者也之類的，可是隨著他漸漸明事，宮裡有些傳言他也聽到了，心裡越發不安，便更乖巧懂事，不想讓爹娘擔心。

奶嬤嬤說，他長大了，不能總是想著玩了。

想到這裡，皇長孫白嫩嫩的小臉有些紅。

「因為他還小，需要多睡才能長大。」孟妡邊解釋邊用巾帕幫兒子淨臉擦手。

皇長孫又道：「那好吧，等弟弟大一點，我教弟弟識字，我今天又識得了幾個字呢！」然後便窩在母親懷裡，嘰嘰喳喳將自己今天識的字和做的事說一遍。

孟妡微笑地聆聽，夕陽餘從窗外透進來，灑在他們身上，彷彿鍍了一層柔光般。

太子走進來，看到這一幕，原本躁動的心突然變得平靜。

孟妡發現太子回來了，面上帶著慣有的疲憊，不由有些心疼，忙抱著兒子迎過去。

「爹爹！」皇長孫先是規規矩矩地向太子行禮，然後像炮彈般蹦了過去，抱住太子的一條腿，仰起臉朝他笑。

太子笑著將兒子抱了起來。

「爹，今天皇祖父去了靜觀齋，還考校了我學問，我都答出來了……」皇長孫高興地報告今天的大小事，說到最後，他瞅著太子，小聲地說：「爹，我會努力讓皇祖父喜歡我，這樣皇祖父也會喜歡爹的……」

太子一愣，眼中浮現怒氣，面上的笑容卻不變，「灝兒胡說什麼呢？是不是又聽到什麼閒言碎語？你要記住，你現在還小，管不住天下悠悠之口，那些事不必放在心上。」

皇長孫疑惑地看著他，明顯不太明白。

太子抱著兒子，擺手將過來伺候他更衣的宮女揮退，說道：「有太子妃在就行了，妳們都退下吧。」說完，牽著太子妃的手，一起進了內殿。

太子的第二個兒子已經醒了，此時正一臉睡眼惺忪地由著奶嬤嬤幫他擦臉，見到他們進來，馬上從床上滑下來，飛快朝父母跑去，撲到了孟妘身上，朝她伸手討抱。

孟妘將小兒子抱起來，接過奶嬤嬤手中的巾帕繼續幫小兒子擦臉。

「爹爹，抱……」小皇孫轉身又朝太子要抱，想將哥哥擠下去。

皇長孫很有兄弟愛地讓出父親的懷抱，自己跑去挨著母親，朝著弟弟微笑，見弟弟抓著一個撥浪鼓，便陪他玩起來。

還未到晚膳時間，宮女們先送來糕點，其中有小皇孫喜歡吃的肉糜水蛋羹。

「明水城和西北來信了。」孟妘邊餵小兒子吃東西邊和太子聊天，「西北的信上說，妡兒前陣子生了兒子，康儀姑姑過去參加孩子的滿月。沈罄在妡兒生產前，曾帶著幾百騎兵出城，搗毀了幾個餉馬一帶的賊匪窩。那些賊匪不僅有蠻人，還有一些大夏人……」

太子眼神變冷，「西北那邊的勢力自來複雜，並不奇怪，讓三妹夫小心些方是。」

孟妘笑道：「你放心，沈家在那兒經營了百餘年，自有一套生存之道。」

太子略有些滿意，雖然現在朝臣們因為父皇的態度，對他有幾分晦莫如深，但他也不能沒有底牌，正因為如此，他才能按捺住心中的焦急，慢慢陪著他們耗。

想到這裡，他又道：「不知烜弟那邊如何了，上回聽說弟妹差點難產，雖然孩子生下來，烜弟卻有些不喜，他還是那般任性。」

孟妘抿嘴一笑，說道：「烜弟自小到大便是這性子，幸好壽安看著悶不吭聲，卻心裡什麼都明白，想來是不會讓烜弟太任性的。」

太子想到壽安郡主將那小霸王吃得死死的，不由有些樂。他自是樂得如此，若是衛烜天不怕地不怕，他還不敢與他合作。人唯有有了在意的事和人，才會有所顧忌。

也不知衛烜曾經說過的給他的驚喜是什麼。

想到衛烜，太子嘆了口氣，衛烜離了京城，遠離了所有的是是非非，人人皆幸災樂禍，豈又知這不是他的一條退路。

晚上，將兩個孩子哄睡後，太子妃方回寢宮，見太子坐在燈下想事情，便走過去，伸手輕輕搭在他的肩膀上。

太子回神，見妻子露出關切的目光，微微一笑。

「夜深了，該歇息了。」孟妘聲音柔柔的，「你最近還病著，要好生休息。」

太子笑著說道：「雖然柳綱已經不在宮裡，但孤只要有時間，都不曾鬆懈了鍛鍊，身子並無大礙，妳不用擔心。」

孟妘聽了淡然一笑，她知道每天太子出門時都會故意帶上病容。

夫妻倆上床就寢，只是睡到半夜，被宮人叫醒了。

「殿下、太子妃，仁壽宮出事了，皇上連夜召了太醫過去。」徐安候在帳外焦急地道：「皇上派楊總管過來請您和太子妃去仁壽宮一趟。」

太子瞬間清醒，慌忙翻身而起。

比起他，孟妘的速度更快，她趕緊叫宮人進來伺候他們更衣，邊問道：「皇上除了通知東宮，還通知哪個宮？」

「只有東宮，連鳳儀宮那邊也未讓人去通知。」徐安垂首回道。

孟妘思緒轉得飛快，片刻便有了些頭緒，不由雙眼亮晶晶地看向太子。

太子握緊了她的手，心情也有些激動。

穿戴妥當，讓人備了轎輦，兩人往仁壽宮而去。

「昨日我去向皇祖母請安，發現她的精神不太好，午時洛英讓人遞了消息過來，說皇祖母昨兒一直在叨念著烜弟和康嘉姑姑。」孟妘和太子同坐一輛轎輦，附到他耳邊小聲地道：「想來皇祖母應該是思念他們之故。」

太子拍拍她的手，明白了她的話。

到了太后的寢宮時，他們進門便見到圍在太后床前的幾位太醫，稍遠一些坐著文德帝，殿內除了太后宮中伺候的宮人和洛英外，便無其他人了。

洛英這幾年來越發穩重了，雖然長相與衛烜相似，但細看便又覺得不太像，氣質更是天差地別。只是太后就愛看她那張臉，也喜歡讓她在身邊伺候，她很快便成了太后身邊的得意宮女。文德帝知道這個洛英是衛烜安插在太后身邊的，卻不以為意，尤其看到太后對洛英的倚重，更是默許了洛英的存在。

「父皇，皇祖母如何了？」太子慌忙地走來，一臉焦急地問道。

文德帝目光掃過太子和孟妘，見他們眼裡的擔憂真切無偽，方道：「太醫還在看。」說著，他嘆了口氣，繼續道：「你們皇祖母年紀大了，近來精神不濟，你們若是有時間，多過來陪陪她老人家。」

太子心中一突，悶悶地應了一聲。

一時間，太后的寢宮又安靜下來，只有宮人走動時衣裾輕輕晃動的聲響。

太醫們輪流為太后請完脈，用眼神飛快交流一番，便由太醫院的阮醫正出列道：「皇上，太后娘娘身子並無大礙，只是鬱結於心，不利五臟，鳳體日漸衰弱，須得好生休養。」

文德帝皺眉，不愛聽這種似是而非的答案。他的眼神慢慢冷下來，淡淡地道：「朕不想聽這種敷衍的話。太后娘娘的身子如何，能否邁得過這個坎？」

以阮醫正為首的太醫紛紛下跪，直呼臣有罪。

「閉嘴！」文德帝氣得將手中的茶盅擲到地上。

太子正欲上前說話，被一隻柔軟的小手拉住，讓他原本到嘴邊的話頓住。

就在這時，門口響起腳步聲，一個內侍在門外稟報道：「皇上，江貴人求見。」

殿內無聲，那內侍躬著身子，一時冷汗濕了裡衣，身子微微發顫。

江貴人是去年新進宮的美人，人美性子也伶俐，極得文德帝寵愛，很快便從眾多才人中升為貴人，據聞近日有可能會再升位分，在皇宮裡風頭無兩。且因鄭貴妃這段時間病重，兼之容顏不再，更不用說早就失寵的皇后及那些老資格的妃子們，這皇宮裡反而成了那些年輕的嬪妃們的天下。

深夜之時，江貴人突然來仁壽宮求見，雖不知她是如何探得皇上的行蹤，又如何得知仁壽宮的事，不管她此時是特地過來刷存在感的，還是利用太后生病想要加重自己在皇上心中的地位，都未曾料到此時文德帝因太后病得比想像中嚴重，正龍顏大怒。

半晌，宮裡響起了皇上冰冷的聲音：「拖下去，杖責二十。」

仁壽宮更安靜了，只剩下眾人輕淺的呼吸聲。

身為寵妃，竟被皇帝下令杖責，不僅臉面丟盡，想來日後更是沒臉了。

那內侍領命下去，文德帝看向阮醫正，冷冷地道：「朕再問一次，太后娘娘的身子如何？可能醫治？」

阮醫正閉了閉眼，沉聲道：「皇上，太后娘娘思慮過重，兼之年事已高，夜不能寐，累得鳳體衰疲無法支撐。若是臣用藥將養著，許能支撐個幾年。」

文德帝目光銳利，「除了用藥，還要如何？」

「太后娘娘既然是思慮過重，怕是心裡有放不開的事，須得解了她的心結方好。」

聽到這話，在場的人皆明白，讓太后放不開的便是遠在明水城的瑞王世子衛烜。知情者如文德帝、太子等人，太后對衛烜不過是一種寄情心態，最主要的還是當年夭折的康嘉公主，因衛烜小時候長相肖似康嘉公主，太后才移情至他身上，將他當成康嘉公主的替身。

文德帝沉默了一會兒，方道：「先用藥吧。」

阮醫正心中一鬆，忙應了一聲，便和幾個太醫下去商量藥方了。

太醫們一走，床前便空了出來，文德帝坐到床邊察看床上的太后，神色有些凝重。

太子終於上前道：「父皇，皇祖母思念烜弟，可是需要將烜弟召回來？」

「不必了。」文德帝淡然道：「烜兒在明水城為朕守疆衛國，這一來一回也是折騰，況且你皇祖母她等不得太久。」說著，他的目光移到旁邊候著的宮女身上，「妳叫洛英是吧？」

洛英被點名，趕緊上前跪下，「回稟皇上，奴婢正是洛英。」

這般恭順謙卑，與衛烜一點也不像，更不用說和公主相比，文德帝突然有些明白衛烜的用意，也知道為何她來到仁壽宮兩年了，太后仍是沒能將對衛烜的感覺移情到她身上。

當年衛烜讓人教導她時，是往完全相反的方向教，與上輩子那個颯爽而強悍的洛英截然不同，與太后心目中的康嘉公主完全相反。縱使太后喜歡這張臉，卻不會將他們弄混。

「既然母后喜歡，妳便用心伺候吧。」文德帝道。

這是文德帝第一次如此挑明，洛英明白其中的意思，忙磕頭道：「能伺候太后娘娘，是奴婢的福分。」

文德帝又轉頭看向太子夫妻，對他們道：「煒兒，你是朕親自挑選的儲君，朕心愛之，母后亦愛之，這段日子就辛苦你們了。」

太子輕聲應下。

床上忽然響起太后的囈語，文德帝側耳聆聽，聽到她念著的是兩個名字：嘉兒和烜兒。

文德帝一時間拿不定主意。

他重用衛烜自有用意，衛烜是他精心培養多年的棋子，不僅是此時對付狄族的棋子，更是對付身後事的棋子，他不容許任何人壞了這枚好棋。只是太后的病情又不能不顧，難有兩全，讓他不免有些愧疚。

太子看了看房間裡的沙漏，對文德帝道：「父皇，夜深了，您明日還要上朝，先回去歇息吧，這裡有兒子便可，兒子和太子妃會好生伺候皇祖母的。」迎著父皇深沉的目光，太子背上的冷汗一點一點地被逼出來，「父皇要保重身子。」

文德帝點頭，「你身子弱，也不能太過勞累，若是累了要及時休息。」

太子低聲應是，見文德帝起身，忙過去扶住他，恭敬地將他送出了仁壽宮。

孟妘帶著宮人來到床前查看太后，發現床上的老婦人白髮斑斑，滿臉皺紋及病容，已不復幾年前的尊貴，此時只像個尋常的老太太。

她從阿菀那兒得知了太后身體的隱患，她犯了癔症，這種病最是難治。太后無藥可醫，只是皇上以仁孝治天下，自然不希望太后出什麼事。

孟妘端坐片刻，心中有了主意。

太子送了文德帝出仁壽宮後折返回來，見妻子看著睡得不安穩的太后若有所思，便上前去拉住她的手，「皇祖母如何？可醒了？」

「沒呢，囈語不斷。」

兩人簡單地說著，孟妘讓宮人絞了帕子過來幫太后擦額頭的汗。

過了一個時辰，太醫將煎好的藥端過來，並且以金針將太后弄醒。

太后被一個嬤嬤扶坐起來，渾濁的眼睛看著床前伺候的人，當看到洛英時，目光微亮，只是很快發現了什麼，眼神又暗了下來。

「皇上呢？怎麼不見他？」

太子忙答道：「父皇剛才離開，孫兒擔心父皇的身子，便讓他先去歇息，由孫兒和太子妃照顧皇祖母。」

太后到底還是心疼皇上，聽罷也沒糾結皇上不在的事，喝完藥，才拉著太子的手道：「燁兒，哀家剛才夢到烜兒了，哀家看到烜兒穿著被血染紅的戎裝，在明水城外的萬嵬坡被一枝利箭穿透胸口而死，周圍淨是屍體，哀家還看到萬嵬坡那兒的土地是黑中混了點兒黃的，那種黃色有些像……」

太子聽得臉色蒼白了幾分。

「皇祖母，夢都是反的。」清冷的聲音響起，語氣裡帶著幾分安撫人心的柔和，「孫媳婦前兒收到了壽安的信，說近日明水城少有戰事，烜弟在明水軍中安然無恙。」

「是這樣嗎？可是哀家明明清楚地聽到了從明水城八百里加急的急報，說是烜兒死了，烜兒是在文德二十六年的七月初十晚上亥時沒的……後來……烜兒被皇上追封忠烈王，過了幾年，新帝登基時又追封了一次……烜兒名滿天下，無人再敢說他是不學無術的紈絝……」

太后的聲音有些飄忽。

「哀家當時在哪裡呢？烜兒怎麼會戰死了呢……烜兒……嘉兒……是母后對不起你們……」太后喃喃地說著，眼淚沿著臉頰掉到被褥上。

太子和孟妘都被太后那種彷彿預言般的語氣弄得毛骨悚然，明明現在才文德二十五年，距離文德二十六年還有一年多，莫不是人之將死，能看到未來的事情？

孟妘心裡有了不祥的預感。

「皇祖母，您累了，應該多休息。等您的身子好了，烜弟便回來了。」太子勸道。

太后愣了一下，看到太子關切的目光，彷彿大夢初醒般，遲疑地道：「哀家好像腦子有些糊塗了，現在是幾年了？」

「皇祖母，如今是二十五年。」

「二十五年？不是二十六年嗎？」

幸好，這時藥已經涼得可以入口，太子耐心地伺候太后喝藥，順便同她說話，轉移她的注意力。等伺候太后歇下，已經快天亮了。

太子和孟妘直接在仁壽宮的偏殿歇下，夫妻倆躺在床上，湊到一起說悄悄話。

「皇祖母應該只是做夢，當不得真的。」太子沉聲道：「烜弟何等貴重，怎麼可能會親自出城參戰，趙將軍也不會讓他涉險。且他身邊有好些個父皇賜下的親衛，悍勇非常，有他們在，哪可能會讓他出事？」

太子妃聽著他的絮絮叨叨，並沒有反駁他的話，而是伸手將他抱住，摸摸他的背，將臉貼到他的胸膛上，聆聽他的心跳聲。

過了半個月，太后的病情終於穩定下來。

文德帝每日都會過來探望，而太后生病也在後宮引起了重視。連宮裡最受寵的江貴人都被打了板子送進冷宮，宮中的女人們皆意識到太后的病情不同以往。

最讓人驚訝的是，太子放下了差事，守在仁壽宮中侍疾。對外的說詞是代替皇上在太后身邊盡孝。太子此舉，令人不免想多了些，猜測是皇帝的意思，還是太子自己求來的。

比起朝堂，後宮中的女人反應更直接，特別是那些有皇子的嬪妃們，心思也有些蠢動，幾個皇子也是各有心思。

文德帝和太子彷彿並未發現，沒有解釋什麼。

太后的精神明顯好了很多，文德帝也有些驚訝，暗暗觀察，便知道了原因。

他進來時，便見太子和太子妃坐在炕前的椅子上，正為太后讀佛經，太子的兩個兒子都偎到太后身邊，笑嘻嘻地聽著父母念佛經，氣氛很是溫馨。

文德帝冷肅的神色柔和了幾分，「你們在做什麼？母后今兒的精神好了許多。」

太后笑道：「皇上來了，過來坐。」待文德帝坐下，才又道：「這些日子，太子妃常給哀家讀佛經，哀家心裡舒坦許多，洛英這孩子伺候得也好。」

文德帝下意識看向被太后點名的洛英，發現她雖然依舊謙恭，可是神態變了許多，沒有以前那般卑怯，而是有了一絲飛揚的神采。

文德帝不由得看了低眉順眼地坐在太子身後的太子妃一眼。

說了會兒話，太后突然嘆氣，「皇上，明年七月前能不能將烜兒召回來？」

文德帝一愣，問道：「母后為何突然說這話？可是想念烜兒了？」

「不，只是覺得明年七月是鬼月，烜兒待在那邊不好……」

文德帝納罕，現在才四月，今年也有七月，怎麼不說今年的七月不好，單單說明年七月？只是太后不說，文德帝也只以為她又想念衛烜了，當下便道：「朕先看看，若是可以，自然能召回來。」並沒有給一個確切的答案。

太后卻極為滿意，拉著皇帝開始絮絮叨叨起來。

康儀長公主夫妻從陽城回來後，發現外孫已經可以連續翻身了，都高興不已。不過，等他們發現外孫最喜歡做的事情是連續翻身，最後累得像隻小烏龜面朝下地趴著翻不回來而掙扎嚶嚶哭泣時，又忍不住覺得好氣又好笑。

「長極乖，飯要一口一口地吃，哪能一下子便將所有的力氣都用在翻身上。」羅曄將外孫抱起來，扶著他坐好，幫他擦了擦熱出來的汗。

阿菀笑咪咪地道：「他現在就喜歡翻身，只要放在那裡不管，他能自己翻到床下去，我都不敢讓人離了他。」

一家三口圍著孩子說話，康儀長公主突然問道：「對了，烜兒呢？又出城巡邏了？」

阿菀頓了下，方才道：「不是，是去莊子了。」卻沒說去莊子做什麼。

康儀長公主早就知道女兒在北地置辦了幾個莊子，當初聽說她砸了一萬兩銀子過來時，以為她只是覺得好玩，心想若是折了銀子，自己再給她補上，根本沒怎麼放在心上。

誰知最不放在心上的事，卻讓她做出了一番成績，還解決了明水軍每年冬天的口糧問題，給衛烜省了許多麻煩，真真是妻賢夫禍少。

「娘，和我說說你們在陽城的事情吧。阿炘的兒子怎麼樣了？長得像誰？」阿菀馬上撒嬌，不著痕跡地將康儀長公主的注意力轉移。

康儀長公主回來幾日後，衛烜才從莊子回來。

聽下人來報時，阿菀一時間竟然有些克制不住，提著裙子快步走出去，到垂花門前張望，直到遠遠看到衛烜走來時，她不由緊緊盯著他的臉。

他的面容看起來有些疲憊，一雙眼睛卻亮得驚人。

「外面風沙大，妳在這兒做什麼？」衛烜很快走到阿菀面前，親暱地理了下她的鬢髮。

「等你啊！」阿菀笑盈盈地看著他，抬頭觀察他的神色，看不出他的真實情緒。

此時明水城進入五月，白天氣溫變高，加之風沙大，有時候不免讓人有些受不住。衛烜見風捲起她的裙襬飛舞，整顆心彷彿也順著那湖藍色的裙裾飛了起來。

他突然捉住她的手，將她的手緊緊握於自己掌中，溫聲道：「先回去吧。」

阿菀朝他一笑，和他一起回了正房。

知道衛烜回來，丫鬟很快準備好熱水送到淨房，阿菀將他推進淨房洗漱，又親自捧了乾淨的衣物進去，卻不想那位世子爺正翹著腿坐在那兒等她去伺候。

阿菀無奈，擼了袖子幫他解開髮冠為他洗頭。

「怎麼樣？看到了嗎？」阿菀最關心的還是火藥的情況，明明她原來的預想是先做土炸彈的，沒想到那些工匠的智慧及創造能力超出了她的想像。

「看到了，威力確實驚人。」衛烜的語氣平靜，但阿菀知他甚深，哪裡沒有聽出他語氣裡的壓抑，「只是現在還不宜現世。阿菀，妳相信我嗎？」

阿菀用瓜瓢舀起乾淨的水幫他沖去濕髮上的泡沫，笑道：「若是不相信你，我便不會將這事情交給你。無論你如何用它，甚至不想讓它們出現，我都無所謂的，我只希望能幫上你的忙……哎呀！」

淨房裡有一處鋪了漢白玉石的澡池，池子裡的水引了明水城附近山上的溫泉水，若是平時無事，阿菀極喜歡過來泡溫泉。此時，她被某位世子爺扯住抱下了澡池，讓她驚得雙手亂舞，下一秒被他擁入懷裡，然後壓著親熱。

一吻結束，阿菀渾身濕漉漉的，髮釵也歪到一旁，然後被他順手拔了，一頭長髮頓時披散而下，整個人狼狽不堪。她的眼睛含著水霧，正欲生氣，又被他捏住下頷，低頭吻住。

阿菀不幹了，拍打著他結實的背，好不容易逃出他的唇舌，連忙將臉埋到他的頸窩中，卻未想他已經飛快脫去她的衣服，就這麼抱著她沉下腰桿。

等情事結束，她伏到他懷裡，低低地喘息著。

「阿菀……」他的吻從她圓潤的肩膀上滑落，來到胸前的渾圓前，繼續啄吻。

「夠了！」阿菀覺得給他得一次手就行了，再下去就要變態了。

「再等會兒……好阿菀，我不弄妳了，妳等一會兒。」衛烜的聲音沙啞，帶著一些撒嬌似的懇求，讓她雙腿發軟。

猶豫的一瞬間，便被他有力的手臂舉了起來……

……

阿菀裹著乾淨的浴巾，躺在美人榻上，側著頭不想理旁邊的男人。

衛烜將頭髮隨意擦了擦，就這麼光著身子在她面前走過去拿衣服，遛鳥遛得理所當然，然後又當著她的面穿衣服。

穿好衣服，他去拿了她的衣服過來，坐到美人榻上，傾身在她露出的脖子間吮吻，嚇得她趕緊將浴巾扒拉上來，卻聽到他低低的笑聲。

「慌什麼？」衛烜的聲音含著笑意，輕鬆地將她抱起來，然後用自己的臉貼著她紅潤的臉蛋，輕柔地說：「真捨不得放開妳，要不是妳身子受不住……」

別用這麼溫柔的聲音說這種讓人發毛的話啊！

阿菀發現這位世子爺情緒激動之下，又開發了新的花招，實在是讓人受不住。

「行了，再鬧下去，丫鬟們就要笑話了。」阿菀含糊地說，伸手要拿衣服穿上。

衛烜殷勤地扶著她，自己幫她穿上衣服。雖然沒有不規矩的動作，但那雙眼睛裡赤裸裸的慾念出賣了他的心思。

阿菀覺得，明明他都這麼神經病了，常常對她做些超出她能承受的羞恥事，自己還能和他相處愉快，果然她也愛他愛到包容了他所有的變態了嗎？真是個讓人心塞的事實！

最後因為阿菀腿軟，衛烜抱著她回房。看到丫鬟們紅著臉飛快退下，阿菀想要捂臉。

與她相反，這位世子爺泰然處之，端著丫鬟送上來的銀耳蓮子羹慢慢吃著，自己吃一口再餵她一小口，邊和她說著這次他去莊子裡的事情。

「我打算以後讓謝管事專門管嘉陵關莊子裡的事，他心細又謹慎，交給他倒是可以放心。還有，他想求娶妳身邊那個什麼環的丫頭，我答應了。」

「是青環！」阿菀接口道，說完後驚訝地道：「他是真心求娶，還是因為莊子的事？」

衛烜想了想，想到她對那幾個丫鬟的愛護程度，難得地解釋道：「應該是真心的，恰好遇到此事，便順勢而為。」

阿菀不太高興，「我得問問青環的意思再說。」

幾個丫鬟的親事，除了青霜和周侍衛是彼此看對眼的，青雅和青環都說讓她作主，可阿菀哪裡會胡亂配人，總得讓她們自己看中才行。若是青環對謝管事也有心，那就更好了。如果沒有……女子立世比不得男人，阿菀覺得還是要另作考慮。

想罷，她讓人去叫青環過來，順便和衛烜說了青霜和他身邊的一名親衛的事情。

「是周爍嗎？」衛烜對幾個親衛的名字還是有印象的，「他原來是侍衛營的人，早些年皇伯父將我丟到侍衛營磨練我，周爍他們幾人便是最早跟著我的，身契都在我這兒，沒想到他會看中妳身邊的丫鬟，倒是美事一樁。」

對於上輩子陪著他戰死的那幾名親衛，衛烜頗為大方，忠心無須質疑，既然他們看上了阿菀的丫鬟，許配給他們倒也可以。

夫妻倆正說著，青環來了。

青環端著幾碟精緻的點心進來，待放到案几上後，便垂手站立在主子面前，不知道主子特地將她叫過來做什麼，心裡難免忐忑。

「這是青環親手做的幾樣素點心，我素來愛吃，並不太甜。」阿菀指著那幾碟點心說道，每一碟只有四塊，看著分量並不多，不過是嘗個味道，然後又指著其中兩碟梅花形狀的點心道：「這兩樣是鹹味的。」

衛烜順著她的意思分別嘗了下，發現口感不錯，便朝她點點頭。見她一臉驕傲，也不知道她在驕傲什麼。

阿菀開口對青環道：「青環，今兒叫妳過來是有事情與妳說，前陣子謝管事來向我們求娶妳，我們想聽聽妳的意見。」

青環瞬間紅了臉，整個人羞得不行。

她以前便隱約能感覺到謝管事對自己有幾分情意，每回來明水城時都會給她捎帶一些吃的玩的或是小首飾之類的，不過因為他也給其他丫鬟送了，便以為他只是圓滑會做人，用這種法子討好世子妃身邊的丫鬟，並無其他意思。

直到上回他來明水城送她那支白玉簪子，終於讓她明白了他的意思。卻不想才過了半個月，他竟然親自來求娶她了。

青環囁嚅地說不出話來。

「這是事關一輩子的事情，妳先想想。」阿菀溫言道：「不必現在就急著做決定。」

青環忍住羞意，低頭看自己的鞋尖，問道：「若是奴婢出嫁了，還能在世子妃身邊伺候嗎？」她到底捨不得離開阿菀。

阿菀也捨不得這幾個丫鬟，當下笑道：「現在不行，不過等妳們成親後，過個幾年，妳若還想回來，我便讓妳來我身邊當管事嬤嬤。」

青環喜出望外，忙跪下來謝恩。

等青環下去後，阿菀端起茶喝了一口，心中悵然，覺得以謝管事的本事及心性，若真娶了青環，怕是不希望自己的妻子再回來伺候人了。雖說傍著大樹好乘涼，可也並不是人人都願意將自己的身家性命捏在他人手裡，有些有志氣的人，會想憑著自己的能力出人頭地。

阿菀失落了下，便將之丟開，和衛烜叨念起他不在家時的事，特別說到了兒子。

「長極會翻身了，可好玩了，你這麼多天沒見他，應該也是想他想得緊吧，我這就叫人去將長極抱過來。」

見她自個兒將話說完，衛烜撇嘴，嘀咕了句「誰想那個討債的」，卻沒有阻止她。

小長極很快被抱來，不過抱他過來的卻是羅曄，康儀長公主也笑盈盈地跟在後頭。原來是得知他回來了，夫妻倆便過來看看。

阿菀和衛烜忙上前向父母請安，待坐下後，阿菀將穿著一身紅綢小衣的兒子抱過來放到衛烜懷裡，笑道：「你不在家，長極都想爹了。」

衛烜低頭，正好和懷裡軟綿綿的小傢伙的包子臉對個正著，那雙圓溜溜的眼睛看著自己，一大一小的兩人大眼瞪小眼。

衛烜心道，看不出這討債的哪裡想他了。

康儀長公主和羅曄看到這一幕，都有些忍俊不禁。

小長極雖是未足月出生，但被康儀長公主夫妻養得好，如今五個多月大了，和正常的嬰兒差不多，肌膚白白嫩嫩的，襯得那雙烏溜溜的眼睛宛若山泉浸潤過的黑葡萄，靈氣十足。

小傢伙的五官輪廓比較像衛烜，唯有眼睛像阿菀。可以說，小長極繼承了父母的優點。

衛烜僵硬了下，瞥見阿菀期盼地看著自己，只得捏了捏兒子的小胖手，又擼了下他頭上特地留的那綹老鼠尾巴髮，直到小長極伸出小胖手拉住他的手，湊過來要啃時，他才終於忍無可忍地將他拎開。

羅曄心急地撲過來抱住外孫，拿帕子幫他擦臉，滿臉慈愛，溫聲道：「長極，那是你爹爹的手，不是吃的。」

小傢伙看著外祖父，聽不懂他的話，伸著手要勾他手上的帕子玩。

見羅曄像奶爹一樣抱著小傢伙不放，阿菀和康儀長公主也沒和他搶，和衛烜說起話來。

康儀長公主和衛烜絮叨了下他們在陽城的事，然後別有深意地道：「雖說在邊境不必太講規矩，但這陽城的城守府也太沒規矩了，不僅下人冒失，主人也慌慌張張的，城守的幾個兒女也恁地張狂。」說著，為那幾個孩子感到惋惜。

阿菀愣了下，奇怪地道：「娘，難道你們在陽城的城守府中發生什麼事了？」她不由得想起了先前接到孟妡的信，信裡說康儀長公主夫妻應邀去城守府與宴，卻出了些意外，好在並沒什麼事情，但沒有仔細說是什麼意外。

康儀長公主淡然道：「不過是一些沒眼色的人想給妳爹添個人罷了。」

「啊？」

阿菀吃了一驚，忙看向正給自家兒子當孩子奴的駙馬爹。駙馬爹還未到不惑之齡，並且因為平時保養得宜，可謂是謙謙如玉的君子。十二分的氣質，再配上十分的好容貌，遠比實際年紀看起來要年輕。

所以，這是有人看上了駙馬爹，然後想要自薦枕席，最後被公主娘發威滅了？

雖說康儀長公主的身分擺在那兒，可是她行事低調，名聲不若康平長公主響亮，更不用說在西北一帶了，故而他們夫妻倆到了陽城，駙馬爺便被一些愛俏的姑娘盯上，更是大膽地背著康儀長公主去示愛。

「後來呢？」阿菀興致勃勃地問道。

康儀長公主笑而不語，這是他們夫妻間的事情，縱使是女兒，也不好說出來。

阿菀有些失望，決定偷偷寫信問孟妡。她瞄了衛烜那張俊美的臉龐，覺得自己也要向公主娘學習，不能給別的女人碰自己的男人。

聽到康儀長公主提陽城的城守，衛烜目光微閃。

去年他和沈罄私下探查許久，又有他前些年讓路平埋在陽城的探子，終於確定了上輩子導致陽城被敵軍所破、沈家諸人戰死的原因，便是出在陽城的劉城守身上。

劉城守是個愛弄權的小人，一直想插手陽城的軍務，卻不想振威將軍是個能幹的，沒讓他沾到什麼。十幾年的經營下來，振威將軍與劉城守之間形成一種制衡的關係，誰也奈何不了誰。劉城守不甘屈於沈家之下，兼之他愛財，竟然鬼迷心竅地與蠻族串通，上輩子陽城之所以被破，也是他出賣陽城的緣故。

劉城守的行為可以稱之為通敵叛國了，雖然最後他也死在了那場戰爭中，不過其子女卻早早地被送到了安全之地。

這次羅曄在劉城守府裡被女子示愛，那女子便是劉城守疼愛的一個女兒。雖然不是嫡出，卻被養得極為張狂，見羅曄長得俊，這邊城中少有男子能及得上，便芳心暗許，完全無視了康儀長公主，尋了個機會將人支走，便跑去羅曄面前示愛。

可惜她命不好，羅曄不配合，兼之康儀長公主發現及時，破壞了她設的局，並且將她收拾了一頓，令她再也不敢起那等心思。

康儀長公主當年能從後宮傾軋中脫穎而出，絕非善類，只是平時為了給女兒積陰德，極少出手罷了。在她心中，誰都不能碰觸的逆鱗便是丈夫和女兒。

衛烜早就從埋在陽城的探子那裡知道了事情的經過，對劉城守府的規矩也有幾分明瞭。去年他便暗中幫沈罄梳理了陽城的關係，並且揪出了劉城守通敵的把柄。

原本今年夏天陽城會有一場大戰，沈罄和孟妡皆亡於此戰。如今沈家拿捏住了劉城守的把柄，沒了劉城守與敵軍裡應外和，這輩子陽城應該不會被破了。

說了會兒話，小長極突然哼哼唧唧，阿菀和康儀長公主忙關心地望過去，便見羅曄熟練地查看是不是尿濕了，還讓丫鬟拿來尿布，自己親自幫孩子換上。

衛烜見阿菀笑盈盈的模樣，心裡撇嘴，覺得沒什麼了不起，他也會給那討債的換尿布。

衛烜從莊子回來後，又恢復了以往的生活，沒有戰事時窩在府裡陪阿菀，有戰事時便去城頭督戰。只是這一年來，明水城沒有什麼大的戰事，都是小打小鬧居多，傷亡不大。對此情況，眾人也是樂見的，沒人會喜歡戰爭。

窩在府裡的時間多了，衛烜難免被阿菀趁機將兒子塞給他培養父子感情。

雖然羅曄和康儀長公主對外孫喜愛非常，恨不得抱養在身邊，但也知道女兒捨不得孩子，所以並未成天霸著不放，每天下午會讓奶娘將外孫送到正院，讓小夫妻倆一起照顧。

衛烜每回抱著那軟綿綿的嬰兒時，表情便不太好看，不過奇特的是，對於幫孩子換衣服、換尿布、餵開水等事情，卻比阿菀這個當娘的還要熟練。

衛烜是這樣說的：「妳身子不好，還在休養，就別整天圍著他轉，小心累著自己。」所以，只要他在，他便會將兒子拎到身邊看著，讓阿菀休息。

阿菀笑嘻嘻的，也不說什麼。

如此過了半個月，長極突然生病，發起了高燒，將阿菀嚇壞了，連衛烜都有些被嚇到，他瞪著那因為不舒服而哭鬧不休的小傢伙，有種束手無策之感。他以為是奶娘丫鬟伺候得不精心，目光銳利地看著她們。

奶娘等人早就跪下來請罪。

康儀長公主夫妻聽說孩子生病，也急得跑過來。

白太醫和郁大夫過來看後，發現小長極是要長牙才會生病，眾人終於鬆了口氣。

雖說是因為要長牙才發燒，阿菀幾人還是不敢放鬆，緊張地守著孩子。

衛烜看不過眼，將她拎了回去，「有姑父和姑母看著，妳就別操心了。妳自己還在休養，受不得累，若是為了他累著自己，以後誰來照顧這個討債的？」

康儀長公主聽到女婿叫外孫「討債的」，眉心跳了跳，不過她也覺得衛烜說的對，勸道：「阿菀，聽烜兒的，妳回去歇息，我和妳爹在這裡看著就行。你可要仔細養好身子，省得以後老了受累。」

羅曄也勸著女兒：「妳娘說的對，聽話，妳是乖孩子，別任性。」

阿菀被眾人勸得無力反駁，只得跟著衛烜回房歇息。

只是她哪裡能安下心歇息，一會兒就要起身去叫人進來詢問孩子的情況，直到打過三更鼓，聽說兒子退燒了，這才放心躺下，沒有再折騰。

衛烜被她鬧得鬱悶，但也知她的性子，只能耐著心陪著，直到聽到小長極退燒，阿菀終於消停，他才將她塞回被窩裡，嘀咕道：「果然是個討債的，就會折騰人……」

阿菀繃了一天的心放鬆下來，此時也覺得累得不行，靠在他懷裡，聽到他的嘀咕聲，便隨口道：「你對於你父王而言，也是個討債的。兒女之於父母，哪個不是討債的？」

衛烜被她噎得無語。

翌日，阿菀天剛亮便催著衛烜起身，然後去康儀長公主夫妻的院子看兒子。

因為小長極生病，康儀長公主便將孩子挪到自己身邊照顧。她以前能將被太醫斷言養不大的病秧子女兒養大，對養孩子自有一套，所以小長極有康儀長公主守著，阿菀很是放心。

夫妻倆過來的時候，小長極還在睡。他已經退燒了，不過因為生病之故，那張包子臉看著有些消瘦，臉色沒有以往的紅潤，有些淡淡的青白色，看著就讓人心疼。

夫妻倆坐在床前看了一會兒，小長極餓醒，看到床邊的兩人，便伸手討抱。

小長極如今已經六個月大，會認人了，對於天天都會見到的康儀長公主夫妻和父母都黏得緊。衛烜從來沒給過兒子好臉色，也沒有表現得有多稀罕他，偏偏他比其他男人做得要好，連照顧孩子的細節都注意到，小長極天天被他抱，習慣了他的氣息，自然會黏他了。

阿菀把兒子抱起來，接過丫鬟絞好的巾帕幫他擦臉，然後無視了衛烜發黑的臉，避到屏風後給兒子餵奶。

等小傢伙吃飽，阿菀將兒子遞給衛烜，讓他抱小長極哄他入睡。

衛烜臉色不太好看，但已經熟練地調整了姿勢，用一種讓孩子舒服的姿勢抱著，拍著他的身子晃悠著，不到一炷香的時間，小長極便睡著了。

「小心點，別吵醒他。」阿菀小聲地說著，讓他將兒子放回床上。

衛烜不以為意地道：「小孩子嗜睡，不用緊張。」雖是這麼說，但動作仍是輕了許多。

阿菀看在眼裡，抿嘴一笑。

康儀長公主和羅曄站在門口，看到那對守在床前的夫妻倆，兩人相視一笑。

衛烜不太待見小長極，奈何有個會見縫插針的阿菀在，搞得他快成了繼羅曄之後的奶爹了，只是他自己不肯承認罷了。

養了半個月，小長極終於恢復了精神，甚至從翻身進化到了學爬，只是腿腳沒力，多數像小烏龜般，肚皮往下，用肚子往前挪動。而這種時候，若是衛烜在，會伸出一根手指按住他的衣服，讓他憋足了勁兒也沒能往前爬多少，最後總是氣哭。

在一家四口圍著孩子轉時，京城又來了信件。

這次信中提到太后病重。

阿菀有些吃驚，更吃驚於孟妘在信裡說的太后所做的夢，文德二十六年七月，衛烜戰死於明水城外十里處的萬鬼坡。

她曾和朱夫人她們騎馬經過萬嵬坡，那裡生長了一種可以食用嫩野菜，脆嫩多汁，用油炒過特別爽口，很能下飯。而萬嵬坡的土確實是黑土混著黃泥。用鐵揪鏟下，看那平滑的斷面，可以發現那種顏色組合在一起，宛若兩種顏色間隔著的隔層一樣，很是特別。

太后連這種細節都能夢到，難道真的是預言夢？

阿菀整個人都懵了。

衛烜也收到了太子的信，信裡的內容與太子妃寫給阿菀的無二致。他面無表情地看著，然後站在書房南面的窗前久久不語。

自從死過一回，他便相信這世間的事情不是絕對的。他能重活一回，太后為何不能夢到上輩子他戰死的事？若是太后所夢之事是真的，那麼他死後原來還會被追封為忠烈王，且得兩代帝王追封。雖說其中有作戲的成分在，但也是天大的榮耀了，至少贏得了身後名。

明水城的萬嵬坡，他上輩子的埋骨之地。

明年七月，便是上輩子他的死期。

只是，他不明白，為何上天要讓太后夢到這事？

衛烜讓路山端來火盆，將那封信燒了。

等信燒完，他突然想起什麼，馬上離開書房，疾步往正房行去。

果然，剛進門，便見到阿菀拿著一封信，臉色有些蒼白。發現他進來，目光徐徐望過來，眼裡有著殘留不去的驚恐。

「你……」

「阿菀，聽說皇祖母病重。」衛烜走過來，將她纖細的身子擁進懷裡，抱到炕上坐著，「別怕，沒事。」邊說著邊不著痕跡地掃了眼那封信，果然看到了「太后」、「夢」、「萬寃坡」等字，心裡有些了然。

以孟妘和阿菀的交情，孟妘自然會將此事告訴阿菀，以便防患於未然。

阿菀忙將信摺起，對他道：「是啊，太子妃在信上說了。聽說太后對你念得緊，也不知道皇上會不會將你召回京。」

「不會！」

聽他說得確定，阿菀不解地道：「為何不會？指不定太后見著你，身子就好了？皇上以孝治天下，為了太后，怎麼著也要召你回京一趟。」

衛烜溫暖的手指摸著她的臉，明明笑著，眼底卻未有笑意，「皇伯父是個有主意之人，現下明水城還在打仗，狄族那邊又有異動，皇伯父需要我鎮守在這裡以防萬一，是不會輕易將我召回去的。」他嘆了口氣，「他是個合格的君王。」

阿菀沉默。

衛烜捧起她的臉，與她額頭相貼，柔聲道：「妳希望我回京嗎？」

阿菀以前不希望，因為她發現在這裡衛烜活得更加神采飛揚，他明顯喜歡明水城這裡更自由的廣闊天地，而她也覺得在這裡很自在，沒什麼不好。可是，太后的夢……讓她有不好的預感，她怕那真的是預知夢。

想著，她收緊了手擁住他的腰，埋在他的懷裡。

明水城的夏天，炙陽日日曝曬，降水少，空氣乾燥，在太陽底下行走一會兒，便會熱得汗流浹背，唯有待在室內會好些。

阿菀在明水城已經度過了兩個夏天，今年是第三個夏天。

夏天天氣雖然熱，但小長極進化為爬蟲動物後，很喜歡爬來爬去，甚至膽子很大地想要翻爬下床，讓照看的丫鬟奶娘們都不敢移開眼睛。

阿菀見兒子實在是活潑得不行，便將屋裡的桌子椅子挪開，空出了一個很大的空間，然後鋪上大涼蓆，將小長極放到蓆子上，讓他在上面爬個夠。

果然，有了涼蓆後，小長極爬得更歡了。

明水城夏天的戰事開始變得頻繁，眾人已經習慣這一年來的戰事節奏。

今日朱夫人和趙夫人、錢夫人帶著她們的兒女過府來玩，阿菀帶著自家兒子去招待她們，並讓人將花房裡幾盆開得正好的墨蘭、牡丹花搬過來給幾位夫人賞玩，又將她親自設計讓工匠做給長極玩的玩具拿來給幾個孩子一起玩。

朱城守家的梅心、蘭心兩個小姑娘年紀大些，便坐在一旁照看弟弟妹妹們，而小長極見有那麼多人來玩，一點也不怕生，很高興地坐在涼蓆上，和比他大的哥哥們玩積木。

朱夫人喝了口茶，對阿菀道：「還是世子妃這裡的茶好喝，你們的花也開得好。」

趙夫人享受般的抿了口茶，用看土包子的眼神看朱夫人，接著道：「這是一品墨蘭，極難培養，自然是開得好了。」看著那幾盆珍貴的蘭花，趙夫人越看越歡喜，若非君子不奪人所愛，都想要從阿菀這裡買回家去了。

朱夫人實在無法理解趙夫人的心思，一盆不能吃又不能玩的花草有什麼好愛的？看個眼緣便行了，要將之愛之如命她實在做不出來。

太陽西斜時，眾人才告辭離開。

阿菀抱起玩得滿身汗的兒子，親了親他的小臉，笑著握他的小胖爪子道：「長極，今天好不好玩？有那麼多哥哥姊姊陪你，是不是很高興？」

小傢伙歪著頭看娘親，笑著撲過去啃她的臉。

母子倆互相啃了一會兒，阿菀才抱著兒子去淨房幫他洗澡。

等阿菀幫小長極洗好澡，便見衛烜回來了。

見到衛烜，小長極很高興，伸手朝他啊啊地叫著。相比小長極的興奮，衛烜有些淡淡的，見小長極鍥而不捨地伸手過來，他的臉色開始有了變化，看得阿菀忍俊不禁。

等衛烜進淨房換了衣服，出來坐到臨窗的炕上喝冰鎮酸梅湯解暑時，小長極飛快地朝他爬了過去，爬到他懷裡坐著，一副這裡是他的寶座的模樣。

阿菀看著父子倆那相似的臉蛋，忍不住捂嘴笑了下，對他道：「你先看著長極，我也去梳洗一下，渾身都是汗，臭烘烘的。」說著，帶著丫鬟走了。

衛烜只得騰出一隻手抱住小傢伙，另一隻手拿起案几上的公文看起來。

小長極現在正是對所有東西都好奇的時候，坐在父親懷裡，伸著小胖手要去抓公文，被衛烜打了幾次小手依然不放棄，衛烜只得將公文舉高，使得小傢伙啊啊地叫起來。

「別吵，再吵打屁股！」他故作凶狠地道。

可惜小傢伙不會看人臉色，不知道父親在凶自己，還張著嘴朝他笑，露出小小的牙齒，甜蜜得膩人，衛烜覺得這個小傢伙討好人的模樣很像他娘。

等阿菀沐浴出來，便見到兒子在衛烜懷裡蹦躂。衛烜沒怎麼理他，但一隻手圈著他的小身子，防止他摔下去，讓她看得露出了笑容。

「長極乖，別去鬧你爹。」阿菀將兒子抱過來，拿了一張紙給他撕著玩。

抱著兒子，阿菀問道：「外面的戰事怎麼樣了？」

「暫時歇戰，不過趙將軍覺得，今晚對方怕是會夜襲。」

阿菀皺起眉頭，「那不是讓人不得安生？晚上可得警醒些。」

「不用擔心，趙將軍很有經驗，早有預防。」衛烜寬慰道。

夫妻倆正說著閒話，小長極不甘寂寞地爬過來，趴到衛烜的背後去扯他的頭髮。衛烜被小傢伙辣手摧髮吃了一疼，當下反手將他像拔蘿蔔一樣從身後抓到面前，再將他像種蘿蔔一樣按坐在旁邊，笑得陰沉沉的。

「坐好，再敢亂扯東西，打你屁股！」

小長極眨巴著大眼睛看他，然後咧嘴一笑。

「蠢蛋！」衛烜覺得這孩子真蠢，不知道像誰，反正一定不像自己。

阿菀看得好笑，嗔道：「他才多大？什麼都不懂呢！」

「胡說，他都七個月大了，怎麼還不懂？」衛烜反駁道，恨不得現在這小傢伙什麼都懂了，然後會看他的臉色，省得他總是無知地來黏他。

「你逗我啊？我覺得你七個月大的時候，指不定比他還不懂事。如果你不信，叫安嬤嬤過來問問就知道了。」阿菀為自家的小包子說話。

衛烜不吭聲了。

阿菀覺得，兒子可以寵，但不能像衛烜小時候一樣，被寵得無法無天，是非好壞不分。

晚上康儀長公主夫妻過來將外孫接到他們院子裡歇息。孩子不在身邊，影響不到阿菀休養。知道有康儀長公主看著，阿菀也能放心地睡個安穩覺。

只是，今晚阿菀還是被驚醒了。

半夜，戰鼓聲響徹明水城，敵軍果然夜襲，衛烜自然要去督戰。

阿菀有些擔心，但以往也不是沒這種事，只能按捺心神，等待夜晚過去。

晨曦來臨時，城牆上的殺聲漸歇，阿菀方才睡下。

等阿菀睡足了精神起床時，便見到衛烜神色凝重地走進來，身後的披風滾動翻飛，氣勢驚人，戰甲上還可見一些濺上去的血漬。

見阿菀迎出來，衛烜頓了下，讓周圍伺候的人退下，他拉住阿菀的手進房，輕聲道：「阿菀，探子傳來消息，陽城被圍，我和趙將軍商量過，由我連夜帶領五千精兵過去救援。」

「什麼？」阿菀的聲音有些尖銳。

「不用擔心。」衛烜擁她入懷，低頭蹭她柔嫩的臉蛋，「我會小心的，只要解了陽城之危，陽城必會無事。」

阿菀的眼睛濕潤，她知道衛烜會走這一趟，為的是孟妡在陽城。如果孟妡沒在陽城，根本不用衛烜親自領兵過去救援。一邊是丈夫，一邊是姊妹，讓她幾乎忍不住掉下眼淚。

衛烜吮去她掉下的淚水，心裡難受得幾欲窒息，他想要告訴她，事情不是像她想像的那樣，他早幾年就在陽城做了安排，陽城不會面臨像上輩子那樣的危機，他走這一趟有自己的目的，雖是為解陽城之困，卻不會有什麼意外。可是，不知道如何告訴她自己的先知先見。

上輩子陽城被破，城中百姓死傷無數，沈家人戰死。而這輩子，依然在同一時間被圍，卻不會有上輩子的危機，但他依然要走一趟，徹底解決陽城之危。

「阿菀，沒事的，我早有安排，而且沈磬是個聰明人，他知道怎麼做，妳不用擔心。」衛烜摟著她纖細的身子，親吻她的臉，「我很快便會回來，那個蠢丫頭也不會有事的。」

阿菀揉了揉眼睛，紅著眼對他道：「你要說話算話，我等你回來。」

衛烜嘴角蠕動，想說些什麼，最後只能無聲嘆息。

他知道又要讓她擔心了。她的身子還要仔細休養，不宜多思多慮，可是事情將會連著一件一件地發生，他擔心她的身子。

「什麼時候出發？」阿菀接受了這事後，很快冷靜下來。

「今晚戌時三刻。」

阿菀聽罷，又摟住他。

晚上，衛烜趁著夜色，帶領五千精兵開拔往陽城而去。

衛烜此次是祕密前去，明水城外的狄軍並不知道。

康儀長公主和羅曄也得了消息，趕緊來正院陪女兒。小長極已經在炕上睡著了，小肚皮上蓋了件小涼被，小手虛攏成拳頭舉放在頭的兩邊，睡得很安穩。

「妳別擔心，烜兒定是和趙將軍擬定好戰略，才會連夜趕往陽城，不會有事的。」康儀長公主安慰著阿菀，「而且烜兒來明水城幾年，明水城從未吃過敗仗，可見烜兒在領軍打仗這事情上是有天分的，不然皇上也不會特地派他過來了。」

明水城是嘉陵關一帶的軍事要塞，只要守好明水城，便能擋住狄軍南下侵略的腳步，守住大夏的北部。而衛烜自從來到明水城後，也做出了成績，不管戰事如何，明水城依然穩穩地守住，沒讓狄軍越過大夏邊境半步。

去年狄族內亂不斷，對外的戰事也略有緩和。今年初春，狄族內亂結束，前任狄王死亡，新王烏力葛爾上位，用了幾個月整頓狄族及周邊的部落後，目光再次放到大夏。

這位新王也是有野心的，明水城久攻不下，便沒有集中兵力攻城，而是轉移目光，將兵力放到了陽城和慶和城等地。烏力葛爾上位後的第一場戰爭，便是將狄族大半的兵力移到陽城，想要從臨近西北之地的陽城打開一條通往大夏的通道。

這些事情外界鮮有人知道，阿菀能得知此事，也是因為衛烜很少瞞她之故，甚至有時候會同她說一些，詢問她的看法。阿菀能有什麼看法？她恨不得直接讓人帶一捆火藥去狄族王帳將那位總是對大夏虎視眈眈的王給炸成肉泥。

衛烜每每聽阿菀難得意氣用事的話，都忍不住悶笑，然後會開玩笑地說，哪天他找著機會，就帶火藥去將狄族的貴族炸了。沒了那群野心勃勃的傢伙，大夏邊境可以安穩數十年。

衛烜離開後的幾天，外面沒什麼消息傳來，阿菀每天都覺得度日如年，常讓路雲注意外頭的消息，若有陽城的消息要馬上告訴她。

路雲手中握著一些衛烜給她的人手，專門打探外界的消息。路雲忠於衛烜，知道衛烜的意思，自也會將得到的消息悉數告知阿菀，使得她雖然足不出戶，卻對外面的事有所了解。

過了半個月，陽城那邊的消息終於傳過來了，敵軍被衛烜打了個措手不及，傷亡慘重，不得不暫時退兵，陽城的危機解除。

阿菀十分高興，擬定這次營救計畫的趙將軍、朱城守等人也很高興，朱夫人又帶著兩個女兒上門來說話了。

「世子真乃用兵奇才，我聽我家老爺說，世子帶著五千精兵從狄族人身後夾擊，不僅搗毀了他們的糧草，甚至一舉斬殺了敵方的將軍，讓他們士氣大落……」

朱夫人高興極了，拉著阿菀喋喋不休，對衛烜多有讚嘆，那副與有榮焉的模樣，彷彿衛烜是她什麼人似的，讓朱夫人的兩個女兒尷尬不已，小心地看著阿菀，生怕她不悅。卻不想阿菀和那些丫鬟們聽得津津有味，巴不得她多說一些。

只是，阿菀的高興很快便沒了。

因為衛烜解了陽城之危後，並沒有回明水城，而是帶著五千精兵往北部草原而去。

狄族頻頻侵擾大夏邊境，這幾年來邊境戰事頻繁，因為文德帝對此十分看重，使得在朝堂中武將的地位有所上升，瑞王便是其中之一。

瑞王雖是宗室，卻深得文德帝信任，掌管西郊大營，年輕時也曾參與過對西北的戰事，不過他在朝中的行事給人的印象只有一個，那便是不著調的混不吝。

可惜縱使大家私底下對他頗有微詞，他依然蹦躂得歡，活得有滋有味，只除了一樣，他生了個慣會闖禍的熊兒子，讓他時時不得安生。

當見到瑞王匆匆忙忙地進宮時，沿途經過的大臣都當沒看到他，遠遠地避開了。

「那是七皇叔嗎？」

「看身影應該是的。」

六皇子和七皇子站在廊下，望著瑞王遠去的背影，目光有些幽深。

「七皇叔應該是去太極殿吧？」六皇子神色淡然，「怕是為了那位的事情。」

七皇子點頭，接著小聲地道：「七皇叔也只有為了他才會在這種不早不晚的時候進宮，也不知道他是如何想的，竟然只帶著五千騎兵便深入草原，莫怪七皇叔會急得來尋父皇。」

六皇子皺眉，對身後的一名內侍道：「你讓人打聽一下，四皇兄和九皇弟在何處。」

內侍領命而去。

「怎麼了？」七皇子看向他，低聲道：「你擔心……」

「嗯，那位雖然不在京城，但他的影響力仍在，不說皇祖母那兒，光是父皇，就猜不透他的意思。不過我可以肯定，父皇很看重他。」說罷，六皇子用耳語般的聲音補充道：「太子勢弱，三皇兄因傷閉門謝客，五皇兄就不必說了，單是他做的事，早被父皇厭棄，至於四皇兄和九皇弟，他們私底下鬥得正熱鬧，我們可要小心些，免得被牽扯進去。」

六皇子和七皇子是同年同月所出的皇子，彼此只差了幾天，自小一起長大，感情相當好。比起七皇子還有些天真爛漫，六皇子心思深沉許多，對朝中局勢看得十分清楚。

「七皇叔在父皇心中的地位不同尋常，若能得七皇叔青眼……」

六皇子的話雖未說完，七皇子已明白他的意思。可以說，宮裡所有的皇子都有這樣的想法，只是因為瑞王養了個難纏的混世魔王，他們發現要討好瑞王，得他青眼，實在是太困難了。只是再困難，為了那個位置，仍是要迎難而上。

「我那兒得了一罈上好的梨花白，今兒去我府裡喝一杯。」六皇子突然開口道。

七皇子笑道：「那就打擾六皇兄了。」

等兩位皇子出宮回府，終於得了消息，瑞王果然在出宮途中被四皇子攔住了。

「咱們這位四皇兄，可真是急性。」七皇子冷笑道：「太子雖然這幾年勢弱，但父皇明顯沒有廢他的意思，四皇兄做得多了，小心以後落得像五皇兄的下場。」

就在兩人點評著四皇子時，下人來報，成郡王府的三少爺衛玨來了。

七皇子皺起眉頭，說道：「這衛玨……你幾時與他有往來的？」

他可是清楚地記得三皇子當年得勢時，這個衛玨是一直跟在五皇子身邊的。如今五皇子被幽禁，三皇子退出朝堂，衛玨卻依然風光地遊走在皇子之間，比成郡王府的長房嫡長孫衛琮還要得意。

可惜的是，他們雖然知道衛珏身後有人，卻不知道他身後的人是誰。

「也不過是這一兩年的事。」六皇子倒是淡定，「他是個有意思的人，待會兒你看著便知道了。」然後吩咐門人，讓衛珏進來。

七皇子卻不以為然，以前衛珏跟著得勢的五皇子時，他們年紀還小，在宮裡像隱形的皇子般不起眼，那時候沒少見到衛珏，對他實在是生不出什麼好感，也不覺得他有什麼意思，不過是個慣會鑽營的小人罷了。

衛珏進來後，恭敬地向兩位皇子請安，然後朝冷著臉的七皇子微笑，眼睛瞇成一條縫，看起來宛若狐狸般，讓七皇子心中微微跳了一下。

「坐吧。」六皇子指了椅子讓他坐，隨口道：「難得你上門來，可是有什麼事？」

衛珏笑咪咪地道：「今兒來找六殿下自然是有事，沒想到七殿下也在這裡。」

七皇子冷淡地直視他，沒有開口。

「無礙。」六皇子淡然說道。

衛珏又是一笑，「素知兩位殿下交好，今兒一見，才知兩位殿下不愧是打小一同長大的，和其他幾位殿下的感情就是不一般。」

七皇子皺眉，不耐煩聽這種場面話，偏偏這人東拉西扯地說了一堆不著邊際的話，而且句句皆是奉承，竟然還不重複。

六皇子倒是有耐心，等他說得差不多時，微笑地道：「有什麼便直說吧。」

衛珏喝了口茶，方道：「在下今日來，是想和六殿下做個交易。」

六皇子面色浮現幾分凝重，等衛珏離開六皇子府，兩位皇子皆有些沉默。

半晌，七皇子終於忍不住道：「沒想到這人竟然如此大膽，也不知道誰給他的膽子？」然後嘲弄道：「終日打雁也不怕被雁啄了眼。」

六皇子冷笑一聲，「只怕大膽的不是他，而是他背後的人。」他嘆了口氣，無力地癱坐在椅子上，輕聲道：「若是我沒猜錯，他背後的人應該是咱們那位須以兄弟相稱的烜哥。」

「衛烜？」七皇子吃了一驚。

衛烜這個名字，之於宮裡的許多皇子而言，是個惡夢一樣的存在，七皇子對他也有種莫名的懼意。當年在靜觀齋讀書，衛烜和五皇子明爭暗鬥，他們這些旁觀者沒少受他們連累。做皇子做到他們這般，可見衛烜的得意。且這種得意，全然離不開他們那位父皇的寵愛。

原本他還高興衛烜去了邊境，卻不想人不在，卻處處有他的痕跡。

六皇子頹然說道：「他人都不在京城了，卻還留了這手，不知父皇知不知道……」

七皇子默然。

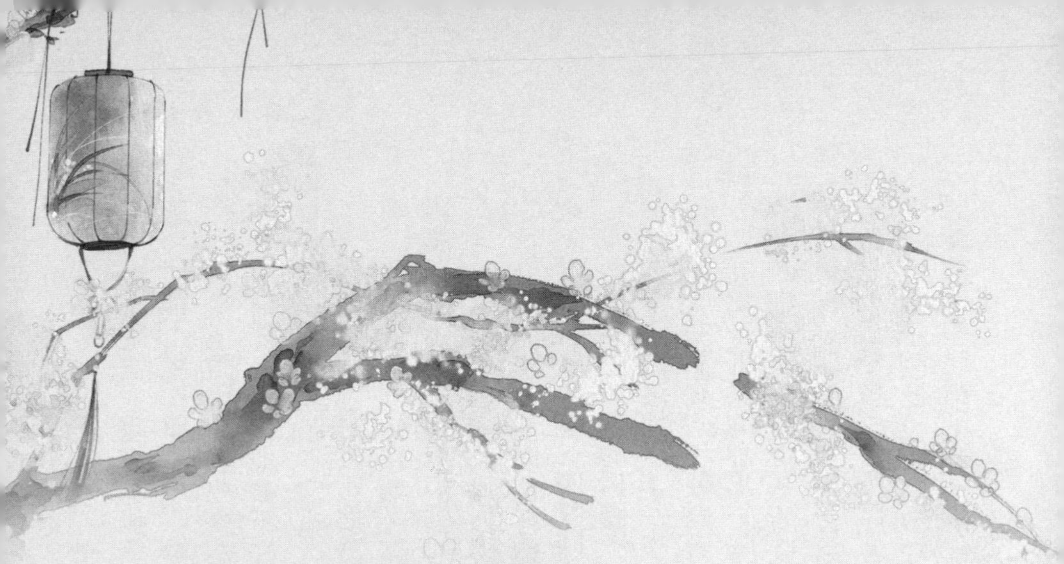

陸之章

塵埃落定

瑞王進宮一趟，卻無功而返，心裡極是鬱悶，所以在路上遇見四皇子時，心裡更沒啥好感，理都不想理他，對四皇子的邀請更是直接拒絕，大步出宮。

四皇子眼中掠過些許怒意。他知道這位叔父的性格，也是這種德行，方讓他們那位精明的父皇信任。可惜他命不好，生了個天生會闖禍的兒子，現下衛烜孤軍深入草原，也不知道能不能平安回來。

依四皇子的心思，他自是希望衛烜死在草原上，他想要看看父皇最後是什麼反應。

四皇子按捺住怒氣，轉身往太極殿行去，卻不料在半途中見到了迎面走來的九皇子，他冷笑一聲，面上卻做出好兄長的姿態。

「九皇弟這是要去何處？」

九皇子恭敬地向他行禮，說道：「正要去太極殿。父皇前些天考核我的功課，我答不上來，父皇有些生氣，叫我回去默了百遍，今兒要檢查。」

四皇子拍拍他的肩膀，「真可憐，不過父皇這樣也是為你好，九皇弟莫要辜負了。」

九皇子感激地道：「皇兄說的是，弟弟自是明白的。」

兩人交談幾句，便錯身而過。

九皇子低頭的剎那，眼含冷色，很快又收斂起來，往太極殿行去。

四皇子望著九皇子的背影，目光微冷。旁人不知道，他卻是明白的，衛烜當年離京前，可是重點「關照」過這位弟弟。以衛烜的性格，雖然讓人惡之欲死，可是他行事頗有章法，若不是九皇子做了什麼讓衛烜不開心的事，衛烜根本不可能對他出手。

四皇子因此也將之放在心上，還讓人盯著這個年紀小又愛裝乖巧的弟弟，卻不想這個弟弟會給他如此精采的回報，果然藏得深，竟然連蔡閣老都驅使得動。

想到這裡，四皇子冷冷一笑。蔡閣老如今是內閣首輔，雖然行事以穩為主，卻是揣摩聖意的高手，狡詐如狐，想來他應該知道些什麼，才會越過太子而看重九皇子。以前連他都不敢妄想著太子被廢，一個閣老卻早早起了心思。

❤ ❤ ❤

瑞王回到王府，還未坐下來歇氣，便聽管家來報，威遠侯府使了人過來。

來的是威遠侯府的一名管事，瑞王認出他是威遠侯府老夫人身邊的得用人之一，心裡便明白了他來的目的。

「你們老夫人身子可好？」瑞王難得給了好臉色。

那管事恭敬地答道：「老夫人這幾日胃口不太好，精神也略差些，太醫來看過，說老夫人憂思過度，得仔細將養著。」說著，嘆了口氣，繼續道：「老夫人擔心世子，沒得世子平安的消息之前，怕是無法安心養身子。」

瑞王罵了一句，那管事眉心一跳，垂首不語。

「勞老夫人惦記，是那個孽障的不是，待日後他回京，本王親自押著他過府去向老夫人請罪。」瑞王叮囑道：「你回去同老夫人說，世子身邊跟著一些武藝高強的好手，不會有事。」

管事應了一聲，將一個紅漆描金匣子交給瑞王，說道：「這是老夫人讓屬下送過來的，說是要給世子。」說罷，向瑞王行了禮，便離開了。

瑞王打開匣子，看到裡面有一疊銀票，忍不住嘆氣。

比起其他人，他這個做父親的更擔心此時不知道跑哪兒去的熊兒子。熊兒子沒跟任何人商量，便帶著一隊騎兵跑去狄族的地盤，是嫌命太大了嗎？他跑了，卻將妻兒扔在明水城，也不擔心他們的安危。

想到自出生到現在還未見過的孫子，瑞王很是意動，想將那母子倆叫回京城來。

當初得知兒媳婦有了身孕，瑞王才知道原來熊兒子沒有隱疾，至於為何成親當晚沒圓房，他至今仍是不解。兒媳婦有了身子，瑞王極為高興，卻也擔心明水城那種地方缺衣少糧不適合孕婦養胎，便讓王妃收拾了幾車的吃食補品送過去，恨不得孫子馬上就能出生。

若非孕婦不好行路，瑞王都想派人去將兒媳婦帶回京城來生產，省得在明水城那種地方連個像樣的穩婆都找不到。正當他想要進宮去求太后指派兩個有經驗的接生嬤嬤送去明水城時，康儀長公主夫妻親自過去了。

羅曄雖是駙馬都尉，卻只是虛職，不禁遠行，所以他和康儀長公主以遊歷為名出京，也無人會非議，十分方便。

得知這夫妻倆去明水城探望女兒，瑞王終於放下心，覺得有妹妹在，兒媳婦怎麼樣也有些保障。而兒媳婦果然不負他的期望，生了兒子。據說孫子長得像熊兒子，瑞王更高興了。

可惜熊兒子依然是熊兒子，即便當了爹，仍是不改闖禍的本質，就這麼帶著五千精兵跑進狄族地盤，真是讓他愁壞了。

看著威遠侯老夫人給的這些銀票，瑞王再次嘆氣。

如今朝堂不安生，皇子們私下小動作不斷，太子的地位隱隱不穩，朝中顯現出亂象，他原本還慶幸兒子不在京城，不必捲入朝堂風雲中，誰知即便不在京城，他仍是能闖禍。

想到今兒早上朝堂上御史彈劾衛烜之事，瑞王便是滿腹怒氣，生氣衛烜一意孤行，也生氣那些吃飽沒事幹的御史，只會動嘴皮子，卻不思邊境百姓受蠻族欺壓時之苦，尸位素餐。

這時，管家過來了，奉上了幾封信。

瑞王接過去，發現除了明水城固定送來的平安信外，還有一份資料，是關於陽城城守通敵叛國的證據，他驚得霍然起身。

一個月後，陽城城守劉宗傑被禁軍押解回京，其妻兒悉數下獄，新陽城城守走馬上任。

「新城守趙靖是襄州人士，文德十四年的進士……」阿菀拿著京城來的信件翻看，看完陽城新派來的趙城守的資料，不由得皺起眉，「他是四皇子的人？」

康儀長公主見女兒很快發現端倪，不免驚訝，不過想起衛烜，便也沒有太過奇怪。朝堂上的事情，衛烜素來不瞞阿菀，甚至有時候會引導她的思路，讓她窺出其中的關鍵。衛烜此舉並無深意，只是基於對阿菀的愛重。

阿菀看完信件，對康儀長公主道：「娘，這位四皇子野心不小。」

康儀長公主點頭，嘆了口氣道：「自從三皇子因傷閉門謝客，不再理會朝政後，其他皇子便起了心思，加之太子勢弱……」其實她心裡明白，導致這局面的是文德帝曖昧的態度，若他能一如以往地支持太子，其他皇子還敢起心思嗎？

阿菀有些擔心京裡的太子，只是再擔心，他們遠在邊城，能做的有限。

拿著信件，她失神地望著窗外的天空，不知道現下衛烜在草原的何處。

過完夏天，進入八月，明水城的天氣逐漸變冷。

長極開始對學走路情有獨鍾。

阿菀正扶著她家小包子教他走路時，便聽下人來報，謝管事過來了，順便送了莊子的出息過來，其中還有別的莊子裡的管事孝敬主子的東西。

阿菀忍不住看向旁邊侍立著的青環，笑道：「謝管事倒是有心了。」

青雅、青霜和青萍等丫鬟也瞅著她直笑，笑得青環面紅耳赤。

「行了，妳們也別促狹她，小心以後輪到妳們，換她打趣妳們。」阿菀笑道。

這下子，臉紅的人又添了兩個，只有年紀小還能多留兩年的青萍看著她們猛笑。

阿菀把兒子交給奶娘照顧，自己換了一身衣服，便去了廳堂。

謝管事見到跟著阿菀進來的青環時，眼睛一亮，然後恭敬地向阿菀行禮。

阿菀坐定後，讓人給謝管事賜坐，等丫鬟上了茶點，便將她們打發到門口候著，只留了青環在旁伺候，有意讓他們這對準夫妻多相處。

謝管事起身同阿菀彙報了今年莊子裡的出息及帳務，將帳本呈上給她，說道：「今年春天雨水量不足，莊子的收成比去年減了三成，怕是遠不夠供應明水軍的需要。」

明水軍這兩年的冬季糧食都是從阿菀的莊子裡低於市價購買的，再從皇商那邊進購一些便足以應付一個冬季的需求。謝管事幫著阿菀管理莊子，自然也知道莊子裡的糧食供給誰。他雖是個小小的管事，但也是大夏人，見識過戰爭的殘酷和蠻人南下搶劫時的凶惡，明白那些將士的可敬之處，所以對於莊子裡的出息相當看重。今年因為雨水不足使得莊子裡的糧食比去年少，他感到非常焦慮。

阿菀知道這是個看天吃飯的年代，無奈嘆道：「知道了，屆時我會讓人去給錢校尉提個醒，讓他們今年從皇商那裡多買一些糧食備著。」

阿菀又琢磨了下，含蓄地問道：「這段日子，世子可有使人去莊子裡？」

謝管事目光微動，低聲道：「七月時，世子派了他的親衛去莊子搬運了幾次東西，前兒路管事親自過去一趟。」

阿菀暗暗吸了口氣，衛烜果真將莊子裡封存的火藥搬走，難道真的想去炸狄族的王帳不成？很快她又回過味來，他如此祕密行事，怕是不會將火藥公諸於眾。只是若是用到火藥，以火藥的威力，只怕瞞不住，也不知道他要如何做。

雖不知道衛烜會如何做，但觀他以往的行事，阿菀不得不承認，衛烜能在文德帝眼皮底下活得如此肆意，心眼是不差的，心性也足夠堅定，她相信他會處理好這件事。

等謝管事退下去後，阿菀再次失神般看著遠方。

「世子妃，怎麼了？」青環沏了杯茶，擔心地看著她。

阿菀回神，勉強笑道：「沒什麼，謝管事來了，妳不用在這兒伺候，讓青雅她們過來吧。」見丫鬟害羞得臉紅，不由笑道：「去吧，你們已經過了明路，不會有人傳閒話的。再過一個月，妳便要出嫁了，安心備嫁便是，不用時時過來伺候。」

青環原本還有些害羞，聽到她的話，不由低下頭，小聲地道：「我捨不得郡主……就是想在郡主身邊多待些時間。」

阿菀聽到她這番肺腑之言，心裡極是熨貼。

她拍拍青環的手，笑道：「縱使出閣了，妳也可以回來看我的。」

青環高興了下，又有些難過，知道待自己嫁出去後，想要回來探望前主子不甚方便，並不是想回來就能回來的。

阿菀回房後，便見兒子顫巍巍地扶著一張錦杌移動著。小小的人兒，小臉繃得緊緊的，想來也是怕摔倒，那可愛的模樣，讓她原本失落的心情好了許多。

看到她，長極啊啊地叫起來，下意識鬆手，結果一屁股坐到地上。他也不哭，屁股著地後，改坐為爬，飛快朝阿菀爬來，周圍的丫鬟反應都沒他快。

阿菀上前幾步，彎腰將兒子抱住，在他的小臉上親了親。小長極發出歡快的笑聲，摟著她的脖子，扭著小身子蹦得歡。

稍晚，康儀長公主夫妻過來了。

羅曄一見到外孫，眼裡就容不下其他人，自顧自樂顛顛地去扶外孫，不厭其煩地陪他學走，幫他擦汗餵水，輕聲細語地哄著。

康儀長公主淡定地看了化身奶爹的丈夫一眼，然後和女兒低聲交談起來。

「還沒有烜兒的消息嗎？」

阿菀垂下眼，低落地應了一聲，見母親擔心，連忙振作起來，安慰道：「娘，您放心，阿烜不會有事的，趙將軍說他行軍佈陣都有一手，他出發前也帶足了糧草，又有熟悉草原的老油子跟著，只要小心些便不會有事。」

康儀長公主只當她是在安慰自己，勉強笑了笑。

一家三口在正院用過晚膳後，康儀長公主便將長極帶到他們的院子裡去。

沒有兒子在身邊，阿菀讓人磨墨，在燈下開始寫信。

前些天，她接到清寧公主的來信，信上她只是說了些生活瑣事，便沒其他的了。不過，她並非兩耳不聞窗外事之人，結合以往得到的消息，便知道她的意思。

清寧公主很擔心太子的處境，可惜她一個出嫁的公主，在父皇面前卻說不上話，而且讓她驚懼的是，她發現內閣首輔蔡閣老似乎並不支持太子，反而與其他皇子有所聯繫。可惜蔡閣老太謹慎了，沒法抓到他的把柄。

阿菀寫完信後，細細琢磨，很快便想到了一個暫時能破解此局的人。

那便是榮王。

榮王終於娶了王妃，還接管了內務府。皇上能將內務府交給他，也是一種信任的表現。在旁人看來，榮王是文德帝養大的，雖是親兄弟，但比之父子也不過分。

只是，阿菀從衛烜那裡知道，榮王為了避免文德帝的猜疑，做了許多自汙之事，連現在的王妃也是因為如此才娶的。雖說榮王也是出自真心，卻也是政治妥協的結果。

阿菀輕輕敲著桌面，榮王如今回了京城，雖說看著不支持任何一個皇子，但他與衛烜相熟，關鍵時候，應該會站在太子那邊。

過了幾日，朱夫人等人又來串門。

朱夫人隱晦地同阿菀道：「聽一些在草原討過生活的老油子說，草原每到九月就會下雪，這天氣一冷，路便不好走。我家老爺還說，想要讓趙將軍派幾個人過去查看一下草原的情況，也省得咱們做睜眼瞎。」

阿菀感激地朝她笑道：「趙將軍辛苦了。」

雖然得了朱夫人的話，阿菀卻仍是不太開心，特別是隨著天氣變冷，還未見衛烜回來，她心裡更是難受。

就在這時候，阿菀又接到了京城來的消息，並且是孟妘通過其他管道送過來給她的，信裡只有一件事：文德帝病了！

皇帝生病是大事，尤其文德帝年紀大了，每次生病都會被人高度重視，久而久之，皇帝身子有些什麼病痛，便不想讓人知道，省得年長的皇子們起了什麼心思，朝堂也隨之動蕩。

孟妘收集情報素來有一套，她既然讓人送這消息來，便證明是真的了。文德帝的病情雖不知道嚴不嚴重，但若是不嚴重，孟妘也不會讓人送信過來。

阿菀從中嗅出了一種不祥的氣息。

然而，衛烜不在，她有再多想法也不好行動，想了想，她叫來路雲，低聲囑咐了幾句。

聽到她的話，路雲目瞪口呆地看著她。

阿菀端起茶盅抿了口，淡然道：「若是路平得了空，便讓他回京一趟吧。」

路雲猶豫地看著她，若是要辦這事，確實是路平親自出面比較好，可是路平被主子派出去做其他事，一時間無法抽空出來。

「先試著聯絡他吧。」阿菀補充道。

路雲只得應下了。

九月中旬，明水城開始飄雪。

今年的雪來得不早不晚，天氣開始變冷時，阿菀讓人給小長極做了幾套動物裝，用的是各種皮子，有虎皮、狐皮、貂皮等，穿在身上，就像圓滾滾的小動物，可愛極了，康儀長公主和趙夫人特別喜歡，趙夫人甚至讓人做了幾套動物裝給自家女兒。

這時，草原有消息傳來了。

據聞衛烜帶領五千騎兵，連續滅了幾股狄族騎兵及狄族的城池，給狄族帶來了不少的損失，甚至深入到狄族腹地，幾乎兵臨狄族王帳，可惜天氣酷寒，不好再深入。

這是自幾十年前從狄族南下侵擾大夏邊境開始，第一次有大夏將士能打到狄族腹地去。消息傳回，極是鼓舞士氣，明水城的百姓和將士們歡欣鼓舞，更不用說京中眾人對衛烜此舉十分讚賞。

不過也有人批評衛烜無視軍令，倒是慣會揣摩上意的人發現文德帝雖未開口，卻很認同衛烜的行為，那些異樣的聲音很快便被人按滅，只剩下對衛烜的稱許。

衛烜此次出兵，洗刷了他以往在人們心中的形象，變得高大不少。

十月中旬，衛烜終於回到明水城。

大雪紛紛，狄族提前撤兵，衛烜歸來時，明水城的百姓不畏嚴寒，出城迎接大軍回歸。

阿菀沒有出城，但她站在廊下等待，可惜最後在風雪中站得久了，還是敗退，冷得哆哆嗦嗦地被丫鬟們扶回屋裡。等身子暖和，又跑出去張望，心情激動得坐不住。

來回折騰了兩次，大門那邊終於有了動靜。阿菀披著狐皮斗篷奔出去，當看到風雪中走來的人時，臉上露出了大大的笑容，朝他奔了過去。

衛烜看到阿菀，臉色軟化，眼中浮現笑意。

「阿菀，我回來了！」

衛烜笑著擁住她撲過來的身子，將她高高舉了起來，她身上的斗篷在半空中晃盪出一道優美的弧線，被風吹得獵獵作響。

半晌，衛烜怕凍著她，忙拉著她回屋。

下人早已備好熱湯熱水和乾淨的衣物及吃食，除此之外，屋裡還有一個扶著小桌子走得跌跌撞撞的小包子。見到娘親和一個高大的男人走進來，小傢伙睜著黑葡萄般的大眼睛，眨也不眨地看著那個男人，似乎在思索這是誰。

「長極，爹爹回來了，還認不認得他？」阿菀笑著對兒子道。

衛烜看到討債的兒子，表情又變得淡然，正想說一個毛都沒長的孩子這麼久未見他，怎麼可能還認得他，卻見小傢伙鬆開扶著的小桌子，歪歪扭扭地走過來，險險地在支撐不住前，撲到了他身上，然後抬起小臉朝他直笑。

衛烜的臉色有點變化，不是欣喜，也不是怒意，而是一種無法道明的複雜。

阿菀見到兒子的舉動，驚喜地道：「長極，你已經可以走這麼遠了？好孩子！」說著蹲下身將兒子抱過去。衛烜剛從外面回來，衣服浸滿寒氣，她擔心凍到孩子，沒讓他再靠過去。

衛烜瞥了一眼還在好奇地看他的長極，然後去了淨房。

阿菀見狀，將兒子交給奶娘看著，自己也跟了過去。

等衛烜洗漱出來，熱騰騰的飯菜已經上桌，小長極正處於對世界所有東西都好奇的年齡，見丫鬟們在忙碌，也跑過去撒野，丫鬟們邊擺膳還要邊注意到不能撞到他。

衛烜皺眉，見阿菀笑盈盈看著，並不開口斥責，便知道這種情況是時常發生。

阿菀養孩子的方式有點粗養放縱，不像其他王公府第般拘著孩子，怕孩子硌到碰到。在長極學走路時，將家具的尖角都包上絨布，便放任他滿屋子奔跑。

用過膳，衛烜懶洋洋地坐在炕上，長極像隻小猴子一樣在他身上翻上翻下，康儀長公主夫妻也連袂過來了。

他們是算著時間過來的，見衛烜平安無事，夫妻倆都很欣慰，坐下來詢問了衛烜此次北上的事情，雖然衛烜只是輕描淡寫地說了他們在狄族草原時經歷的幾次戰役，依然讓兩人聽得心驚肉跳，直慶幸他能安然歸來。

「以後莫要如此冒險了。」羅曄蹙著眉道：「若是你有什麼事，阿菀母子倆怎麼辦？」

「子策，話可不能這樣說。」康儀長公主馬上截斷他的話，「烜兒已經回來，那種不吉利的話就別說了。」

羅曄說完也覺得不妥，忙順著康儀長公主的話認錯。

衛烜早就知道羅曄的性格，自不會放在心上，還很誠懇地說道：「姑父說的是，我以後會注意的。」卻未曾應羅曄話中的意思。

一家人敘完話，天色已經黑了，康儀長公主夫妻便告辭離開。

外面天冷，阿菀便讓長極住在正院中，晚上不與康儀長公主夫妻同住，就怕路上太冷，小孩子不經凍生了病。

送走康儀長公主兩人，長極被餵了奶佐以易克化的流食後，便開始鬧騰。

「怎麼了？」衛烜又皺眉，將坐也不是站也不是，像隻小貓般嚶嚶叫著的兒子拎起來。

阿菀很有經驗地道：「他是想睡覺了，得有人抱著才行。」說著便要接手哄他。

衛烜瞪眼，「這是什麼壞習慣？他都這麼大了，妳還抱他，也不怕累著自己。」說罷，不情不願地將像小猴子一樣扭來扭去的小傢伙抱到懷裡。

長極還是認人的，見娘親在一旁，就伸手要娘親抱著才肯睡。等他被衛烜豎起，頭擱在父親肩膀上，整個小身子貼在他懷裡晃悠時，小背脊被寬大溫暖的大手一下一下拍撫著，終於支撐不住，小手搭在他肩上睡著了。

阿菀含笑看著，不管衛烜是不是擔心她累著才會接手抱兒子，她還是很喜歡他們父子如此親近。長久下去，總有一天，衛烜定能解開心結。

小傢伙睡著後，衛烜將他抱到隔壁廂房安置。阿菀吩咐奶娘好生照顧，便和衛烜回了寢房歇息。石青色盤花羅帳遮擋住了外面的寒意，帳內一片暖意融融。

阿菀把頭靠到衛烜的頸窩中，整個人貼在他身上，汲取他身上的溫暖。

衛烜摸摸她的手，發現有些溫冷，便將她的手拽進衣襟裡，親著她的眉眼，輕聲道：「妳好像又瘦了，沒有好好吃飯歇息嗎？還是那個討債的又鬧妳了？」說完，被阿菀捶了一記。

「別叫他討債的，小心他記事後會難過。」發現他不吭聲，阿菀恨恨地張嘴咬住他的肩膀，含糊地道：「你聽到沒有？」

半晌，衛烜才悶悶地道：「知道了，以後不叫了。」

阿菀這才滿意地鬆口。

她一鬆口，便被他報復回來，將她變著花樣翻來覆去地折騰了兩回。

在他興致勃勃地想要來第三回時，阿菀投降了，「不行了……有些疼，不要了……」

衛烜還未盡興，但到底心疼她，沒有再繼續。幫她清理了身子後，方抱著她閒聊起來。

「聽說你這次差點到了狄族的王帳前？可有這事？你沒有受傷吧？」阿菀擔心地摸著他的背脊，怕自己先前檢查得不仔細，有自己未發現的暗傷，同時又恨恨地道：「我還沒和你算帳呢，沒有和人商量就北上進入草原，也不怕我擔心……」

黑暗中，衛烜的聲音透著幾分慵懶，撫著阿菀的腰背安撫道：「妳放心，我沒有受傷。還有，外面的消息是我特地讓人放出去的，事實上，我當時潛到了狄族王帳附近……」然後輕聲在她耳邊說：「火藥的威力果然不同凡響，狄族幾位驍勇善戰的將軍死於火藥之下，狄族恐怕將會再次動盪起來。」

阿菀吃了一驚，忙道：「你用了火藥？怎麼沒有消息傳來？」她可以肯定自己並未得知什麼關於火藥的消息，不然以火藥的威力，絕對能震驚世人。

「我只帶了我的親衛去做這事，所以沒人知道。」衛烜輕輕撫著她的肩膀，「現在還不到要用上火藥的時候，不過，妳放心，待他日時機成熟，我會安排人將火藥配方上交朝廷……現在還不是時候。」

阿菀愣了下，沒問他什麼時候才是他認為的時機成熟，只是緊緊摟住他，心疼他的種種顧慮，忙將他不在明水城明時發生的事情告訴他，又說了自己對京城的安排。

「清寧公主將消息都打探清楚了，蔡閣老是個謹慎的，很多事情都不露痕跡，現在也還不知道他會支持哪個皇子。我怕只要給他找到機會，他會不會順勢讓皇上將太子廢了……」

阿菀嘆了口氣，心頭莫名發冷。

衛烜眼中冷意漸熾，聲音卻從容平和，「這事我知道了，回來時我收到了路平傳來的消息，知道妳的安排，妳做得很好，我已經吩咐路平回京了。」

得到他的肯定，阿菀微微一笑，心裡一陣輕鬆。

聽著懷裡的人漸漸變得平和的呼吸聲，衛烜卻難以成眠。

他在想上輩子的事情，想著自己一步步走到那境地，想著阿菀被人逼得生無可戀，想到他死後的事情，很多面孔在他腦袋中掠過，最後只剩下蔡閣老和衛珺等人。

衛珺辜負了阿菀，是間接造成阿菀身死的罪魁禍首。他明知阿菀身體不好，為父母之死而崩潰，被三公主下藥壞了身子，已是強弩之末，卻依然做著他的溫潤貴公子，守著所謂的規矩禮儀，致使家人將阿菀糟蹋如斯，也讓他怨恨至極。

而這輩子，衛珺與阿菀不過是宗室中最平常的一對表兄妹，甚至沒有特別的交情。衛珺娶了慶安大長公主的孫女，有慶安大長公主撐腰，日子過得不好不壞，卻無上輩子的風光，早已湮滅在尋常子弟中，未得聖意。

衛家兄妹幾個，各有自己的幸與不幸，與上輩子的情況何其相似又何其不同。只要他們不湊上來，衛烜懶得搭理他們。

雖然人在明水城，衛烜卻對京城之事熟悉得很，前些日子得了靖南郡王府的消息，莫菲與靖南郡王妃鬥法，卻因身子虛弱而小產，接著是衛珝成親、衛珠訂親……

比起衛家兄妹幾個，在衛烜心中最為忌憚的是隱藏得最深的蔡閣老。兩輩子，無論情況有怎麼樣的變化，唯有蔡閣老不變。他深諳聖意，皇帝打個哈欠，他便知道是什麼意思，讓文德帝對他越發信任。

若是讓蔡閣老像上輩子般出手，怕是太子終究難逃其算計，最後落得被廢的下場。蔡閣老雖然不會明著出手，但他可以不著痕跡地左右帝王的想法，暗中將九皇子推上那個位置。

所以，這次阿菀藉著聯絡榮王之機，讓人去盯著蔡閣老，衛烜是極為贊同的。縱使阿菀沒有出手，他也會行動，將危機扼殺在最初。

想著京城裡的事情，衛烜慢慢地閉上眼睛。

衛烜回來後，不僅明水城可以過一個平和的冬天，衛府的人心也安定不少。

阿菀不再擔心害怕，日子又恢復了以往的悠然自在。

只是隨著雪越下越大，阿菀收到京城裡的消息時，又開始擔憂起來。

這次的消息是關於靖南郡王府的事情。

來了明水城之後，阿菀與靖南郡王府的聯絡漸漸少了，衛珠原先每個月還會寫信，託瑞王府的管事送來，後來信件變少，特別是今年，她已經有半年沒有收到衛珠的信，卻不想忽然收到了衛珠訂親的消息。

對於衛珠，阿菀是憐惜的，總覺得她小小年紀沒了親娘，繼母又面甜心狠，兩個兄長不能在後宅庇護她，使得她移了心性，人也變得偏激，卻沒想到她會忽然訂親。

阿菀將這消息與母親一說，康儀長公主也有些愣然。

「誰給她定的親事？訂親的對象是誰？」

「信上沒說，與珠兒訂親的是淞州府的虞家，據說是當地望族，也不知道那虞家是個什麼情況。」阿菀頗為擔憂，就怕是靖南郡王妃給衛珠挑了個表面風光內裡草包的人。

康儀長公主蹙眉，對她道：「我讓人去查查看。」

半個月後，終於得了準確的消息，康儀長公主和阿菀不由得面面相覷。

衛珠這親事不好也不壞，是慶安大長公主保的媒，想來其中有莫菲的功勞在。

衛珠訂親的這位虞家小少爺，是虞家老太太最疼愛的孫子，家中長輩寵著，性子難免驕縱，幸好沒做過什麼大惡之事。衛珠性子比較倔強，又喜歡爭強鬥勝，嫁去那一個大家族裡，又非長子媳婦，以後也不知道會如何。

「既然是姑母幫忙保的媒，想來虞家不會虧待她，只是嫁得遠了些。」康儀長公主嘆息，心知慶安大長公主為了莫菲，真是用心良苦。

衛珠與莫菲這個嫂子相處得不融洽，若非有繼母橫著，怕莫菲早就受小姑不少的氣了。

虞家是淞州望族，人丁興旺，族中有許多弟子在朝為官，家世自是不錯，配一個郡王府的姑娘也使得。只是虞家小少爺長年陪著祖父母居於淞州，衛珠出閣後應該是要在淞州定居，距離娘家極遠，以後若是有什麼事，也不會常往娘家跑。這樁親事既沒有虧待衛珠，又將她遠嫁離了眼前，以後莫菲不會再因她受罪，可不正是好嗎？

晚上，衛烜回來時，阿菀便和他說了衛珠的親事。

衛烜淡然聽著，他早在衛珠訂親前便接到了消息，知道衛珠訂親的對象是誰，果然與上輩子的不同。不過也是不好不壞，都一樣是遠嫁的命。

「不知道她以後會如何。」阿菀有些惆悵，惆悵於這時代女子的婚姻就像第二次生命，卻不能自己作主，好壞得自己品嘗。

「不管好歹，都是自己過日子，妳擔心再多也無用。」衛烜淡淡地勸道。

時光飛速，轉眼到了文德二十六年。

對於文德二十六年，阿菀心裡有個抹不去的疙瘩，便是太后的那個預言夢。

太后去年大病一場，做了一個夢，在她的夢裡，衛烜將於文德二十六年七月戰死於明水城外十里處的萬寃坡，死後被兩代帝王追封，榮極一時。

可阿菀寧願他淹沒於歷史中，平平淡淡過完一生，也不要如此轟轟烈烈活得短暫。

自從春天開始，阿菀的情緒便有些不對，衛烜自然也感覺到了，詢問了幾次，終於從阿菀那裡得知她的隱憂，衛烜縱使心裡有感，面上卻雲淡風輕，只笑道：「妳又不是不知道皇祖母得了癔症，郁大夫說，這種病最是難治，且容易陷入自我想像中，這不過是她老人家日有所思夜有所夢罷了，妳怎麼也跟著亂操心？」

阿菀盯著他，「可是她一介深宮婦人，從未來過邊境，卻連萬寃坡的泥土都夢得一清二楚。」雖說子不語怪力亂神，可是阿菀自己兩世為人，多少還是對神佛有所畏懼，只是平時都是敬而遠之罷了。

所以，為什麼太后就不能做預知夢？

她寧願相信太后這個夢是警示，讓衛烜逃過一劫的預警。

「指不定是她聽誰說過一嘴便下意識記住了呢？妳知道皇祖母素來疼我，知道我在明水城，她老人家自是對這裡極為關注，便有慣會揣摩上意的人將明水城的事情告訴她罷了。」

阿菀在這位世子爺的巧舌如簧下，勉強相信了，只是仍是隱隱感到不安。

衛烜深深吸了一口氣。

既然知道上輩子自己是怎麼死的，他這輩子自然要避開。上輩子死時雖有遺憾有憤恨，卻無牽無掛地死去，甚至因為他以身殉國，在最後一刻保住明水城不破，扼住狄族南侵的步伐，加重了衛焯繼承瑞王府爵位的籌碼，也算是死得其所。而這輩子他終於得到心愛的人，想要和她一起攜手到白頭，如何捨得死去？

所以，阿菀的擔心有些無意義。

阿菀原本也以為自己的擔心像衛烜認為的那般無意義，可是當進入三月，天氣漸漸回暖時，衛烜率領三千騎兵進入草原，阿菀的心弦再次緊繃起來。

與此同時，京城傳來了不好的消息。

自從春天開始，文德帝的身子便逐漸變差。

雖然他極力隱瞞，可是還是讓人察覺出端倪，甚至因為四皇子讓人窺探文德帝在太醫院的脈案，致使文德帝大怒，不僅四皇子被罰閉門思過，連同為四皇子求情的太子也被訓斥。

眾人終於發現事情不對勁。

成年的皇子當中，三皇子因病閉門謝客，已然失勢。五皇子也在前兩年被幽禁，再無翻身之日。太子日漸失勢，和四皇子一起被罰禁閉。剩下的六皇子、七皇子、八皇子、九皇子等便成了打眼的幾位成年皇子。

其中，九皇子年紀不大不小卡在一個剛剛好的位置。

阿菀神經緊繃，康儀長公主也憂心忡忡。

就在這時，草原那邊傳來了好消息，衛烜斬殺了草原幾個部落的首領，生擒了狄族的新王烏力葛爾。

大夏頓時歡騰，而狄族的士氣卻是大降，陽城、慶和城、嘉陵關等地中的狄軍被打壓，戰事頻頻失利，被大夏軍打得節節敗退，沒有援軍，後繼無力，不得不投降。

衛烜生擒狄王的消息傳來不久，聖旨也到了邊境，皇上傳召衛烜進京。

衛烜才剛擒住狄族新王，這消息還沒傳到京裡，皇上便召他回京。

這消息傳來時，眾人皆是不解，不由擔憂是否京城出了什麼事。

衛烜是在五月下旬回到明水城的。

他親自接旨，對來傳旨的大內禁軍道：「臣擒住了狄王，欲將之押進京，獻與皇上。」

阿菀從午時起便在府裡等他，直到天擦黑時衛烜方才回來。

「阿菀，皇上宣召，我待會兒便要隨禁軍回京。」衛烜將她緊緊抱住，低頭在她耳畔輕聲道：「我得到消息，去年皇上身子便不行了，我懷疑他如今病情加重，他才會等不及我擒住狄王獻與他。妳不用擔心，我是他一手培養出來的，我已完成了他第一個要求，待回京，我完成他第二個要求後，我便安全了，以後……」

阿菀的眼睛有些濕潤，他的話雖然隱晦，卻透露了太多事情，甚至讓她知道他的處境並不像世人所見那般風光，這樣的風光是他用命搏來的。她一直知道衛烜聖眷不衰是有條件的，卻未想到會是如此不堪，若是稍有不慎，他便會陷於萬劫不復之地，因此才早早地安排了那麼多後手，有意無意地培養她。

「會不會有危險……」她哽咽地問道，此時京中如汙濁的泥潭，她怕他去了便回不來。他為文德帝做了那麼多事，又是皇子們的磨刀石，將來無論哪個皇子登基，怕是他沒有好下場。只盼望著太子登基，依然仁心仁德，信守承諾。

衛烜不語。

當他沉默時，便是他無法回答她的問題，又不願意欺騙她，只能沉默。而這種沉默，讓她覺得遠比謊言更傷人更痛苦。

阿菀頓時淚如雨下。

「別哭，我沒事的。」衛烜的聲音沙啞，眼裡隱隱有血色滑過，最後用力地擁緊她，「為了妳，我會努力活下來。」

上輩子，他將自己的生命獻給大夏。

這輩子，他將自己的生命獻給她。

「等我回來，可好？」他親吻她淚濕的眼睛，輕聲道。

阿菀點頭，知他對自己的眼淚無措，努力壓抑眼淚，用袖子擦了擦眼睛，說道：「你去吧，我會在這裡等你的消息，若是……」她抖了抖唇，終究說不出那個不祥的後果。

衛烜連夜出城，帶著他的親衛，押解戰俘，隨著大內禁軍一起日夜兼程趕回京城。

❤ ❤ ❤

文德二十六年七月初十，皇帝駕崩。

文德二十六年七月十三，太后薨。

等太子服喪，舉辦登基大典，冊封皇太后、皇后、皇太子，舉辦先帝的葬祭儀式，大赦天下的消息傳來時，明水城已經開始飄雪了。

如今小長極已經快兩歲了，最愛做的事情便是往外面跑，縱使是降雪的日子，冰天雪地也阻止不了他嚮往外面廣闊天地的熱情。他會用響亮的聲音大叫著雪雪，像小猴子一樣往外竄，累得丫鬟婆子們追在他身後氣喘吁吁的。

當長極又一次掀著簾子往外跑時，一頭撞到了來人身上。他抬起頭，看到被自己撞到的人時，馬上伸出小手撲過去，甜甜地大叫著：「祖母！」

「是外祖母！」康儀長公主笑盈盈地將他抱了起來，點了下他可愛的小臉，笑道：「長極怎麼總是兩個字兩個字地往外蹦，你該說三個字了。」

長極呵呵笑著，見到跟在康儀長公主身後的羅曄時，笑彎了眼睛，又叫道：「祖父！」

羅曄頓時笑得見牙不見眼，與康儀長公主不厭其煩的糾正不同，羅曄覺得這聲「祖父」聽得他渾身舒泰，根本捨不得糾正外孫。對於羅曄來說，他只有一個女兒，女兒生的孩子其實也跟孫子差不多了。

康儀長公主抱著外孫進門，便見到阿菀坐在炕上看信。

見到父母進來，阿菀忙下炕迎過來，向他們請安。

丫鬟上了茶點，康儀長公主抿了口茶，問道：「京城來信了？說了什麼？」

羅曄也不由看得過去，對京城的局勢極為關心。

自五月衛烜被傳召回京，京城裡便發生了一連串的事情。先是文德帝病重，衛烜被叫進宮裡侍疾，一待便是整整一個月，直到文德帝駕崩前，瑞王、榮王及幾位宗室郡王、內閣輔臣才被傳召進皇宮，連被禁閉東宮的太子也在衛烜的請求下，被宣召到了太極殿。

那一晚，太極殿的燈光亮了整晚。

接著，文德帝駕崩，太子登基，新舊交替，又是一番忙亂。

因文德帝駕崩得太過突然，京中局勢不穩，幸虧有瑞王、榮王、衛烜等人聯手壓制，又有六皇子、七皇子帶頭跪拜太子，才將八皇子、九皇子暗中掀起的混亂壓下，新帝並將二人派去守皇陵，之後又用了一個月掃除叛亂勢力，京城方平穩下來。

可惜太子剛登基，衛烜暫時不能離京，還被新帝授羽林軍指揮使，接管羽林軍。

「京裡沒什麼事，大家都好，讓我們不用擔心。」阿菀將信中的內容簡單說了下，然後若有所思地道：「不過阿烜可能不回明水城了，或許明年天氣暖和時，我們也要回京城了。」

聽到這個消息，羅曄喜出望外，「如此甚好，如此甚好！長極年紀大了，也該回京城了。明水城並非久留之地，對孩子以後的教育可不好。」

若非妻女都在這裡，羅曄根本不想在明水城久待。他初來時覺得這裡很新鮮，但是住得久了，便發現許多不便之處。能支持他留在這裡的，還是妻女和疼愛的外孫都在的緣故。

阿菀和康儀長公主忍不住抿嘴一笑。

小長極坐不住了，利索地爬到羅曄的膝蓋上，指著外頭道：「祖父，玩！」

羅曄笑道：「外面冷，不好玩，長極和外祖父在屋裡玩好不好？」

小長極搖頭，跳下羅曄的膝蓋，抓著他的大手，扯著他要往門口走。

羅曄被那隻抓著自己的小手弄得心軟，面上故作為難之色，慢吞吞地被外孫拉扯著，悄悄將他帶到隔壁的花廳去玩了。

阿菀和康儀長公主相視而笑。

笑過後，康儀長公主拿了信過去看，若有所思地道：「看來可以平靜個幾十年了。」然後嘆了口氣，幾十年後她也不在了，兒孫自有兒孫福，那時的事情已經不用她再操心了。

阿菀明白她的感慨，不由依偎過去，笑道：「到時候娘和爹就好好地享受兒孫福便好，我和阿烜、長極都會孝順你們的。」

康儀長公主笑而不語。

今兒得知京城來信時，她原本還想過來問問女兒，當初衛烜離開前，是不是做了什麼安排，而他又在文德帝駕崩之前的那段時間扮演著什麼角色，皇帝突然駕崩與他有什麼關係，可是現下看女兒幸福的模樣，突然問不出口。

問清楚了又如何？知道衛烜做了什麼又如何？人難得糊塗一回，有時候知道的太多不是好事。不管如何，只要衛烜現在是她的女婿，對她的女兒好便成。

康儀長公主很快釋然，轉而和女兒說起了京城的事情。

❤ ❤ ❤

天氣陰陰沉沉的，剛從西郊大營回來的瑞王大步走進府中，迎面見到衛烜走過來，當下叫住了他，「你要去哪裡？」

衛烜看了他一眼，不耐煩地道：「隨便走走。」

瑞王皺眉說道：「現下正是多事之秋，你得收斂一下，可別犯了皇上的忌諱。」

現下的皇帝不是兄長，而變成了侄子。瑞王相當惆悵，也不再像以前那般行事沒顧忌。

衛烜嗤笑一聲，「你放心，再過一陣子，我便會將兵符上交給皇上，屆時我要去哪裡，他不會再干涉的。」

瑞王聽得愣了下，目光有些複雜，半晌方道：「你是不是想去明水城接壽安他們母子倆？再過些日子吧，現在新帝上位，京城裡還不安生，他們母子倆回來，反而危險。」

衛烜皺起眉頭，他自是明白，所以這段日子一直在忍耐，縱使思念如狂，為著他們母子倆好，他也不敢輕易流露出什麼。

衛烜再度開口，聲音堅定，「明年三月之前，我必須去接他們。」

瑞王想了想，到了明年三月，一切應該已塵埃落定，京城的局勢會明朗起來，他們母子倆回來也不甚要緊，便不再說什麼。不過見衛烜仍是往外走，他又問了一句：「去哪兒？」

「進宮。」

瑞王跟著走了兩步，又嘆著氣停下來，望著兒子的背影出神。

什麼時候這個兒子已經長得和他一樣高，甚至有膽子做下那等事情。只是，若他不動手，便是他死。

那時的他，是懷著什麼樣的心情才能狠得下心呢？

瑞王閉了閉眼睛，將那股酸澀難受壓在心中。

他從未想過，原來皇兄多年如一的疼愛，到頭來卻從未想過給烜兒一條活路。皇兄安排好了所有的事情，最後卻是要帶著烜兒一起走，打算給新帝一個不受掣肘的局面。而他的兒子為了避開新帝的猜疑，選擇了將兵權上交。

瑞王從來不覺得自己傻，這回卻覺得自己傻得厲害，心止不住地疼痛，不由得仰起臉，怕眼淚會不受控制地流下。

其實這樣已經很好了，至少這個他都捨不得傷害的兒子在那場鬥爭中好好地活下來了。等到春天，兒媳婦和孫子回來後，兒子會振作起來的。

❤ ❤ ❤

衛烜從太極殿出來，看向京城陰沉的天空，想著此時的明水城怕是已經下雪了吧。

等到春天，他會親自去接他們母子倆回來。

「世子爺請稍等。」

身後傳來內侍的聲音，衛烜回頭看去，卻見現在已經榮升太極殿大總管的徐安抱著一件石青色緙絲鶴氅過來，笑呵呵地遞給他道：「世子爺，天氣冷了，眼看就要下雪，這是皇上賞給您的鶴氅，讓您保重身子。」

衛烜目光微閃，在周圍宮人的注視下接了過去，淡然道：「有勞皇上惦記，我這就去謝恩。」說罷，大步往太極殿走去。

等衛烜再次從太極殿出來，京城便流傳起了瑞王世子深得皇上信任的話。

孟妘聽完夏裳說完皇上今兒午時賞賜了瑞王世子一件鶴氅時，沉默片刻，方淡淡地道：「本宮知道了。」

慶豐元年春，天氣回暖時，阿菀辭別了明水城的朱夫人、趙夫人等人，在侍衛的護送下，帶著兒子和父母離開了明水城，返回京城。

時隔五年，阿菀再次回到京城。

當車隊到達京城十里外的遠心亭時，遠遠傳來了一陣馬蹄聲。

正坐在母親懷裡啃著包子的小長極聽到聲音，好奇地探頭看向車窗，卻不想車窗被人打開，一個坐在高頭駿馬上的男人伸手進來，將他們母子倆一起抱到了馬上。

被母親緊緊擁著的小長極不僅沒被嚇到，反而興奮地叫了起來，還轉身摟住男人的脖子，叫道：「長極騎馬馬，棒棒的！」

衛烜把他拎起來，父子倆面對面，他冷著臉道：「叫爹！」

長極眨巴著眼睛，喊了一聲爹，又叫道：「爹爹，騎馬馬，快快的！」

衛烜不耐煩應付這個討債的兒子，便將他扔給旁邊騎坐在馬上的路平，然後一扯韁繩，摟著懷裡的人兒就這麼走了。

風在耳邊呼呼吹著，阿菀將臉埋在他的胸膛上，忍不住捶了他一記，「你幹什麼？」她的聲音消失在風裡。

衛烜收緊手臂，用身上的披風裹緊她，讓她安安穩穩地待在他懷中。

風很大，吹得她臉頰有些生疼，她雙手緊緊摟住衛烜的腰，呼吸著他身上熟悉的氣息。縱使是在顛簸的馬背上，依然讓她感覺到安心。

只要他在身邊，她便能變得從容。

不知過了多久，耳邊的風聲終於停了下來，她從他懷裡探出頭，便見他們來到了一處廣闊的平原。極目遠眺，可以看到連綿不斷的山峰，還有山下流淌而過的溪流。

她只看了一眼，便被人捧起臉，然後是那人的嘴唇攫取了她的呼吸。

他一遍又一遍地舔吻著她的唇舌。

「阿菀……」衛烜的聲音低沉而穩定，「事情都過去了，以後我不會再讓妳擔心了。他已經死了，是我出手的……」

上輩子他和她有緣無分，這輩子他們要廝守一生。

阿菀聽得心驚，幾乎可以想像當初他被困在皇宮的那一個月是如何的艱險。

她忍不住抱住他的腰，給他無言的安慰。

衛烜沉默了一會兒，抱著她翻身下馬，然後牽著她的手，神色柔和地望著她，問道：「阿菀，妳要不要去走走？」

阿菀看著他，發現以往總是留在他眉稍的鬱氣消失了，他整個人變得明朗許多。

新帝登基，懸在他頭上的刀不見了。

阿菀很高興，她笑嘻嘻地道：「我不想走，我們什麼時候回去？」然後不免埋怨他一句，「爹娘和長極都在呢，你就這麼把我帶走，連岳父岳母都沒拜見，若是傳出去，會讓人覺得你行事輕狂的。」

衛烜啞然，他先前見到她時太激動，以致於腦子發熱，直接扛了她就走，還真是將康儀長公主夫妻倆給忘記了。不過這種話不能說，便自信滿滿地道：「妳放心，周圍沒有其他人，那些護衛都是我的人，不會說出去的。」

阿菀哭笑不得，「我們還是回去吧，指不定京裡的父王也正等著呢！」

「他才不會管我們，只是在等那個討債的罷了。」

「喂！」阿菀瞪他。

「好好好，是長極！」他又嘀咕了一句，「那個沒眼色的小鬼，看著依然討厭！」

阿菀先是瞪他，瞪得他再次改口，自己忍不住笑了起來。

衛烜是什麼性子的，她自小便知道了，既然答應了她，便會做好。不是她自誇，長極真的是一個很好的孩子，很容易招人喜歡，加上他那股黏人勁兒，怕沒有人能拒絕，所以這次回來，她並不擔心長極會如何，只擔心他這當爹的因為心結做得太過分，傷了長極的心。

不過，現在見他因為自己生氣而忍氣吞聲，心裡不覺變得軟軟的。

「風太大了，我有點冷，我們回去吧。」阿菀換了個藉口。

果然，這次衛烜沒有再逗留，將她抱到馬背上，自己翻身上馬，把擁入懷裡，用披風密密地裹緊，接著一拉轠繩，朝京城的方向疾馳而去。

京城的天空清澈蔚藍，遠心亭旁的車隊還等候在那裡，並沒有因為瑞王的到來啟程，原因便是小傢伙不答應，要在這裡等他娘親。

「長極，你爹自己跑去玩了，不聽話，長極可不要學你爹。長極先跟祖父回去吧，祖父準備了好多好吃好玩的要給你。」

「不，等娘親！」小傢伙堅定地握著拳頭道。

「長極，你不喜歡祖父嗎？」

「喜歡，可是，要等娘親！」

「長極……」

「等爹爹！」

「……」

瑞王看著和熊兒子幾乎一個模樣的孫子，又發現他古靈精怪，頓時淚流滿面。

不會又來一個熊孫子吧？

慶豐元年的春天，春光明媚，皇宮中的御花園花團錦簇，一掃前些日子春雨淅瀝時的陰霾，連經過的宮人腳步也輕快了幾分。

迎著春光，宮人們正忙著將一盆盆花搬進鳳儀宮。

難得的休沐日，慶豐帝攜著皇后坐在庭院中，賞花喝茶。四歲的二皇子衛濯彷彿一刻都閒不住，在花道中跑來跑去。一群宮人追在他身後，生怕他不小心摔倒。

孟妘看了眼活潑的小兒子，目光便移到手上的茶盅。

茶香氤氳，是今春江南上貢的紅茶。

她記得阿菀喜歡喝紅茶。

「怎麼了？妳今天精神不太好。」

溫雅的男聲響起，孟妘轉頭望去，對上一雙關切的眸子。等她拉開視線，終於恍然發現昔日那個人已經成為君王，不怒自威，唯一不變的是，他看起來依然清瘦，這段時間太忙，讓他好不容易養出來的肉又沒了。

見她不說話，慶豐帝伸手過來，摸了摸她的額頭試探溫度，心裡琢磨著是不是昨晚她歇息得晚了，才會精神不好。

這熟悉的舉動，讓她清冷的面容上浮現些許笑意，「我沒事，只是在想壽安他們什麼時候抵達京城，很久未見他們了，怪想念的。」

慶豐帝聞言鬆了一口氣，笑道：「一個月前就讓人捎消息進京，許就在這幾天吧。聽說這些天烜弟每天都出京在遠心亭等。」然後不知想起什麼，忍俊不禁，「烜弟還是那性子。」

見他神色有異樣，孟妘忍不住道：「他怎麼了？」

慶豐帝拿起一顆草莓餵她吃，方道：「沒什麼，烜弟前些天和小皇叔約去鬥鵝，小皇叔鬥輸了，烜弟那兩隻大白鵝可凶悍得緊。小皇叔輸了他一尊三彩佛陀，那可是小皇叔在西夷那兒尋到的，一直寶貝得緊。」說著，他臉上有著掩飾不住的笑意，「不過，烜弟轉身就將那東西讓人送到宮裡來給朕，讓朕答應放他幾天假，把小皇叔氣得半死。」

孟妘想起那尊三彩佛陀，確實是件流光溢彩的寶貝，但也算不得世間難尋。當年衛烜被先太皇太后養在仁壽宮時，宮裡什麼寶物沒見過，多半是想讓榮王心疼罷了。

「還有，昨天烜兒進宮，再次同朕提了兵符的事。」慶豐帝見孟妘看向自己，不禁微微一笑，「朕並未應他。」

孟妘立刻知道他的意思，不由握住他的手，喃喃道：「阿燁……」

慶豐帝拍拍她的手，慢悠悠地道：「烜弟的性子朕也知道幾分，朕不是那等刻薄寡恩之人，且他的能力也是有目共睹的，朕還想要重用他呢，所以便給他放個假，讓他去接壽安母子倆，省得他又來宮裡和朕鬧。都是當爹的人了，還這般胡鬧，怪不得瑞王叔總是罵他不孝。這朝臣沒少被他得罪的，遲早有一天要給他得罪光。」

孟妘笑道：「他自小就是這脾氣，我們都習慣了，幸好壽安能壓制他。」

「這就叫一物降一物了。」慶豐帝笑了起來。

二皇子跑了回來，跳到父皇的膝上坐著，抬起一張白嫩的臉蛋笑得歡快。

等到正在靜觀齋讀書的皇太子衛灝下學回來，鳳儀宮更熱鬧了。

已遷入仁壽宮的太后，聽說皇帝陪皇后在鳳儀宮賞花，兩位皇子也在，頓時心酸了。

「燁兒正是忙碌的時候，哪抽得出時間來陪她？莫不是她又出了什麼花招？」

聽到太后的話，候在一旁的宋嬤嬤汗如雨下，生怕已經榮升太后的主子會像年輕時那樣出昏招，屆時可不夠皇后收拾的，忙道：「聽說今日天氣好，皇上心情不錯，便留在鳳儀宮和皇后說體己話。皇上登基至今，忙碌了那麼久，也該歇歇了，可不能壞了身子。」

太后聽了，更不高興，「若不是這後宮裡只有皇后……妳說，哪個皇帝不是三宮六院的，怎地燁兒只有一個皇后，豈不是教天下人看笑話？」她摸著手上的鐲子，若有所思。

看到她這模樣，宋嬤嬤瞳孔微縮。

太后一思考，宮人便要遭殃。以前太子未登基前，太后和孟皇后過招，太后從來都是輸的那個，還被孟皇后收拾得服服貼貼的。如今太子登基，孟皇后母儀天下，又得皇帝寵愛信任，太后再想出昏招，恐怕依然是輸的那個。

現在看來，太后是覺得頭頂上的兩座大山沒了，以為自己貴為太后，連皇上都要孝順自己，便矜傲狂妄起來，這後果不用想也知道。

「雖說皇上要守三年的孝，不過也可以酌情處理，可以先選新人入宮，三年後再給位就分行了。」太后尋思著。

宋嬤嬤聽得頭皮發麻，要不要選妃其實是男人的一句話，皇后縱使有手段，若是皇上自己有心也擋不住，所以這事真不需要太后操心，反而會因為插手這事讓皇上不喜。

只是這種話不是該宮人說的，宋嬤嬤只得慌忙轉移話題，陪笑道：「老奴聽說瑞王世子昨兒又進宮來了，皇上放了他幾天假，讓他出城去接瑞王世子妃。」

太后聽得直皺眉，「烜兒這性子也太黏糊了，哪有男人巴巴兒地去迎妻子的？」

宋嬤嬤笑道：「瑞王世子妃帶著瑞王府的孫少爺回來，這可是瑞王世子的第一個孩子，聽說瑞王也盼得緊，都將西郊營的事情放下，也想去迎人呢！」

太后想到了什麼，終於展眉道：「是了，依瑞王世子妃那身子，怕是這輩子只有這麼個孩子了，寶貝些也是應該的。哀家記得當初皇上在時……哎，是先帝在時，是烜兒侍疾……」

宋嬤嬤看她蹙眉不語，心又提了起來。

先帝駕崩前，將遠在邊境的瑞王世子召回宮，後來竟然讓瑞王世子越過諸皇子在太極殿侍疾，這是從未有過的事。初時他們還有些擔心先帝是不是病糊塗了，捨皇子們不用。幸好先帝駕崩前將太子宣到面前，傳位與太子，後又有榮王、瑞王以及六皇子、七皇子做出表率，太子方能沒有波折地登基。

可惜先帝病中傳位，有皇子不服氣，單以陳妃、九皇子等挑事，便給新帝添了不少麻煩，幸好被衛烜一力彈壓下來。

現在看來，新帝對於衛烜依然是寵信有加的，衛烜欲要上交兵權，慶豐帝並未收回，反而賞賜不斷，似有重用之意，將那些以為慶豐帝上位後就會猜忌衛烜的流言打消。

宋嬤嬤雖然不懂得這宮裡的主子們在想什麼，但也知道縱使先帝不在，衛烜仍然榮寵不斷，斷斷是不能得罪的，故而她樂得為瑞王世子說好話。

過了幾日，康儀長公主夫妻、瑞王世子妃攜兒子一起回京的消息傳進了宮裡。

孟妘從夏裳那裡聽了一耳朵，晚上歇息時，慶豐帝回來時也和她說了一耳朵。

孟妘露出欣喜的笑容，這是自慶豐登基後，第一次看她笑得這般愉悅，讓他也跟著高興，同時深刻地感受到，縱使得到了天下，若無這人在身邊，人生有何樂趣？所以他願意包容她的小性子，願意相信衛烜，願意繼續重用衛烜，願意難得糊塗。

衛烜雖然行事乖張，卻頗有原則，只要不觸及他的逆鱗，他本人還是極為好說話的，並不會真的攬權不放，是個難得的明白人。狂得明白，也看得明白。以前如此，現在也如此。

因此，當知曉父皇做了那麼多安排，將衛烜利用到死，只為了保證這江山繼續下去，保證無論以後哪個人登上這位置都不會受到其掣肘時，他的心情很複雜，甚至有幾分嘆息。

直到坐上這個位置，他才明白父皇所做一切的目的，卻不苟同。

人心都是肉做的，他無法像父皇那樣殘酷地把人利用到底，尤其是自己捧在手心裡寵愛了一輩子的孩子，直到最後，還要用他的死來保障新帝登基後的順遂。

「妳若是想她，明日便召她進宮來說說話。」慶豐帝拉著她的手說道。

孟妘坐在床頭，笑著看床前溫柔的男子，此時他不是高不可攀的帝王，而是平凡的丈夫，和她說體己話不必顧及什麼規矩的丈夫。她笑道：「這可不行，壽安今日才到京，須得讓她多歇息幾天，不急於一時。」

慶豐帝微微一笑，正要說話，卻見宮人端來了熱羊奶，神色頓時變得有些無奈。

「阿燁，喝點羊奶再歇息吧。」孟妘親自端了過來。

慶豐帝知道自己的身體情況，知她一直在意，便也不再多言，接過喝完，又漱了口後，方揮手讓宮人退下，和她一起躺在床上。

「妳似乎很喜歡壽安。」慶豐帝摟著她，輕輕撫著她黑綢般的長髮，「壽安、福安兩個妹妹，妳掛念得更多的是壽安。」

孟妘將頭貼在他的胸膛上，摟著他的腰，輕聲道：「福安是個可人疼的孩子，特別活潑，是可以寵的小妹妹，而壽安……她身子不好，卻懂事聽話，我的很多想法和行為，她都能理解，和她說話我很輕鬆。我喜歡壽安的性子，安靜、通透、豁達，並不因為自己的身體不好自傷自憐，也不因為長輩們的過分寵愛而嬌縱任性。」

黑暗中，慶豐帝半晌才道：「既是如此，那讓壽安留在京城裡陪妳可好？」

「算了吧。」孟妘的聲音有些懶散，彷彿沒有聽明白他的暗示，說道：「烜弟的性子你也知道的，若是沒其他事情，指不定他早就帶壽安出京遊玩去了。」

新帝登基，衛烜雖然不表露什麼，但是孟妘見過他幾回，能感覺到他似乎放下了什麼心事一般，整個人都輕鬆起來。衛烜當初要上交兵權，除了怕新帝猜忌外，其實也有放下一切當個富貴閒人、遠離京城之意，可惜他並未想到，又或者想到了，現在的皇帝不是先帝，他是一個心胸寬廣、有容人雅量之人。他敢用人，便能給予足夠的信任，不會逼得人活不下去而只能造反。

衛烜沒有造反，只是推動了京中的局勢，加速了文德帝的死亡罷了。

這件事情孟妘誰也沒有說，甚至連枕邊的丈夫也沒告之。

衛烜當初的行動很隱祕，宮中得用的人也不知是什麼時候埋下的——這才是她覺得可怕的地方，衛烜到底是在多大的時候就預測到了自己將來的下場，然後將這一切安排好？

能知道先帝之死與衛烜有莫大關係的，唯有她和瑞王罷了。

孟妘心裡自有一桿天枰，有些事情不知道比知道要幸福，所以她選擇了當作不知道。到底，衛烜沒有做得太絕，她也憐惜阿菀。

阿菀回京的第二天，便遞了牌子進宮。

孟妘嘆笑了下，讓她明日進宮。

「母后，是哪個姨母要進宮？」皇太子好奇地看著母親。

孟妘笑看著長子，輕聲道：「還記得你寢宮裡多寶閣架子上一個紅漆描匣子裡裝的那些東西嗎？你寶貝得不讓人碰，便是她以前親自做給你的。」

皇太子愣了下，漲紅了臉，既尷尬又有些羞澀，抱怨道：「母后怎麼連這種事情都知道？是不是德安那個大嘴巴說的？」

德安是皇后派到皇太子身邊伺候的小內侍，機靈且端正，皇太子挺喜歡他的機靈勁兒。

「自然不是，你是德安的主子，他斷斷不會越過你和我說這些事。」孟妘摸摸兒子飽滿的額頭，笑道：「這些東西還是我小時候幫你收拾的，我怎麼不知道？」自己生的兒子有什麼特殊的愛好，她會不知道嗎？

皇太子害羞得不行，小男孩以為只有自己知道的祕密，原來早就被母親窺破，不由鬱悶地道：「兒臣知道了，是住在明水城的壽安姨母。聽說長極弟弟三歲了，兒子還沒有見過這個弟弟，不知道他會不會像烜叔那般漂亮。」

「胡說什麼呢，男人哪能說漂亮？」孟妘將兒子拉到跟前，給他整了下衣服，說道：「看人不能只看外表，要看品性品德，而且說男人漂亮，未免過於輕狂，太傅是如何教你的？難道你在靜觀齋中只學到了這些？」

聽到她後面的聲音變得嚴厲，皇太子忙認錯道：「母后，兒臣知道錯了。」

孟妘盯著他看了半晌，終於摸摸他的頭，放緩了聲音說道：「你知道就好。雖說本朝官員擇選的其中一個標準便要看儀表，可有時候外貌卻是最不準確的。當然，好看的樣貌也會給人賞心悅目之感，但可以欣賞，不能沉迷。」

皇太子聽得似懂非懂，不過他縱使不是很明白，還是將母親的話記住。

等瑞王世子妃攜其子進宮時，皇太子特地提早下課回鳳儀宮。看到瑞王府的長極弟弟，還是覺得很漂亮。

當然，讓他覺得最漂亮的是坐在母親下首的那位穿著石榴紅遍地金褙子的貴婦。她坐在那裡微笑不說話，卻是令人感覺親切，甚至讓他覺得熟悉。

宮人將茶果點心呈上來，便安靜地退到一旁候著。

孟妘看著窩在阿菀懷裡，睜著一雙大眼睛好奇地看著自己的孩子，忍不住露出淺笑。

「長極，我是你姨母。」

長極看看她，又瞅瞅自己的娘親，見娘親點頭，才朝她叫道：「姨母！」

孟妘應了一聲，將提前備好的表禮遞過去，然後拉著長極的手，輕聲細語地與他說話。

長極十分自來熟，見孟妘言行溫柔，便奶聲奶氣地和人家搭起話來，回答的聲音極是響亮。若是被問得答不出來，會回頭看娘親，阿菀再簡單引導，他又懂得接話了。

孟妘見他機靈可愛，原本的喜愛上多了些歡喜，甚至將他抱過去逗他。

皇太子端坐在母親身邊，見長極那麼歡快，忍不住也笑了起來，覺得這個弟弟真好玩，不僅長得漂亮，比起只會搗亂的二弟好玩多了，至少他看起來很乖，母親問什麼都老實回答，回答不出來的也不會含糊混過去，而是會回頭找娘親。

皇太子還不知道，其實有一種小孩是天生會裝乖賣萌的，長極便是這樣。幸好也因為他的性子好，才能在那樣一個爹的冷顏下依然健康成長。

阿菀也把事前準備好的表禮送給皇太子，見他偷偷瞄來，便朝他微微一笑，卻不想皇太子白皙的臉頰微微泛紅，甚是可愛。

她不知道的是，皇太子這會兒很尷尬又歡喜，尷尬於昨天母親將他的小祕密道破，歡喜於能再見到阿菀，覺得她就跟自己記憶裡的一樣。

當年阿菀隨衛烜去明水城時，皇太子已經記事，只是幾年過去，記憶漸漸變得模糊。每次收到從明水城送來的禮物時，才會隱約有些印象。現在再見，終於又記起了這人。

「姨母，你們這次回來，以後還走嗎？」皇太子端正坐著，微微傾著身子詢問。

阿菀答道：「暫時不會走了，以後就不知道了。」

皇太子想了想，覺得以後的事情很難說，便不再提這話，轉而詢問阿菀在明水城的事情。等聽阿菀說起明水城的地理環境、氣候、人文風俗時，很快吸引了皇太子的注意力。

阿菀的聲音不疾不徐，皇太子不知不覺聽得入迷，連原本被孟妘拉著說話的長極此時也坐在孟妘懷裡，聽著母親說話，一雙眼睛亮晶晶地看著他們。

明水城的事情還未說完，一陣腳步聲在外頭響起，只見今兒一早被太后接到仁壽宮玩耍的二皇子回來了，一回來就要撲到母親懷裡，沒想到母親懷裡竟然被一個小孩霸占了。

「我的，這是我母后！」衛濯像個小炸彈一樣撲上前，就要將長極扯下去。

長極很利索地自己翻身下地，蹦回自家娘親懷裡，然後偷偷朝衛濯扮了個鬼臉。

衛濯見狀，氣壞了，覺得這個小孩好大的膽子，竟敢糊弄自己，當下就想要打他。

「濯兒！」孟妘冷聲叫道。

張牙舞爪的衛濯頓時像被點了穴一樣定住，然後不情不願地回身看向母親，扁了扁嘴，心裡委屈極了，抽泣著說：「母后，他……他對兒臣扮鬼臉，還和兒臣搶您……」

「胡說，這是你長極弟弟！」孟妘的聲音依然是淡淡的，「母后平時是怎麼教你的？你是哥哥，要讓著弟弟！」

皇太子兄弟倆平時都喜歡黏母親，可若是母親聲音變冷，又會下意識地敬畏，相比之下，他們的父皇很隨和，私底下對他們更是寵愛有加，讓皇太子兄弟倆反而沒有那麼害怕。

衛濯看了一眼坐在阿菀懷裡的長極，依然扁著嘴道：「母后，這個漂亮的嬸嬸是誰？」

「是你烜叔的妻子，母后的妹妹，你可以叫她姨母。」

「是這個弟弟的娘親嗎？」衛濯指著探著頭看他的長極。

孟妘含笑點頭。

然後，讓人目瞪口呆的一幕出現了，衛濯立刻跑過去，將長極從阿菀懷裡拉出來，一副哥倆好的模樣，抱著他的小身子笑道：「既然你是弟弟，我今天就大方點，不和你計較了。不過，你霸占了我母后，我也要霸占你娘親才公平。」

說著，直接撲到阿菀懷裡，小手摟著她，爬到她懷裡坐著。

長極也被衛濯的舉動弄懵了，回神後跳過去拉他，「不准，這是長極的娘親！」

「偏不，我就要占你娘，不給你！」衛濯緊緊抱著阿菀。

長極憋得滿臉通紅，轉身衝到孟妘懷裡，大叫道：「我也要占你娘，不還給你了！」

衛濯急了，見那小鬼又跑去霸占他母后，便再也坐不住，從阿菀懷裡跳下來，卻不想那個小鬼竟然趁機撲了過來，窩回他娘親懷裡，自己緊緊地抱著，又朝他扮了個鬼臉。

衛濯……衛濯他哇的一聲哭了。

長這麼大，衛濯第一次遇到這麼無賴又狡猾的人，竟然如此欺負他。

長極見狀，也哭了，而且哭得比衛濯還大聲。

從兩個孩子搶人開始，眾人便饒有興味地看著，直到他們前後大哭，方哭笑不得。

阿菀拿帕子幫兒子擦臉，孟妘也和皇太子一起哄著衛濯，好一會兒，才將兩個哭得像破銅鑼的孩子給哄住。

「濯兒別哭了，你是哥哥，再哭就給弟弟看笑話了。」孟妘擦著二兒子的花貓臉，「你瞧，你大哥就從來不會在你面前哭。」

衛濯抽抽噎噎地看向兄長。

皇太子馬上笑道：「母后說的是，二弟幾時見哥哥哭過？」

衛濯想了想，在他有限的生命中，似乎從來沒有見哥哥哭過，反而是他稍有不如意，總是扯開喉嚨大哭，於是立刻將眼淚憋回去。只是等母親幫自己擦臉時，突然想起那個和自己搶娘親的小屁孩，轉頭看去，那個小屁孩正坐在他娘懷裡喝果汁。

衛濯覺得自己的面子裡子都被這個討厭的小鬼給敗了，他好難受，要去向父皇告狀。於是，衛濯好不容易從太后那兒回來，很快又跑走了。

「娘娘，二殿下去了太極殿。」宮女忙過來稟報。

皇太子一聽便急了，想去將熊弟弟帶回來，還是孟妘制止他，說道：「隨他。」

皇太子看著輕描淡寫的母后，不由得想到了一個詞：秋後算帳。頓時對熊弟弟抱以十分的同情，決定乖乖聽母親的話，省得到最後連父皇也護不住他們。

沒有理會跑走的小兒子，孟妘見阿菀正餵長極喝果汁，便道：「濯兒的性子有些剛烈，又是個憋不住話的，恰好長極可以治治他。」說著，看向長極的目光很是溫柔，「不過，長極以後可是要和哥哥們好好相處喔！」

長極抬頭朝孟妘猛笑，歡快地道：「姨母，長極知道！」

孟妘臉上的笑意越發深了。

阿菀啞然失笑，剛才的事雖然是二皇子挑起的，但若是沒有長極挑釁，二皇子也不會這麼暴跳如雷，而自家這孩子平時看著純良，實則某些時候很懂得如何博取人們的同情心，有點先發制人的感覺。

就和他爹一個熊樣！

等衛濯尋到他爹告狀時，長極已經跟著他娘親離開皇宮了。

衛濯扯著父皇回到鳳儀宮一看，發現討厭的小鬼不在了，那股氣憋著發不出來，頓時氣得想哭，便看著父皇，哽咽地說：「父皇，他是壞孩子，欺負人！」

慶豐帝捏著小兒子軟軟胖胖的小手，看他與妻子相似的眼睛裡含著淚，一副委屈得不行的模樣，雖然心疼，卻很想笑。

小孩子打打鬧鬧很正常，先前瑞王世子妃進宮時，衛烜便帶了他兒子到太極殿給自己瞧過，那孩子雖然長得像衛烜，性格卻不像其父，反而格外乖巧，與壽安比較像，顯然被康儀長公主和壽安教得很好，所以要欺負人也不會欺負到哪裡去，倒是自己這小兒子可能是被他們過分寵愛，性子霸道，比較有可能欺負對方。

於是，二皇子殿下縱使被長極暗中欺負了，眾人還是覺得是他主動欺負人，使得他從小到大不知道在長極這裡吃了多少暗虧。

現在的二皇子殿下不知道自己以後的命運，發現長極不在，當下纏著慶豐帝，要他明日再將那個討厭的小孩召進宮來處罰。

慶豐帝對於小兒子很疼愛，長子衛灝因是皇太子，行事須得穩重自持，三歲以後就不再和父母撒嬌。慶豐帝也怕長子將來沒有擔當，不敢過分寵愛。倒是小兒子以後可能會當個賢王或閒王，寵愛多些也無妨。

所以，就當慶豐帝架不住小兒子的請求要點頭答應時，皇后正巧換了件衣裳從內殿走出來，看到父子倆的模樣，頓時瞇起眼睛。

衛濯的眼淚生生憋了回去，不敢再黏在父親身上。

慶豐帝忙捏了捏小兒子的胖手示意他乖些，然後朝孟妘溫和地笑道：「阿妘，瑞王世子妃回去了嗎？妳們許久未見了，怎麼不多留她一會兒？」

孟妘似笑非笑地看著躲到丈夫身後的兒子，說道：「我怕再留下去，你兒子就要帶你過來欺負弟弟了。」說罷，她坐到炕上，沉聲道：「濯兒，過來，娘親有話說。」

衛濯下意識往父皇身後躲，慶豐帝忙將他掩住。

「阿燁！」孟妘的聲音有些冷。

慶豐帝聽她當著孩子的面叫自己的名字，便知她生氣了，也不敢再護著小兒子，忙將他推了出去。相比小兒子，他更怕她生氣。況且，他也知道小兒子確實需要個人來拘著。

衛濯覺得父皇太不靠譜了，他的幼小心靈被冷酷的母后和不仗義的父皇傷透了，他決定以後要離宮出走，住到皇叔他們家去，讓父皇後悔一輩子。

皇太子在燈下伏案練字，聽到德安來報二皇子被皇后罰面壁思過時，並未停筆，只是淡淡地應了聲知道了。

過了一刻鐘，皇太子將今日的大字寫完，端詳了下自己寫的字，有些鬱悶地捏捏自己細瘦的手腕，覺得自己寫的字依然不過關，日後須得仔細練習才行。

他在心裡邊擬定著學習計畫，邊就著宮女端來的水淨了手，方道：「去鳳儀宮偏殿。」

二皇子年紀還小，依然住在皇后宮裡，反而是皇太子，自從被冊封太子後，便有了自己的宮殿，幸好因他年紀不大，並未移出後宮，要去鳳儀宮不需要多長時間。

皇太子來到鳳儀宮後，先去向父母請安。

孟妘見長子過來，拉著詢問了他的功課和起居，便沒再說什麼了。

「母后，我去看看二弟。」皇太子很有眼色地道。

孟妘沒說話，只是轉身進了內殿，皇太子知道母親這是准許的意思。雖然母親對弟弟管束得嚴，但這種時候也不會真的什麼都不管任其受罰。

在他要去偏殿時，皇太子被他家父皇偷偷拉到了一旁。

「灝兒，你弟弟的性子比較急，心裡指不定如何委屈了，你要好生安撫他，省得他憋著，想要離宮出走，住到你幾位皇叔家裡去，這可不行……」慶豐帝細細叮囑長子，然後從袖裡摸了摸，摸出一個繡著雙龍戲珠的明黃色荷包，又道：「裡面是幾朵西洋進貢的水晶向陽花，你二弟以前想玩，朕沒給他，今天他難受，就給他玩，要他別弄丟了，這可是父皇要送給你們母后的千秋禮物。」

皇太子看著囉囉嗦嗦的父皇，那張俊雅的臉龐在夜晚的燈光下，顯現出不一樣的柔和色澤，看得人心裡綿軟。他止不住地嘆氣，父皇這種容易心軟的毛病真不好。雖說不能像皇祖父那般無情，可也不能太心軟，會讓朝臣和皇叔們生出異心的。

有這樣的父皇，真是讓做兒子的操心。

皇太子等父皇叨念完，方笑道：「父皇放心，二弟就交給兒子了，待會兒兒子會帶他去歇息的，您和母后也早些就寢，別熬壞身子了。」

慶豐帝聽得極是熨貼，兒子孝順是每個父親都樂見的事，長子自出生時就是皇室的第一個孫子，壓力很大，加之三歲時便被先帝指定啟蒙，去了靜觀齋學習。他未登基的那段日子因為父皇心思難測，日子相當難熬，也是有這個孩子在父皇面前盡孝，後被封皇太子，更不像能平常的孩子那般頑皮了。

慶豐帝看著長子沉靜的表情，忍不住彎腰抱了抱兒子，等他放開時，便見素來老成的長子面皮微紅，不由得有些想笑，面上卻故作沒發現，說道：「好了，你去吧。」

皇太子朝父皇施了一禮，便往偏殿去了。

偏殿裡燈火輝煌，宮人安靜地站在一旁，只有一個小屁孩面對牆壁思過。

「二弟。」

衛濯聽到兄長的聲音，高興地轉頭，卻發現只有兄長並不見父皇和母后的身影，當下鼓起了腮幫子，又轉頭不理會。

皇太子忍不住感到好笑，也不知他小小年紀的，哪來那麼大的脾氣。想到他生氣的對象，皇太子暗暗皺眉，覺得弟弟這般隨意發脾氣可不好，這種性子以後很容易闖禍，母后罰他是應該的，就怕他以為凡事有父皇罩著，不管不顧，如此下去，將來不知道會發生什麼禍事。

況且，長極多可愛，最好是能好好與之相處。

皇太子走到弟弟面前，站在那裡看著他不說話。

衛濯是個憋不住話的，見兄長沉默不語，他有些克制不住了。

「大哥，你怎麼不說話？」

「說什麼？」皇太子淡淡地道：「誇讚你今天脾氣發得好？」

衛濯縮了下頭，總覺得這一刻的大哥像極了母后，讓他不敢造次。明明大哥長得像父皇居多，可是一沉下臉來，那股氣勢極像母后生氣的模樣，讓他每次見到心頭就發怵，真是恨不得兄長不僅長得像父皇，連性子也像就好了。

「我又不是故意的，明明是他欺負我……」

「長極弟弟比你還小一歲呢！」皇太子指道。

衛濯嘀咕道：「可他就是個壞孩子！」

「他怎麼壞了？」

衛濯一聽，頓時來了精神，拉著兄長就嘀嘀咕咕地訴說長極的壞。

皇太子平靜地聽著，等弟弟說完了，一臉期盼地看著自己時，皇太子突然道：「你站了那麼久，不累嗎？」說著，伸出一根手指戳了戳他的肩膀，小屁孩果然一屁股坐到地上。

地上鋪著厚軟的地毯，摔倒也不疼，皇太子並不心急，反而是衛濯氣急了，眼淚在眼眶裡滾來滾去，吸著鼻子想要哭泣。

衛濯此時的心情是：大哥為什麼要戳倒他？太過分了太過分了太過分了……

皇太子彎腰將他抱起來放坐到榻上，讓宮人去打乾淨的水幫他擦臉，又吩咐宮人去準備一些吃食，將原本還氣得想哭的衛濯感動得覺得世上只有哥哥好，有哥的孩子是個寶。

皇太子親自幫弟弟擦臉擦手，又將一碗雪梨蛋奶羹端過來餵他，對他道：「你今天做錯了，長極年紀比你小，你應該愛護他，而不是見到他就跟他搶母后。母后縱使疼愛他些，也越不過你。你今日如此行為，只會讓人認為你任性嬌縱，然後不喜歡你……」

衛濯邊吃著兄長餵來的東西，邊含糊地道：「那好吧，我以後不和他搶母后了，可是，我還是覺得他很討厭……」

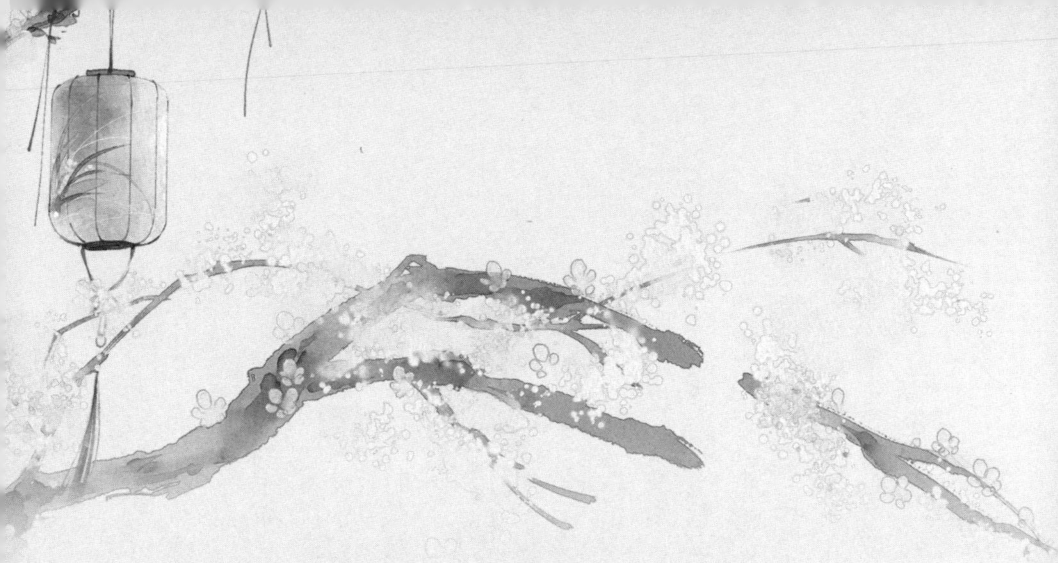

柒之章 往事如風

被二皇子覺得討厭的小長極覺得二皇子真是太有趣了，挑釁一下就氣哭。他被人欺負了都不會去告狀，而是讓大人看見，大人就會護著他了。

小長極牽著母親的手，心情很好地一蹦一跳地走出皇宮，在宮門前看到來接他們的父親。雖然前天才回到京城，和父親只相處了兩天，但他還是很喜歡這個爹。

「爹爹……」小長極撲過去，摟住衛烜的長腿。

衛烜低頭看著討債的兒子抬著和自己相似的臉朝他笑得蠢蠢的，臉皮頓時不受控制地抽了下，回想著自己小時候是不是也這麼蠢。

好像……沒有吧？

雖然很想抽回腿不理會這個討債的蠢兒子，可是見阿菀笑盈盈地看著自己，他只得違心地將討債的兒子抱起來，和阿菀一起登上瑞王府的馬車。

「怎麼如此遲？沒有累著吧？」上了馬車後，衛烜便關切地問道。

阿菀搖頭，「皇后知道我的身子，怎麼可能會讓我累著？你別多想。倒是先前在皇宮裡，長極和二皇子有些衝突，後來二皇子跑去太極殿尋皇上，也不知道會如何。」

她多少有些擔心慶豐帝登基後，性情會不會改變。

衛烜撇嘴道：「也沒如何，那小子哭著進太極殿，我當時看到了，不過因為皇上還在議事，便讓徐安將他帶到偏殿去玩，他走時倒是多看了我幾眼。」說著，忍不住瞥了兒子一眼。

阿菀抿嘴一笑，不再和他說長極長得像他什麼的。她倒是希望長極長得像自己，讓他能愛屋及烏，偏生長極長得像父親，唯有一雙眼睛像自己。

長極坐在旁邊聽著父母說話，等他們說完，馬上跳到衛烜身上，「爹爹抱……」

衛烜：「……」

見阿菀盯著自己，衛烜只得伸手將黏過來的兒子抱住，從暗格裡拿出一匣子點心塞給他啃，省得他沒事就盯著自己看。

於是，長極一路上坐在父親懷裡啃著點心回到瑞王府。

還未下車，便聽到一個悅耳的女聲驚喜地叫道：「車裡的是大嫂嗎？」

長極好奇地探頭，看到一群丫鬟婆子簇擁著的穿著香色百蝶花卉紋褙子的女子，正激動地看著馬車他覺得她長得有點像自家爹爹。

阿菀撩開車簾，見到馬車旁挽著婦人髻，卻依然像個少女一樣靦腆的女子，不由露出歡愉的笑意，「嫤妹妹，許久不見了。」

衛嫤興奮地看著她，眼眶有些紅，再看到從馬車出來的衛烜，淚水瞬間硬生生憋了回去，耷拉著腦袋，就像被欺負得可憐兮兮的小狗，更惹人憐愛了。

阿菀見狀，瞪了衛烜一眼，瞪得他莫名其妙。再看衛嫤那模樣，便知道阿菀以為是他回京這段期間欺負這個異母妹妹了，不過他根本沒放在心上，自顧自下車，將阿菀扶下來，再把撲過來的討債兒子抱住。

原本想將討債的兒子放到地上，誰知他緊摟著自己，奶聲奶氣地叫道：「爹爹抱！」

衛烜頓了下，眼角餘光發現阿菀又盯著自己，只得抬起手臂，托住小傢伙的屁股，由他坐在自己的手臂上。

小長極顯然很喜歡這個高度，頓時大笑起來。

衛嫤的注意力被這對父子的動作吸引住，頓時覺得衛烜不是那麼可怕了。在她心裡，疼孩子的男人再凶悍，也是有可取之處的，先前因為衛烜出手教訓丈夫時的那種狠勁兒讓她心裡產生的害怕淡去了許多。

「嫤妹妹怎麼來了？」阿菀高興地攜著衛嫤的手，將她上下打量，發現雖然和以前一樣體態纖細，不過精神還算是不錯。

衛嫤出閣已有兩年，卻一直沒有消息，瑞王妃為這事愁壞了，沒少去燒香拜佛，又給女兒找了很多生子祕方，可是好像都沒什麼用。周拓雖然是承陽伯的嫡次子，可是子嗣大事依然被長輩們看重。衛嫤遲遲未有消息，承陽伯夫人不免有些微詞。

阿菀原本還擔心衛嫤會抑鬱，卻不想她的精神挺好的。

衛嫤笑得很甜，「我聽說大嫂和侄兒回京，便回來看你們，沒想到你們一早進宮了。」

阿菀見她似是要回承陽伯府，不過因為她回來了，衛嫤便又跟著她轉身進了垂花門，衛烜抱著胖手吊在他脖子上的討債兒子走在後面。

他們先是去正院向瑞王妃請安，瑞王也在，並未去西郊大營。

瑞王一看到孫子，頓時雙眼放光，「長極，到祖父這兒來，祖父抱你！」

長極瞅了下祖父，又抬頭看看衛烜，在他有限的認知裡，「爹」這個稱呼比「祖父」熟悉多了，在明水城時陪他玩的朱家姊弟幾個掛在嘴裡的都是爹多，別人都是有爹有娘，他只有娘親，知道爹在京城裡不免十分期盼。等回京後見到爹了，自然要先黏著爹。

於是，他抿著小嘴搖頭，雙手又摟緊了衛烜。

瑞王看得憂傷極了，這熊兒子有什麼好？看著一臉冷淡，顯然一點也不稀罕，做父親的還不知道這熊兒子的德行嗎？小長極還能這麼黏他，一定是康儀和壽安將他教得好，絕對和他的人格魅力沒半毛錢的關係。

瑞王妃看得好笑，當作沒發現祖孫三人的較量，招呼阿菀和女兒過去坐，又讓丫鬟上茶點，顯然對女兒去而復返很是高興。雖說女兒是嫁在京裡，坐馬車來回也不過一個時辰，可到底是別人家的媳婦，回娘家也不能待得太久，免得婆家人說嘴。現下阿菀回來了，女兒多待一會兒也無事。

母女婆媳婦三人坐在一起說得高興，衛嫤讓人將一個大紅錦緞包袱拿過來，對阿菀羞澀地道：「聽說大嫂和長極要回來，我便給你們做了套衣服和荷包、汗巾等物，希望大嫂喜歡。」然後又送上給小侄子的表禮。

阿菀歡喜地接過，邊打開來邊對衛嫤嗔道：「嫤妹妹的針線我素來是相信的，不用看也知道是頂頂不錯的。只是以後莫要如此了，累著自己怎麼辦？」

衛嫤歡快地道：「不累的，我喜歡做這些東西，給大嫂和侄兒做，是我的一點心意。」

阿菀知她喜歡擺弄針線，打開來一看，那衣裳的針腳整齊細密，就像機械做出來的一般平整，衣服上繡的富貴花卉和祥雲紋栩栩如生，看著就討喜。

「嫤妹妹的手藝越發好了！」阿菀讚不絕口。

衛嫤害羞地抿嘴笑。

瑞王妃見這姑嫂二人並不因為幾年未見而有所隔閡，心裡也十分高興。等自己百年後，便也不怕女兒被人欺負。想罷，她跟著說道：「自從知道妳要回來，阿嫤便一直盼著了。妳回來也好，以後她也有個說話的人。」

阿菀笑道：「我喜歡嫤妹妹，沒能參加嫤妹妹的婚禮，覺得非常遺憾。」

婆媳三人說了會兒話，便聽下人來報，二少爺衛焯回來了。

一名十來歲的俊美少年走了進來，腳步有些急促，進來時便往廳堂裡掃視，當看到衛烜和被他抱在懷裡的孩子時，漂亮的大眼睛頓時彎成了月牙，頰邊因為笑意而露出一個小小的酒窩，顯得有些憨氣。

衛焯先向父母和兄嫂、姊姊行禮請安，然後蹦到衛烜那裡，「大哥，我回來了。長極，小叔叔抱你好不好？」

長極再次將頭搖成波浪鼓，整個人繼續吊在衛烜身上。

衛焯頓時有些失望，捏了捏小侄子的胖手，「長極，你不喜歡小叔叔嗎？」接著很快又振作起來，「對了，我有禮物送給長極。」說著，走了出去。

等他回來時，手裡拿了兩個巴掌大，用牛皮做的彩色小皮球。皮球上繫著作工精緻的金色鈴鐺，輕輕一晃，便叮叮噹噹響了起來。

「長極喜不喜歡？」

長極果然被色彩鮮豔的皮球吸引住，一隻手攀著衛烜的肩膀，一隻手伸過去搶，又朝衛焯說了聲謝謝，就理所當然地坐在衛烜懷裡搖著皮球玩。

衛焯見他喜歡，喜得整張臉都亮了。

衛烜看了蠢弟弟的模樣，撇了下嘴，將討債的兒子丟給他。

長極嘟起嘴，見父親冷眉冷眼的，便投入小叔叔懷裡，和他一起玩，將眼巴巴看過來的祖父又一次無視了。

瑞王很受傷。

傍晚，衛嫤被留了一頓飯，方告辭離開。

不過，在離開之前，有下人來報，周郡馬過來接郡主了。

聽了，衛嫤馬上拿眼睛去覷衛烜。

阿菀見狀，也忍不住看向衛烜，有些懷疑這位世子爺是不是對周拓這位妹夫做了什麼不得了的事情，才會讓衛嫤總是下意識去看他。

衛烜很淡定地坐著，低頭喝茶。

穿著朝服的周拓被人引到廳堂，斯文有禮地向諸位長輩請安，又特意拜見阿菀這位嫂子，然後給長極見面禮。

「知道大嫂和侄子回來，我便想和阿嫤過來拜見，可惜近來公務忙沒有假期，實在是愧疚。」周拓一副不好意思的模樣，忙忙解釋道：「原想今日陪阿嫤一起回來，誰知衙門臨時，現下才能過來……」

「無礙，公務要緊。」阿菀仔細打量周拓，暗暗估量著他。

周拓長得斯文清雅，外表自然比不得衛家男人出色，不過也自有其不凡的風姿，笑起來有些憨厚，顯然性子不錯。

阿菀笑著客套了幾句，便坐在一旁不說話了，由著瑞王夫妻和女婿問話。

說了會兒話，周拓婉拒了瑞王府的留膳，帶著妻子離開了。

衛焯去送他們。

送到門口，等衛嫤上了馬車後，衛焯一臉天真地看著這位姊夫，拉了拉他的袖子，小聲地問道：「姊夫，你還疼嗎？」

周拓沉重地看著小舅子，說道：「還有點疼。」

衛焯哦了一聲，然後裝模作樣地道：「我大哥就是這性子，姊夫別見怪。不過我卻喜歡得緊，至少他很有擔當，是不是？」

周拓頓時有些胃疼，覺得這個小舅子一點也不天真，反而時時在補刀。可想想自己也沒有做出什麼對不起妻子的事，當下理直氣壯地挺直腰桿，和小舅子搭了幾句話，方上了馬車和妻子回承陽伯府。

衛嫤好奇地問道：「你和焯兒說什麼呢？」

周拓覺得這是男人的事，便含糊地道：「也沒什麼，只是說了些話。」見妻子一雙盈盈如秋水的眸子柔柔地看過來，看得他心軟成一團，不由臉紅地道：「妳別擔心，沒事的。」

衛嫤想到前陣子的事，垂下頭，絞著手，悶悶地說：「對不起，我不知道大哥會這樣做，他只是擔心我……」雖然又一次被衛烜嚇得見他就怕，衛嫤仍是覺得這個大哥是天底下最好的哥哥，縱是丈夫也沒法代替。

周拓忙拉著她的手，柔聲道：「沒事沒事，我沒放在心上。」然後低聲道：「本來也是我不對，大舅哥打我是應該的……」

夫妻倆難得交心，看著對方都傻笑起來。等到了承陽伯府裡，夫妻倆已經甜甜蜜蜜了。

承陽伯府的世子周拯知道小弟今兒去瑞王府接弟媳回家，所以早早等在門口。冷眼看著扶著弟媳下車的蠢弟弟，見兩人甜蜜蜜，眉心不由跳了跳。

「大哥！」

夫妻倆看到他，忙過來行禮。

周拯淡淡地應了一聲，對衛嫤道：「弟妹，我找拓弟說些事。」

衛嫤乖巧地點頭，識趣地道：「那我先去向娘請安，你們聊。」說罷，便帶著丫鬟婆子往承陽伯府的正院行去。

周拯見弟弟憨憨地看著自己，便問道：「今天去瑞王府了？」

「對。」

「沒挨打？」

「大哥！」周拓莫名其妙地道：「我為什麼要挨打？難道你巴不得我挨打？」

周拯哼了一聲，厲聲說道：「你既然娶了郡主，便好生待她，不然我第一個不放過你。」

當年他跟在衛烜身邊，沒少見識衛烜的手段，自是知道這位主可是眼裡容不下沙子的，即使他看著對兩個異母弟妹沒什麼好臉色，卻也由不得旁人欺負。

原本他以為這個弟弟憨厚老實，娶了性子靦腆的衛嫤，只要衛烜在，便能保弟弟一世榮華安穩，誰知架不住家裡的長輩們犯蠢，還有這弟弟也跟著蠢，所以衛烜當時將弟弟拖出去打時，娘親哭得像死了兒子一樣，他也不敢去求情。

「我自是要好好待她，阿嫤很好，我愛重她都來不及。」周拓撓了撓頭，「那真是誤會，是娘自己一頭熱，我都不知道發生什麼事情就被打了。」

周拯冷笑道：「那是你自己蠢，有眼睛的都能看出娘的意思了，我還以為你會明白，卻不想你蠢到這程度。不過，也好，給你個教訓，你以後可別再犯蠢了。」

他自是知道衛嫤嫁過來兩年一直沒生養，娘才會急了些，可這事也不能一味怪在女人身上，且依衛烜的性子，就算衛嫤一輩子都生不出來，也由不得旁人欺負她。

周拓還是很鬱悶，當時他都被大舅哥打懵了，還是衛嫤來求情才沒有被打成豬頭，可是也讓他疼了好久，連他娘也被嚇住，不敢再給他們院裡隨便塞人過來，況且他原本就不想要好不好？因為從來沒往那方面想，才會遲鈍得不知道發生什麼事。

回到自己的院子，見到燈下邊做著針線邊等他的妻子，周拓覺得自己的心又活過來了，只剩下滿心的歡喜。

送走了衛嫤夫妻，阿菀和衛烜也辭別了瑞王夫妻，帶著兒子回了隨風院。

長極坐在父親懷裡，雙手抱著彩色小皮球，走動時皮球上綴著的金色鈴鐺發出叮鈴鈴的聲音，在春日夕陽西下的傍晚時分，添了幾分歡快，也讓他歡喜得一路搖晃著皮球。

衛烜冷著臉抱他，等長極將皮球遞給他時，他忍耐地道：「你自己玩就好。」

長極歪著頭瞅他，又將皮球朝他移了移，「給爹……」

「不用！」

見長極固執地要將皮球給他，衛烜忍住將之丟了的衝動，拿在手裡。

見他終於接了，長極很高興地直笑，雙手又摟住他的脖子，側頭看阿菀，咯咯地笑著，「娘，長極乖！」

阿菀忍住笑，說道：「長極好乖，都會和大家分享好東西。」

得了稱讚，小傢伙更高興了，還挺起小胸膛。

回到隨風院，阿菀讓人去打熱水來幫兒子洗漱，卻不想小傢伙揪住他爹的衣服，叫嚷著：「和爹一起！」對這新鮮的爹，他相當熱情。最主要的是，爹長得高，被他抱著，他可以看得更遠，所以更喜歡他了。

衛烜眉心跳了跳。

「好，一起。」阿菀依然很溫和。

於是，父子倆一起去洗澡，阿菀擼了袖子親自伺候他們。

看在阿菀親身上陣的分上，衛烜繼續忍耐。

坐在散發著松香的浴桶裡，衛烜騰出手扶住不安分的討債兒子，幫著阿菀給他搓洗小身子。小傢伙像跳蚤一樣，一會兒拍打水花，一會兒從浴桶這頭划到那頭，一會兒又趴在浴桶邊和阿菀奶聲奶氣地說話，時不時發出悅耳的笑聲。

「坐好，別亂動！」衛烜忍不住拍了下兒子光溜溜的小屁股。

小長極聽話地哦了一聲，只是坐了一會兒又開始來事。他盯著父親雙腿間的東西，又瞅了下自己的，伸出小胖手指著自己兩腿間的小蟲子，奶聲奶氣地說：「和長極的不一樣！」

衛烜嘲笑道：「你毛都沒長齊，自然不一樣。」說著，很是驕傲的模樣。

「長極長毛？」長極不解地歪頭看他。

衛烜臉上終於露出些許笑意，不過卻是嘲笑，正準備說些什麼打擊一下這個討債兒子，結果被阿菀怒拍他肩膀一掌。

「喂！別教壞他，他還小！」阿菀對這對父子實在很無語，難道男孩子成長階段都要經歷這種囧囧有神的事情？一個大男人和一個三歲小孩比誰的鳥大，有必要嗎？

衛烜不以為意，嘀咕道：「反正他以後長大了也會知道，現在不過是提前告訴他罷了。」然後捏著兒子軟軟的肥臉道：「小子，給老子記住，以後守好你下半身的玩意兒。若是沒守好，小心老子閹了它。」說著，將光溜溜的小傢伙拎起來，屈指彈了下那條小蟲子。

長極趕緊捂住雙腿間的玩意兒，扁著嘴看他，問道：「爹爹，守什麼？會被割掉嗎？」不由得淚眼汪汪地看著一旁的娘親，他不想割掉。

「對，割了它！」衛烜惡意地笑道：「不聽話、不孝順就割了！」

小蟲子又被彈了下，長極嚇得結結巴巴地說：「不、不割，會痛痛……」

阿菀見衛烜竟然恐嚇兒子，不由得提高了聲音，喚道：「衛烜！」

衛烜這才閉嘴，見洗得差不多了，自己從浴桶裡站起來，將洗乾淨的兒子用大巾子裹住，把他放到淨房裡的榻上，然後自己慢條斯理地穿衣服。而被放在榻上的小長極仍是覺得很委屈，裹著巾子坐在那裡抽泣，嘴裡嘟囔著「不割不割，會痛痛」。

阿菀看得又好笑又好氣，小包子露著白嫩嫩的上半身，可憐兮兮地抽泣，實在是讓人既心疼又想欺負，便對衛烜道：「是你將他鬧哭的，你負責哄好。我身上都濕了，也得去洗洗。你先帶他回房，記得幫他穿衣服。」

衛烜瞥了阿菀一眼，又看著耷拉著頭在那兒揉眼睛的小傢伙，便一言不發地過去將他用大巾子裹起來，然後抱回房。

等阿菀沐浴出來，就見那對父子已經和好，在臨窗的炕上玩得高興。一個懶洋洋地倚坐在那兒，一個在他身上蹦來蹦去，每當要掉下去時，衛烜會伸手將他接住。

阿菀看得心驚膽顫，見長極又從一個大迎枕蹦下來差點摔到炕下，她的心臟幾乎停了。

衛烜伸手穩穩地將他撈住，小長極順勢窩進他懷裡，看到阿菀，大叫道：「娘！」

阿菀拍拍胸口，埋怨道：「你們在玩什麼？這也太危險了！長極，要聽話！」

長極笑呵呵地道：「娘，長極乖，很乖，比小哥哥乖。」

他說的小哥哥便是今日進宮時遇到的二皇子。

阿菀莞爾，「你這是自賣自誇嗎？」

長極搖頭，嚷嚷道：「不自誇，長極很乖。」然後又將頭在衛烜懷裡拱來拱去，「長極聽話，好孩子，爹說的！」然後黏著他爹，奶聲奶氣地撒嬌，「爹爹，是不是，是不是……」

衛烜沒吭聲，他整個人輕鬆愜意地靠在榻上，對小傢伙的話沒什麼反應，顯然長極再賣萌，也打動不了他。

阿菀似笑非笑地看著衛烜，坐到他旁邊，被他順勢摟住。她隔著衛烜伸手輕輕掐了下兒子的臉，笑道：「你怎麼乖了？剛才不是哭得厲害嗎？」

長極鼓起腮幫子，奶聲奶氣地道：「娘壞，長極沒哭！男子漢，不哭！」

阿菀噗哧一聲笑出來，「我哪裡壞了？你明明就哭了，哭得像隻小花貓。」說著，伸手在他臉上比劃著，「哪裡是男子漢了，我怎麼看不出來？」

長極不依，氣得背過身子不理她。

阿菀笑個不停，探頭去親了親衛烜的臉，笑問道：「你怎麼將他哄停了？」

「毛都沒長齊的小鬼懂什麼？隨便哄哄就行了。」衛烜不以為然地說道，顯然不將兒子的哭鬧放在眼裡。

見他不說，阿菀也不在意，和兒子玩了會兒，見他瞇著眼睛昏昏欲睡，便讓衛烜將他抱去床上，衛烜擰眉，「他這麼大了，不能再和父母睡了，我從小到大都沒和父母睡過。」

阿菀噓他，正想說他和長極不同，從小就被太后抱進宮裡養，又想到他出生後不久，嫡親的母妃便去世，連忙把欲出口的話嚥下去，轉移了話題，「長極才三歲……」

三歲的孩子在她眼裡都是小孩子，和父母睡沒什麼。

衛烜這回卻沒順她的意，將玩累睡著的兒子抱到隔壁廂房，讓奶娘和丫鬟陪著。

阿菀嘆氣，雖然不放心，但到底沒再堅持。她知道衛烜的性格，能做到這一步已經算是很好了，若是再鬧下去，指不定會得到反效果。

等衛烜回來，阿菀已經坐在床上等他。

衛烜抱著阿菀，親了親她的嘴角，伸手進她的衣襟撫著她的背，低聲道：「累了嗎？」

阿菀搖了搖頭，摟著他的脖子回親他，彼此的氣息交融，甚是親密。

夜深之時，阿菀慵懶地伏在衛烜汗濕的懷裡，將有些冰冷的雙腳蹭著他溫暖的腿，頭靠在他的手臂上，輕聲問道：「今天我見嫤妹妹似乎很怕你，你做了什麼事？」

衛嫤那畏懼的模樣，讓阿菀不知道說什麼好。

衛烜也不瞞她，輕描淡寫地道：「周拓那小子犯渾，我揍了他一頓。」

阿菀愣了下，撫著他的胸膛，「你揍他做什麼？難道……他做了對不起嫿妹妹的事？」

「倒是沒有，但是他蠢得看不出旁人的算計，我就揍他一頓。承陽伯夫人心疼兒子，以後不敢再隨便出餿主意了。若是那婆娘還來，我就再揍她兒子。」

真是好主意！

阿菀一時無話可說。

周拓是承陽伯夫人的小兒子，捧在手心裡的寶貝疙瘩。當初瑞王有意將女兒嫁給他時，承陽伯夫人自有一番計較，覺得以後長子是要襲爵的，唯有小兒子雖然也有些主意，可架不住本性純良，對後宅之事時常犯蠢，便想著讓他娶了王府的郡主，將來便能幫襯他。

可是，衛嫿嫁過來兩年肚子都沒動靜，承陽伯夫人擔心兒子將來無子嗣送終，便折騰起來，加之衛嫿純良軟弱，很好拿捏，便想給兒子房裡塞人，怎麼樣也先懷上一個再說。

誰知碰到了衛烜這麼個不按牌理出牌的煞星，他也不找承陽伯夫人晦氣，而是直接將周拓拖出去揍了一頓，並且讓承陽伯夫人親眼目睹小兒子的慘狀，看她還敢不敢再出餿主意。

一個連自己沒有後代都不會在意的男人，會允許妹夫因為妹妹沒有生養就睡旁的女人嗎？敢有異心，直接開揍！

他才不管什麼男人三妻四妾是正理，只要不順他的心，他就讓人不順心。上輩子曾養過這對蠢萌的異母弟妹一場，看在他們聽話的分上，誰敢欺負他們，他就揍回去。

承陽伯夫人敢怒不敢言，雖然覺得衛烜太過分，可不管是先帝，還是現在的慶豐帝，都擺出要重用衛烜的姿態，縱使她進宮向皇后哭訴衛烜的惡行，皇后多半也不會理她，甚至可能會惹皇后不悅。加之承陽伯也阻止了妻子再犯蠢，又有周拯勸慰母親，這事方才作罷。

雖然覺得周拓有些可憐，但誰讓他娶了瑞王府的郡主，所以阿菀對衛烜的舉動保持了默許的態度，這就叫幫親不幫理了。

放開心後，她安安穩穩地靠在衛烜懷裡睡著了。

衛烜低頭親了親她的臉，也跟著閉上眼睛。

回到京城，休息了幾日，緩過那股疲憊勁兒後，阿菀開始帶著兒子拜訪親朋好友。她先是帶兒子回懷恩伯府拜見長輩，接著又去威遠侯府。

威遠侯老夫人年紀大了，自從太后去世後，身子也跟著不行，便將威遠侯府的大小事情交給威遠侯，不再管事，只在某些時候指點一下看重的孫子。

衛烜和阿菀帶著長極上門時，威遠侯老夫人非常激動，將長極抱在懷裡不撒手，笑著笑著，眼淚卻流了出來。

「外祖母……」衛烜吶吶地喚了一聲。

阿菀看著也有些心酸。

唯有長極不知道發生什麼事，疑惑地看著父母，又瞅瞅威遠侯老夫人，伸出小手摸她布滿了皺紋的臉，奶聲奶氣地叫道：「不哭，不哭……」

威遠侯老夫人被他逗得破涕為笑，用帕子擦乾眼淚，說道：「好，聽我們長極的話，我不哭了，應該高興才對。」說著，忍不住打量面前的外孫及外孫媳婦，甚是愉悅。

衛烜對威遠侯老夫人的失態彷彿沒有看到一般，等她情緒平穩下來，方道：「外祖母，以後我們會孝順您的，您要好好保重身子。」

威遠侯老夫人高興地笑著，連聲說好。

在威遠侯府略待了半日時間，方才告辭離去。

花了幾天時間，阿菀拜訪完了親近的親朋好友，卻不想，到了五月的時候，她收到了靖南郡王府的消息，衛珠要出閣了。

衛珠雙手擱於膝上，端端正正地坐著，微微低垂著頭，聽著上首的繼母和父親、兄長商量著她的嫁妝，心裡五味雜陳。

繼母的聲音不疾不徐，天生帶了點嬌媚，她總覺得這個女人很假，可惜父親很喜歡她，難道男人都喜歡女人裝模作樣？只是她知道有個人也是這般不疾不徐，卻無媚色，連衛烜那樣暴躁脾氣的人，也會被她安撫住，甚至將她捧在手心裡呵護著。

這麼一個神遊，便沒有聽清楚他們在說什麼，等被父親問話時，她不慌不忙地站了起來，低頭道：「全憑父親和母親作主。」

靖南郡王的臉色好了一些。

靖南郡王妃卻一臉詫異，覺得這繼女必不會這般好說話，莫不是……前天康儀長公主接她過府，和她說了什麼？

三月時，康儀長公主夫妻及瑞王世子妃回京之事，整個京城的人都知道了，並且對他們頗為羨慕。如今新帝登基第一年，孟皇后與瑞王世子妃親如姊妹，瑞王妃回來便召了她進宮說話，聽聞一待便是大半天，比任何宗室夫人進宮時待的時間都久。

瑞王世子妃在旁人看來是個有福氣的，雖然自小病弱，偏偏與衛烜那個混世魔王訂了親，成親以後，更是深得丈夫喜愛，獨寵她一人，不知比這京裡多少女人幸福。瑞王世子妃出嫁前是女憑母貴，被封了郡主，出嫁後有個聖寵不衰的丈夫，可謂這京裡獨一份。

康儀長公主不必說，是當今聖上的姑母，以慶豐帝寬厚仁慈的性格，必不會怠慢這些長輩。若是康儀長公主肯出手相幫，衛珠以後定能受用半生，不會在虞家過得太差。

靖南郡王妃忍不住瞥了眼下面坐著的繼子繼女，覺得他們都是蠢的，有這麼厲害的一個人在，竟然生生疏遠了，沒能把握機會，不然早就讓他們翻身張狂了。

待說完嫁妝之事，一旁的靖南郡王世子衛珺笑著道：「父親，妹妹就要出閣了，若無什麼要緊事情，還是讓她回去歇息。」

衛珠看了眼兄長，見兄長溫和地朝自己寬慰地笑著，心裡有幾分暖意，只是掃向旁邊的繼母，眼神又冷了一冷。

靖南郡王聽到兒子的話，便道：「既是如此，珠兒便回去歇息吧。」

衛珠應了一聲，起身向父母和兄長行禮，方退下去。

靖南郡王見她行動間比往昔沉穩許多，當下撫著下頷的鬍子，一臉欣慰。

「果然咱們家大姑娘訂了親，性子便改了。日後嫁到虞家，定不會墮了您的名聲。」靖南郡王妃湊趣說道。

這話真是搔到了靖南郡王的癢處，他滿意地看了妻子一眼。

靖南郡王妃用帕子掩著唇微笑，低頭的時候，那笑意並未達眼底，甚至有些猙獰。

這樁親事雖不是她促成的，但是慶安大長公主當年是什麼意思她會不清楚嗎？那小妮子就是個白眼狼，養不熟。這種軟硬兼施的安排，日後待她嫁過去，只會更恨莫菲這個大嫂。

不過，怨恨又如何？淞州府距離京城千里之遙，出嫁女想要回娘家可不容易，屆時她心裡再怨怪，不出現在莫菲面前也是白搭。即使娘家兄弟倆疼她，可是鞭長莫及，能幫襯得了多少？日子是好是壞，還不是要自己過出來？

想到那年自己小產流掉的孩子，靖南郡王妃心裡就恨得厲害。因那時傷了身子，太醫說她沒辦法再懷孕。沒了孩子，等丈夫百年後，她這繼母只能看衛珺和莫菲的臉色過日子。繼母和繼子女再親能親得過自己親生的孩子嗎？

所以，她巴不得莫菲和衛珠鬥得更厲害才好，暗地裡她也讓莫菲小產傷了回身子，又將禍事引到衛珠身上。可惜當年慶安大長公主橫插一槓，將她的很多安排打亂，又早早地給衛珠保媒，對莫菲這個孫女真是沒話說，死了都要將事情安排得妥當才死。

慶安大長公主是文德二十六年春天過世的，因是福壽全歸，算是喜喪。當時的喪禮辦得極是盛大，先帝還派了太子過來弔唁，給足了面子。沒想到她死之前，都要為幾個孫女安排好了才死，也算得上是厲害的人物了。可惜她算計了一輩子，原本看好的三皇子還不是一樣廢了，反而拖累了三皇子妃。

太子登基後，雖是宅心仁厚，也不過是隨便封賞了三皇子一個閒散王爺的封號罷了，連封地都沒有。禮部之人慣會揣摩聖意，也樂得裝糊塗。

慶安大長公主一脈，在文德二十四年時，鎮南侯因在沿海一帶屢屢戰敗，被先帝一怒之下奪爵，便開始沒落了。直至今日，已經淹沒於京城。再隔上個十年，怕是沒人再想得起當年的莫家了。

慶豐帝登基後，並未虧待其他兄弟。如今在京中的諸位皇子，三皇子和五皇子雖有封號，可是形同幽禁，且五皇子更慘些，先帝在時便已經不待見他，新帝登基時，更是只被封賞了個郡王，繼續被關著，聽聞現在人都病得下不了床了。慶豐帝倒是關照兄弟，日日派太醫上門探望，雖然五皇子傳聞可能活不過今冬，但依然讓內務府給他延醫問藥，從未間斷，在民間贏得了不少好名聲。

當時被先帝關起來的四皇子倒是被放出來了，不過新帝即位不久，便請旨出京去了封地，怕是這輩子都不會回京城來。而六皇子和七皇子因在慶豐帝即位時有從龍之功，倒撈了個親王的封號，如今都在宗人府裡掛了個閒職，倒也悠閒。只要他們不起旁的心思，這輩子也能如此榮養而終。

八皇子和九皇子在慶豐帝登基時仍是不死心地聯合其他勢力搗亂，雖然現在還活得好好的，卻是被派去皇陵中守陵，這輩子怕是無法出來了。

至於其他年紀小的諸皇子，皆另有封賞。

靖南郡王妃將現今所有先帝時的皇子結局想了一遍，不得不讚嘆慶豐帝的厚道，雖說有些是做給天下人看的，可是他能做到這程度，也算得上是能忍之人，怪不得最終仍是他坐上那個位置。

商議好了衛珠的嫁妝，衛珺便起身告退。

走到庭院，五月的陽光明媚，陽光明晃晃地刺得人眼睛疼痛。

他抬頭看了眼樹梢上的陽光，深深地嘆了口氣。遲疑片刻，仍是選擇回靖南郡王府的世子居所澄瑞堂。

走到澄瑞堂的花廳，便見瘦弱纖細的女子坐在美人榻上發呆，一隻手搭在抱枕上，寬大的袖子滑落，露出蒼白的手腕。丫鬟們守在旁邊，安安靜靜的，宛若木頭般沒有反應。

聽到動靜，她抬起頭來，看到衛珺走進來，目光微閃，慢吞吞地站起身來，淡然地道：「世子回來了，可要用膳或者是歇一歇？」

衛珺目光微沉，聲音同樣變得淡了些，「還不餓，我有些事，先去書房，妳若是餓了，便自己先用膳，不必等我了。」說著，看了她一眼，到嘴邊的話嚥了下去，轉身離開。

莫菲看著他的背影失神半晌，露出苦笑，有些心灰意懶。

他們是夫妻，卻大半年的說不上一句貼心話，每次見面都是客客氣氣的，相敬如賓。

她和衛珺的相處絕對不正常。

可是，衛珺心好狠，曾經的體貼溫柔，變成了現在的冷淡矜持。

她掩住臉，心裡止不住地後悔，為何當初被衛烜踹下河後，不死了算了，反而要苟延殘喘地活著。最後嫁過來，心卻無法落在這兒，活著反而覺得無比疲累。

然而，想到祖母去世前的話，她的心又硬了起來。

憑什麼她要去死？她就要活得好好的！

祖母說，她經歷的風浪太少，情愛不能當飯吃，生活中還有很多旁的事要過，要她好好活著，將來生下孩子，有了倚仗，才是她享福的時候。所以，祖母到死前都沒有後悔當時阻止了她進瑞王府給衛烜當側室，因為祖母有遠見，她看得清楚，衛烜能顯赫一時，並不能榮極一世，他必不容於新帝，甚至也不容於先帝。

先帝駕崩前的一個月，衛烜被召進宮裡侍疾。

那一個月，她常常在想祖母臨終前的話，想著衛烜會不會真的也不容於先帝，先帝駕崩之日，便是他的死期。

可惜，先帝死了，衛烜依然活得好好的。他不僅活得好好的，新帝登基後，衛烜幾次要上交兵權，都被新帝拒了，甚至新帝對他延續了先帝在時的模樣，依然信任有加，讓他掌著兵權，未有卸磨殺驢之意。

若是祖母知道如今衛烜的風光，會不會後悔呢？

衛烜……除夕家宴時，她遠遠看了一眼，那人依然俊美得如同五月的朝陽，耀眼得讓人無法移開眼睛，與周遭那些諂媚的人形成了鮮明的對比。

有些人天生便是要如此肆意張揚地過一生，衛烜便是這樣的人。

每每想到他，她依然難受得窒息。

縱使當年救她的人不是他，縱使他當時並未給過什麼承諾，一切都是她在昏迷中聽差了的自以為是，他仍是她心心念念了十來年的人。那麼長時間的精神支柱，如何放得下？

正當她撫著心口感到難受時，丫鬟進來稟報：「世子妃，大姑娘來了。」

莫菲臉色微微一變，深吸了口氣，方道：「讓她進來。」

等衛珠進來時，她已經恢復平時淡然端莊的模樣。看著走進來的小姑子，見她雖然將要出閣了，可眉梢眼角並未見喜意，反而極是冷淡，便知小姑子仍在怨怪，怨怪祖母當初硬要給她和虞家小少爺保媒，給她定下這樁親事。

淞州府距離京城太遠了，她並不想遠嫁。

因是慶安大長公主出面保媒，靖南郡王也覺得虞家家風不錯，便答應了這樁親事。

莫菲當作不知道，說道：「珠妹妹來了，請坐。」然後吩咐丫鬟上茶。

衛珠坐在那兒，看著她冷笑不已，半晌方道：「這天氣越發毒了，可是我觀大嫂卻有些畏冷，還是叫太醫過府來瞧瞧，不然落下什麼病根可不好。」她端著茶盅抿了一口，繼續隱晦地道：「說來，大哥年紀大了，我也盼著有個小侄子喊我姑姑。」

莫菲心口一堵，一股鬱氣發散不出來。

她和衛珺成親至今已有五年，自從那年小產後至今一直沒有消息，公婆對她都有意見，婆婆也成天算計著往他們這兒塞人，衛珺雖然沒有接受，對女色上也並不如何看重，可是看他的樣子，對她一直沒有消息也是難掩失望。
再君子的人，遇到子嗣之事，依然會有想法。
他們認定她小產過後，身體虛弱，不利子嗣，所以個個都起了心思。
莫菲掐著手中的帕子，好半晌才淡淡地道：「孩子之事看緣分。」
衛珠冷眼看她，止不住地冷笑，以為她不知道這女人的心思嗎？
當年她和大哥的親事是如何促成的，她可是一清二楚，而且她嫁過來之後，心裡還念著別的男人，有她這麼當妻子的嗎？特別是她念著的人還是那個煞星，也不怕對方知道了，覺得噁心，一把毒死了她。
莫菲不喜歡小姑子的眼神，那種眼神彷彿在說她是個不守婦道的女人，令她煩躁不安，她不由轉移了話題，「不知道珠妹妹今兒過來有什麼事？」
衛珠低頭喝了口茶，方道：「其實也沒什麼，我是來找大哥的，突然想起了些事情，想和他說一下我的嫁妝之事。」說著，面上終於露出了些許出嫁女該有的羞澀。
原本這事不該她一個未出閣的姑娘來操心，可是繼母那樣的人，她不敢什麼都不過問。
「他在書房，妳可自去尋他。」說著，端茶送客。
衛珠也不想在這裡多待，起身便去了書房。
將不對盤的小姑子送走，莫菲以為沒什麼事了，卻不想陪嫁的丫鬟臉色焦急地走進來，附到她耳邊道：「姑娘，世子身邊伺候的碧晴好像有了。」
莫菲縱使有了心理準備，仍是被這個消息驚得身子顫了顫，一時呆若木雞。
她和衛珺成親五年，衛珺對她一向是溫和有禮，從未和她大聲說過一句重話，極是照顧她的情緒。初時他也溫柔體貼，縱使對她沒有感情，依然守著她一個人。她以為自己是不在意的，可是現在聽到這消息，她卻悶悶地難受起來。

碧晴是先頭的靖南郡王妃去世前放到兒子身邊伺候的丫鬟，原本是擔心繼母不善待自己留下的兒女，便在幾個孩子身邊做了安排。可能是移情作用，衛珺對於碧晴禮遇有加，極為倚重，所以碧晴在澄瑞堂中有幾分臉面。

可是，碧晴竟懷上了衛珺的孩子。

衛珺如今已經二十來歲，這王公貴族家的男子到他這歲數早就當爹了，靖南郡王知道繼妻當年小產傷了身子無法再生養後，終於對前頭妻子留下的幾個孩子上了心，對長子的子嗣也極是看重。

先前因為有慶安大長公主壓制著，他不敢動什麼心思，由著兒女們折騰，後來慶安大長公主不在了，又逢京中局勢不明朗，他每日過得心驚膽顫，沒有心思理會後院之事。直到新帝登基，他方才將目光移回府裡，關心起後代之事。

長子將來是要襲爵的，子嗣可是大事，若是莫菲不能生，難道讓長子無後不成？

莫菲一時間不知所措，難受得心口發疼。

阿菀自從聽說衛珠的婚期定下後，便尋了一日帶長極回長公主府。

康儀長公主夫妻聽說女兒和外孫要回來，喜得跟什麼似的。康儀長公主提前一天讓人準備菜色，全都是女兒和外孫愛吃的，又備好給長極的玩具。羅曄也將友人的邀請及應酬都推了，一心在家裡等女兒帶外孫回來。

等瑞王府的馬車進了長公主府，長極探頭出來看到早早等在垂花門處的康儀長公主夫妻時，笑呵呵地大叫：「外祖母！外祖父！」

然後不等丫鬟抱他，就朝走過來的羅曄撲了過去。

他摟著羅曄的脖子，又親親熱熱地叫了一聲「祖父」，讓羅曄高興壞了。

長極已經曉事，知道「祖父」和「外祖父」不同，可是從他學會說話起，便對著羅曄和康儀長公主叫祖父母。縱使知道不合規矩，私底下仍是對兩人親熱地叫著，只是不給外人知道罷了。他也有自己的小心思，知道外祖父和外祖母每次聽到他喊「祖父、祖母」，便特別高興，故而也樂得這麼叫。

阿菀隨後下馬車，見父母歡喜地看著長極，心裡也高興，決定以後若是無事，便多帶長極回來探望他們。

想來有長極在，父母應該不會再想著出京遊玩了。

眾人一起去廳堂喝茶吃點心，敘話半晌後，羅曄很快便抱著長極去玩，阿菀則挽著公主娘的手坐一處說話。

「娘，珠兒的婚期定在這個月的二十，是不是匆促了些？」阿菀蹙著眉問道。

去年他們聽說衛珠與淞州府虞家訂親時，便說親事定在今年秋天，天氣不冷不熱，正適合辦喜事，誰知現在才五月，就提前出閣，莫怪人多想。

康儀長公主嘆了口氣，說道：「聽說是虞老夫人的身子不太好，老夫人想要在閉眼之前看到疼愛的孫子成親，所以虞家的人過來交涉，靖南郡王便同意將婚期提前。」她微微冷笑，繼續道：「其實內情不是這樣，而是虞老夫人和虞太太婆媳倆交鋒，虞家小少爺的親事便成了她們之間的妥協結果罷了。」

所以，這樣的理由，虞家和靖南郡王府都不太好意思公諸於眾，阿菀自然不知道。

阿菀聽得吃驚，聽公主娘這麼說來，虞家雖是詩禮傳家，在江南素有美名，可是家族人口複雜，衛珠嫁過去後，將來指不定會吃苦頭。

「所以說，這樁親事有好也有不好，以後就看珠兒自己怎麼過了。」康儀長公主很是無奈。雖然擔心，但她不是衛珠的父母，無法左右她的親事，即使想要搭把手，可惜淞州府太遠了，實在是鞭長莫及。

阿菀心有戚戚焉。

衛珠雖然移了性情，越長大越發不可愛，可是因為她出嫁得早，與靖南郡王府沒有什麼往來，和衛珠的接觸更是不多，沒什麼利益衝突，對這小姑娘還是有些憐憫之心的。

「我當年答應了阿妍能幫一把就幫一把，可惜我要食言了。」康儀長公主說得有些失落，「靖南郡王府的情況，已經容不得旁人插手，過得是好是壞，也只能看他們了。我能力所及之處，能幫就幫，就怕人家不領情。」

阿菀怕母親鬱結於心，忙轉移話題，和她聊起長極的趣事，順便說起長極的大名來。

「父王終於幫長極取好了大名，單字『淵』，有深之意，其心賽淵，父王希望長極將來成為一個心胸寬闊之人。」阿菀笑著道。

康儀長公主重複念了幾次「衛淵」，笑得直點頭。

這是瑞王的第一個孫子，又是寵愛的長子所出的孫子，不免重視了些。未見到長極之前，名字取了一堆，說文解字都翻爛了也沒找著適合的，後又有一連串的事情接踵而來，讓他一時沒給孫子定下大名。直到阿菀帶著長極回來，瑞王終於將孫子的大名定下來。

其實阿菀覺得兒子叫衛長極也不錯，畢竟這是自家駙馬爹取的，可惜瑞王是長極的祖父，大名還是別越過他比較好，便由著瑞王定了。

等羅曄抱著孫子回來後，聽說孫子的大名定下來了，先是皺眉，待長極軟軟地叫了他幾聲「祖父」，才有些失落地接受了這個事實，但依然喜歡叫「長極」這個名字。久而久之，「長極」便成了長輩們對他的暱稱。

◆　◆　◆

日子過得很快，轉眼衛珠便要出閣了。

添妝那日，阿菀和康儀長公主都過去了。

康儀長公主給衛珠添的是一副攢珠累絲孔雀金頭面，阿菀的是一副珍珠赤金頭面，母女倆有志一同給了金頭面。金子成色極好，裡面的意思不言而喻。他日衛珠在虞家，萬一有什麼事情，手頭緊張，可以絞了金子來應急。

很實在的心思，只盼著那種萬一沒有發生才好。

雖然康儀長公主已經不再怎麼管衛家兄妹幾人的事，可是該做的也會盡力。

添完妝，康儀長公主被靖南郡王妃請去廳堂說話，阿菀則是拐道去探望衛珠。

阿菀進門的時候，便見到穿著一身大紅提花錦緞對襟褙子的衛珠端坐在榻上，莫菲和幾個年輕的姑娘陪在一旁說話，只是氣氛不怎麼熱切，彷彿在應付公事。

看到阿菀出現，眾人皆吃了一驚。

衛珠驀地紅了眼眶，莫菲一臉僵硬，其餘幾個姑娘則緊張又好奇，用眼角餘光猛地打量著阿菀，對她的事聽了不少，心裡十分羨慕。

昔日她出閣時，不少人對她嫁了個聲名不好的混世魔王惋惜不已，皆道那衛烜只是仗著太后和文德帝寵愛才有今日，等寵愛不再，衛烜也就是那樣了。誰知衛烜自從去了邊境後，不僅未像世人所想的那般逃回來，反而捷報頻傳，不僅先帝對他十分重視，如今新帝登基，他依然聖寵不衰。

妻憑夫貴，如今這京城裡還有誰敢嘆息瑞王世子妃命不好，拿瑞王世子曾經的渾事說事？更不用說她嫁過去後，瑞王世子獨守一妻，不知讓多少女子羨慕不已。

莫菲僵硬地起身迎接，吩咐丫鬟上茶點，又請阿菀入坐。

衛珠忙跟著站起來，在整理衣襬的時候，還用帕子擦了擦眼角。

她沒想到阿菀會在添妝之日親自過來看自己。

阿菀待她如昔，顯得自己的心思越發不堪。

「明天是珠兒的好日子，珠兒應該高興才是。」阿菀笑著道，彷彿沒有看到異樣。

衛珠勉強笑了笑。

在阿菀輕聲細語地詢問衛珠時，莫菲偷偷打量阿菀。見她穿石榴紅緙金絲雲錦襖子、銀紅色撒花裙，烏黑的頭髮挽了一個時下流行的髻，插了支百鳥朝鳳的纏絲赤金簪子，耳朵上掛了一對赤金嵌紅寶石石榴花墜子，襯得她膚色白潔，眸如星辰，煞是好看。

那通身的氣派，瞬間將在場所有人都比下去了，而更惹眼的還是她身上那種幸福而安然的氣度，那是家庭和睦、丈夫敬愛才有的。

莫菲心裡驀然生出一股悔恨之意，就這麼恍恍惚惚地看著阿菀，然後在丫鬟進來喚人時，木木呆呆地出去。

走回澄瑞堂，看到因為懷了身孕被提為姨娘的碧晴被丫鬟扶過來請安時，胸口再次疼痛得幾乎窒息。然後她眼前一黑，便不省人事了。

衛珠看到莫菲離開時的模樣，同樣一股惡氣差點發不出來。

她是什麼意思？

再看阿菀，不由恍然大悟，止不住地冷笑連連。

只是冷笑過後，回想自己曾經的心態，又是難堪自卑，覺得自己和莫菲，誰也越不過誰，都是一樣的人，自私自利。

而這次，請讓她再自私一次。

衛珠聽著阿菀不疾不徐的聲音，整顆心變得安寧，可是心裡卻知道，自己這輩子可能是最後一次聽到她的聲音了，眼裡不禁湧上點點淚珠。

她不知道自己為何會走到這一步，與至親的人漸行漸遠，明明小時候母親還在時，大家都好好的，可是一切都在母親去世後變了，她自己也變得越來越不堪，明知道康儀長公主不喜歡自己如此，用了心思糾正，依然不願意改回來，甚至開始做一些偏激之事，成為了連自己都討厭的那種人。

阿菀見她眼角有水光，心情也有些複雜，最後只能化作嘆息。

兩人都知道，衛珠明日出嫁後，以後便難有機會回京了，不知何時方能再見，所以縱使以前有再多不好的事情，此刻也沒有人提起，轉而說一些無關緊要的話。

確實如她們所想，衛珠自出嫁後，直到三十而終，一生都未回過京城。這對於一個一生好強的人而言，是十分痛苦的事情，於衛珠更甚。

等阿菀起身要離開時，有個丫鬟慌張地跑進來，見有客人在，欲言又止。

衛珠下意識蹙眉，想問「怎麼了」，瞥見阿菀還在這裡，到底將話嚥了下去。

所謂家醜不外揚，阿菀知道衛珠不想讓自己知道靖南郡王府的醜事，便識趣地告辭。只是她雖識趣，靖南郡王府的下人嘴卻不嚴，待她回到前面的廳堂時，已經知道發生什麼事。

莫菲回到澄瑞堂時，見到衛珺的侍妾就暈倒了。

阿菀回想剛才所見莫菲的模樣，蒼白瘦弱得可怕，聽說她兩年前懷了身子不小心小產，後來便一直不好，時常有胸痛的毛病。現在看來，想來過得也不好吧。

靖南郡王府治家不嚴，阿菀讓人去打聽了下，很快將事情打聽個七七八八，一時感到無語，只覺得這一家人像是戰鬥機一般，日日在戰鬥，非鬥得你死我活不可。

回家的路上，康儀長公主和阿菀有一段路同行，便把打聽來的事情告訴母親。

康儀長公主沉默了片刻，嘆道：「當初我覺得烜兒被太后和先帝寵愛過盛，性子定然不好，便不太想應下這門親事。我覺得珺兒比烜兒好，溫柔體貼又識情趣，稍稍調教一番，將來會是個好丈夫，如今看來……」

衛珺到底是普通男人，若是她真的將女兒嫁過去，女兒身子不好不利於生養，怕也會走上莫菲如今的結果。偏偏康儀長公主眼裡揉不得沙子，寧願和離也不允許男人背叛離心。衛珺因為莫菲不能生養而抬了懷了身孕的碧晴為姨娘，康儀長公主只要想到若是她的阿菀經歷這種事情，她會恨之欲死。

她突然慶幸當初自己應了瑞王府的親事，衛烜即使性情偏執古怪了些，卻是全心全意愛護阿菀的，對女兒簡直是捧在心尖上。雖然這種愛不知為何已經偏執到了極點，連子嗣後代都可以因為阿菀的身體不好而堅決不要，卻也算不得什麼大問題。

阿菀聽到母親提這事，十分驚奇，沒想到公主娘以前竟然想過將她和衛珺湊到一起。

「娘，我那時還小吧……」阿菀有些哭笑不得，「而且我當時的身子不好，姘姨再疼我，也不可能答應的。」

「不，若是妳當時沒有和烜兒定下婚約，妳姘姨臨終前確實會提這事。」康儀長公主倒是看得清楚，也知道當母親的心情，若是她，她也會這麼做。

阿菀尷尬地張了張嘴，無法想像自己和衛珺在一起的情景。

嗯，可能是被衛烜那種神經病纏住了，習慣了他時不時犯病，阿菀沒法想像自己和衛珺那種如玉君子怎麼相處。若是到時候自己不能生養，自己的丈夫去和別的女人生孩子，她會不會氣得做出什麼事來？怕是會像公主娘一樣爭個魚死網破吧？

可能是受到了母親的話的刺激，阿菀回府時，看到牽著兒子過來接自己的男人，一時間只覺得無論看他哪裡都滿意得不行，就算他對著兒子依然橫眉冷目，仍是喜歡得緊。

阿菀笑盈盈地挽住衛烜，趁著人沒看見時大膽地親了他一下，衛烜受寵若驚。

阿菀雖然不是最注重規矩的，但是在外頭可從來不會如此輕狂大膽。

今天她去給衛珠添妝，莫不是發生了什麼好事？

「娘抱……娘親親……」

思索間，聽到討債的兒子奶聲奶氣的聲音，衛烜便見阿菀笑著彎腰將他抱了起來，不過在討債的兒子要去親阿菀時，他忙一隻手掩住兒子的眼睛，一隻手擋在阿菀的臉上，讓小傢伙的嘴親在自己的手背上。

長極以為自己親到了娘親，很滿意地被父親接過去抱著。

回到隨風院，阿菀進內室換了身衣服出來，見兒子到一旁去玩了，便坐到衛烜身邊，和他說起了今天自己在靖南郡王府的所見所聞。

……

夜深時分，衛烜坐在床上，靠著大迎枕，在黑暗中細細地撫著枕著他的大腿熟睡的阿菀烏黑如墨的長髮，默默尋思著。

自聽完阿菀說的那番話後，他便心緒難平，整晚了無睡意。

他已經很久沒有回憶前世的事情了，甚至不願意再回想起前世時知道阿菀死亡時的心情。今日再聽阿菀說起靖南郡王府的事，突然有些記憶再度湧上來。

前世的阿菀是病死的。

康儀長公主夫妻在阿菀及笄那年因暴雨而在一個雷雨夜意外而死，阿菀敬愛父母，足足守夠了雙重重孝，為此她與衛珺的親事一拖再拖，直到出了孝才成親。她的身體本就不好，經歷了父母雙亡的打擊以及守靈等等事宜，等到康儀長公主夫妻的喪禮辦完，她整個人也垮了。守孝時最是清苦，不過禮法不外乎人情，只要注意些，也不是不能養回來，偏生因為孟灃的原因，三公主那瘋女人讓人給阿菀下藥，讓阿菀的身子徹底敗壞。拖到她與衛珺成親時，已是強弩之末。

前世的阿菀是死在和衛珺成親的當晚，就死在他們的新房裡。

他常想，以阿菀的身體情況，定能再拖個幾天。死在新婚之夜，不免讓不知情的人以為衛珺剋妻。他覺得阿菀是在報復衛珺，報復他不守信用，報復他在她最困難的時候，未能守住自己的承諾。

以前他不懂，後來他聽了阿菀對婚姻的看法，方知阿菀對一生一世一雙人有多看重。或者並非看重的是那種純粹的兩心相知的感情，而是看重對方的忠誠。

阿菀只是因為兩輩子身子不好，習慣了安靜從容，給人一種隨時可以忽略的感覺，並不起眼。可是她有自己的主意，有自己的驕傲，容不得背叛。

衛珺到底迫於子嗣原因，背叛了阿菀。

不管前世今生，衛珺皆因為子嗣而做出同樣的事情來。那時不管他是被設計的，還是自願的，他都讓阿菀失望了。

康儀長公主聰明一世，卻不想她算漏了人心。

當恩情慢慢消磨完，當現實太多挫折誘惑，當壓制在頭上的權勢太大時，衛珺縱使依然愛惜阿菀，卻已經回不到當初那樣純粹的感情。

所以，他向現實屈服了。

「阿烜……」

帶著睡意的呢喃聲響起，像春風般拂過心頭，然後是枕著他雙腿的人伸手搭上他的手臂，將上半身拱了起來。

「你怎麼還沒睡？不睏嗎？」阿菀撐著身子起身，睡意朦朧，有些奇怪他怎麼還不睡。

衛烜低頭在她臉上親了親，柔聲道：「我在想些事情，待會兒再睡，妳先睡吧。」

他躺下來輕輕撫著她的腰背，這種熟悉的舉動讓她很快又睡著了。

自從生下長極後，她的元氣大傷。如今養了幾年，才稍稍有些血色，卻依然容易倦怠，白天嗜睡，夜晚也不容易醒。到了天氣稍涼時，手腳也跟著變冷。

這讓他心痛至極，恨不得代她受過，也令他堅定了以後再也不要讓她生孩子。

這樣的她讓他難受得緊，更何況前世時她死在新婚之夜時的心灰意冷。阿菀其實是個最容易心軟的人，縱使他前世那般不堪，她依然接受他，並且出於對他如弟弟般的愛護，私底下勸他收斂，免得惹著旁人，將來新帝上位時，不管是誰對他都不好。

這樣心軟的阿菀，若是連那樣不堪的自己都能接受，為何獨獨對與她相伴幾年的未婚夫如此狠心？只要她再多撐一會兒，撐過了新婚之夜，衛珺的名聲便會一直如常地保持下去，甚至在她死後，衛珺憑著皇帝的寵愛及地位，可以再娶一個於他有利的妻子。

所以，衛珺當時的行為傷透了她的心，讓她心灰意冷，不願意再撐下去了。

不過，沒關係，她死了，衛珺怎麼能好好活著，做他風光的靖南郡王世子，將來新帝登基時的功臣呢？

後來，他讓人將衛珺送下地獄了。

他怕衛珺下去後，會追著阿菀不放，當阿菀的未婚夫，因此，他讓衛珺死無全屍，死在了異地。聽說死在異地的人，若是屍首不送回故鄉，便只能做個孤魂野鬼，終身不能回到祖地，這樣他就不能再見到阿菀了。

衛珺死後，靖南郡王府世子便由衛琊繼承，可惜他脾氣毛躁，手段沒有靖南郡王妃厲害，被害得摔斷了一條腿，最後只能讓賢，世子之位落到了靖南郡王妃所出的幼子上。

衛珺、衛琊兄弟倆一個沒了一個廢了，衛珠沒了兄弟支撐，又鬥不過繼母，最後只能遠嫁他鄉。雖未知後果如何，但以靖南郡王妃的性格，定不會讓她太好過。

想到這裡，衛烜深吸了一口氣。

對她不好的人，上輩子他都報復了一遍，縱使自己死了，還有路平在。他將所有的人脈都留給了路平，路平定會遵照他的遺願，將一切的事情安排妥當。

這輩子再看這些人，於他而言，不過都是失敗者，如今更是他動動嘴便有人代替他收拾，著實不值得一提。

而更讓他高興的是，阿菀對衛珺的行為隱隱的厭惡排斥。

衛珺那樣傷她的心，這輩子，阿菀便是自己的了。

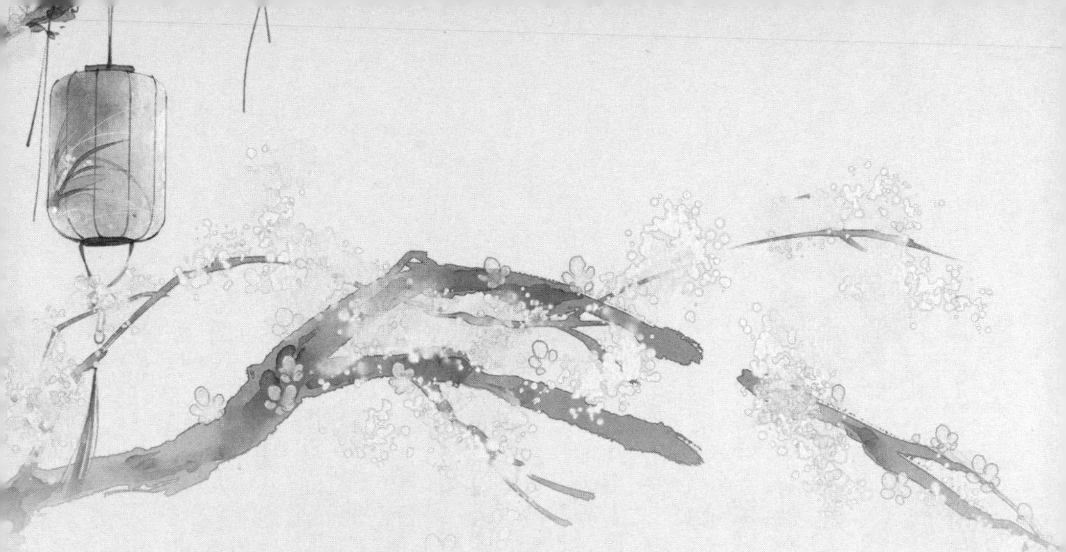

終之章　歲月靜好

衛珠出閣了，虞家人來京城迎親，過了兩日便拉著衛珠的嫁妝，帶著她南下回淞州府。阿菀沒有去送衛珠，而是帶了長極回長公主府陪她家情緒低落的公主娘。

對於衛珺兄妹三人，康儀長公主投入最多心血的是衛珠，衛珺和衛玥皆是男人，她能教導的並不多，而且男人到底比女人行事方便，只要他們有志氣，以他們的家世，何愁經營不出他們的未來。衛珠是姑娘家，有很多不得已，不比男人，行事踏錯一步，便無翻身之日。

可惜，衛珠最後與他們漸行漸遠，直到遠嫁。

康儀長公主當初並非無法為衛珠尋一門好親事，但衛珠放棄了這個機會，沒有第一時間知會她們，而是在定下親事後才送消息來，為時已晚。

衛珠的行為傷了康儀長公主的心，康儀長公主為昔日的好友惋惜。

有愛笑愛鬧騰的小長極在，康儀長公主的心情果然很快好轉，抱著外孫和女兒聊起了宮裡的事情，「近來妳常帶長極進宮，二皇子和長極還是不對盤嗎？」

康儀長公主對此事十分關心，心裡也是有想法的。

以帝后現在的和諧，康儀長公主可以預測，未來的後宮可能會打破以往的傳統，只有孟妘一個皇后。慶豐帝心胸磊落，與先帝的冷酷算計恰好相反，還是個不看重美色的皇帝，所以若是孟妘經營得好，慶豐帝只守著一個皇后也有可能。

長久下去，將來慶豐帝百年後，皇太子即位之事是妥妥的了。且二皇子與皇太子是一母同胞的兄弟，皇太子有容人雅量，將來兄弟倆會互相扶持，不會出現兄弟鬩牆之事，若是長極和二皇子交好，何愁未來沒個大好前程？

長極可以和衛烜一樣，聖眷不衰，澤被後代。

康儀長公主不管自己死後的子孫如何，她只希望看到長極活得開開心心的，沒有人能欺負。若是能與皇子們交好，於長極將來大有益處。

阿菀笑道：「前陣子還鬧著，卻不想上回進宮，長極和二皇子卻好得跟什麼似的，如今兩人都捨不得分開呢！」

康儀長公主吃了一驚，「怎麼好起來了？先前我聽說二皇子每次見到長極都要哭鬧，若不是皇后嚴厲管教，怕他要跑去向皇上告狀，說咱們長極的不是了。」

「娘，您別聽旁人胡說。二皇子年紀還小，活潑可愛，情緒來得快去得快，不會記仇。」阿菀寬慰母親，然後瞥了眼坐在母親懷裡啃包子的兒子，見他一雙烏溜溜的眼睛朝自己瞅來，心裡暗罵了聲小滑頭，面上卻笑得溫和，「長極嘴巴甜，對二皇子小哥哥長小哥哥短地叫著，叫多了，二皇子也緩過來了，以長極的哥哥自稱，很是照顧長極。」

康儀長公主不由失笑，拿帕子幫長極擦臉，柔笑道：「長極很喜歡二皇子殿下嗎？」

長極朝外祖母笑得萌萌的，「喜歡，好玩。」然後，他瞅著阿菀，又說道：「如果娘也給我生一個小哥哥就好了。」

阿菀和康儀長公主差點被口水嗆到。

晚上衛烜回來時，長極便去鬧他。

「爹爹，為什麼娘不給長極生個小哥哥？小哥哥能陪長極玩。」

衛烜聽到兒子如此天真的話，頓時黑了臉，暗忖，生了你一個討債的已經夠了，再來一個就掐死算了……不，先掐死不靠譜的郁大夫。

「蠢貨！你是我們第一個孩子，居長，哪來的小哥哥？」衛烜嘲笑兒子的智商。

幸好長極心寬，沒將父親的話放在心上，他似乎天生就點亮了如何和神經病的父親相處的技能，每天都過得歡快，和同樣呆萌的小叔叔一起，能無視父親的黑臉，自得其樂。

「那生個弟弟？」長極繼續鬧父親，「如果長極有弟弟，長極就會像爹爹對小叔叔那樣，對弟弟很好的。」

「有你一個（討債的）就夠了。」衛烜不為所動。

長極眨巴著眼睛，「那妹妹呢？」他轉了轉眼珠，問道：「生個像娘親一樣的妹妹？」

衛烜的動作頓時一滯……

像阿菀的女兒？

腦海裡浮現阿菀小時候的模樣。包子似的阿菀，病懨懨的，卻總是端著架子，看著無趣卻讓他覺得可愛得緊，每次都想要撲過去啃她的包子臉，讓她破功，對自己怒目而視。

不過，他很快又否決了。

縱使像阿菀，仍是個討債的。

兒女降世，會消耗母體的生命力，他寧可不要。

等阿菀過來催這對父子去淨房沐浴時，便見到兒子黏在衛烜身上嘀嘀咕咕的，不免有些好笑。衛烜縱使不耐煩，也由他纏著，沒有將兒子趕開。

衛烜聽到阿菀的話，便抱著討債的兒子去淨房了。

父子倆一起洗澡，免不了又說一些無厘頭的話，阿菀聽得猛翻白眼。

等他們洗漱好，阿菀便小聲地對衛烜道：「長極還小，你別亂教他，若是說出去，豈不是讓人笑話？」

衛烜用一種特別神經病的眼神回視她，冷聲道：「妳以為那個小子真的是個傻的嗎？若是傻的，二皇子也不會被他耍得團團轉了。」

阿菀無言以對。

「……他這點一定是像你！」她說完，見衛烜很心塞，有些後悔，忙又道：「其實他愛笑的樣子很像我，開朗的模樣也像我。」

衛烜默默地凝視她，一副她在說笑的神情。

好吧，阿菀敗退了。

過了幾日，阿菀收到陽城來的信，信裡的內容讓她心喜不已，當下遞了牌子進宮，帶著長極進宮去尋孟妘了。

才到鳳儀宮門口，衛濯已經一陣風般撲了過來。

「長極，我終於等到你了，你怎麼過了這麼久才進宮來？」衛濯拉著長極的手，好一通埋怨，「我知道了，你一定是發現什麼好玩的事情不叫我，真是太壞了！」

長極甜笑道：「是好玩的事情，爹爹教我習武呢，以後我會很厲害！」

衛濯聽了果然一臉羨慕，然後跑去太極殿纏皇帝了。

阿菀抿嘴一笑，見兒子輕鬆地將二皇子打發，便帶著他進鳳儀宮。

一踏進去，便見孟妘笑望著自己，似是特意在等她。

阿菀帶著長極上前請安，行了家禮。

孟妘吩咐宮女將長極愛吃的棗泥山藥糕呈上來，這才對阿菀笑道：「今兒怎麼進宮來看我了？濯兒倒是常將長極掛在嘴邊，恨不得他天天進宮，還去纏他父皇，說是讓長極日後進宮當他的伴讀。」

阿菀嚇了一跳，忍不住看向正啃著棗泥山藥糕的兒子，也不知道這小傢伙是如何得二皇子的喜歡，明明初見面時二皇子還被他氣哭過。

「濯兒的個性有些毛躁，說風就是雨，我沒答應。」孟妘也笑著睇了眼長極，心知阿菀只生了這麼個孩子，以後怕是再難有了，自不會任自己兒子胡來，將長極養在宮裡陪他，「等長極年紀大些，便進宮到觀靜齋讀書，屆時長極要和哥哥們好好相處喔！」

顯然孟妘已然清楚二兒子又去幹什麼事，見長極和父親習武，他也鬧著父皇要跟著學。長極奶聲奶氣地答道：「長極聽姨母的話。」

小傢伙笑得歡，嘴邊還掛著糕屑，孟妘拿了帕子幫他擦嘴，又得到小傢伙的道謝。

寒暄片刻，阿菀方說明來意。

「阿炘來信了。」說起孟炘，阿菀笑得眉眼彎彎的，「不知道阿炘有沒有和二表姊說，她和沈妹夫打算回京一趟，中秋之前應該會到。」

孟妘笑著點頭，「我也是今早接到陽城的信，那丫頭還是一樣藏不住話。」

兩人便一起絮叨起了陽城的事情來，直到宮人進來稟報，皇帝和二皇子過來了。

眾人忙起身去迎接，阿菀也牽著兒子跟在孟妘身後出去。

慶豐帝帶著衛濯進來，剛登基未滿一年的慶豐帝看起來依然像當太子時那般清雅，但短短半年，讓他身上多了一股不容人直視的威儀。

慶豐帝對阿菀溫煦地道：「妳們姊妹感情好，壽安表妹有空便多進宮來陪阿妘說說話，省得阿妘一個人在宮裡寂寞。」

阿菀笑著應是，「只要皇上和二表姊不嫌我煩就行了。」

聽到她的回答，慶豐帝面露微笑，很滿意她的自然不做作。

阿菀自幼與衛烜訂親，與孟家姊弟情同手足，與太子和清寧公主也見過幾次面，論血緣，還是嫡親的表姊弟，情分自然不一般。縱使她嫁了衛烜，私底下慶豐帝依然以表妹稱她，她也禮尚往來，並未一味恪守君臣之禮。

和阿菀寒暄完，慶豐帝又將長極叫過來拉著他說話。見長極雖然年紀小，但口齒清晰，配上那奶聲奶氣的聲音，讓人又愛又喜，加之二兒子在旁邊扯他的袖子，他不禁感到好笑。

「長極真乖，不如給皇伯父當兒子，這樣你便能留在宮裡，兩個哥哥都能陪你玩。」

聽到皇帝這話，鳳儀宮裡的氣氛有些微妙。

慶豐帝這話與當年文德帝對衛烜說的話何等相似，這才造成了衛烜與皇子們兄弟相稱。如今慶豐帝也做出了與其父相同的事。只是長極不若衛烜囂張，反而是個可人疼的孩子。

宮人們屏著呼吸，長極卻皺起眉頭，懵懂地道：「皇伯父，長極有爹，不想當皇伯父的兒子，也不想離開娘親，而且，大哥哥和小哥哥不是長極的哥哥嗎？」

堂兄弟也是兄弟！

慶豐帝失笑，將長極和二兒子都抱到懷裡，一邊一個讓兩個孩子分別坐在他腿上，笑道：「長極說的對，他們都是你的兄長。」

阿菀鬆了一口氣，再看過去，見孟妘神色自然，便覺自己多心了。

等慶豐帝逗完兩個孩子，方問起她們先前說什麼事情那般高興。孟妘便將孟妡和沈罄秋日之前將從西北回京一趟的事情說了。

慶豐帝若有所思地道：「多虧了振威將軍一家，陽城才未破……」

他是被小兒子拉過來的，待得不久，說了會兒話，喝了盞茶，便離開了。

慶豐帝剛走，衛濯便牽著長極的手到偏殿去玩。

在宮裡待到晌午，被孟妘留了頓飯，阿菀才帶兒子回府。

這半天時間，宮裡宮外已然將慶豐帝說的話傳了個遍，有心人便能從中窺出一二來。孟皇后自嫁入皇室，治家極嚴，如今她掌管鳳印，鳳儀宮被管得像鐵桶一般，如今卻輕易讓這種消息傳出來，怕是刻意為之。

有人不禁感嘆，「又是一個衛烜！這父子倆真是好命，也不知盛極必衰……」

阿菀沒管外面的流言，翌日又帶兒子去康平長公主府。

康平長公主夫妻出門訪友去了，不過孟灃正好休沐在家。

孟灃的長子，小名官福，像隻小鴨子一樣搖搖擺擺地跑過來，小臉紅撲撲的，過來了就拉著長極不放，「你好久沒來了，太壞了，是不是只記著進宮找胖福玩？」

胖福是二皇子衛濯的小名，因他出生時胖墩墩的，孟妘便給他取了這麼個逗趣的小名。自打他曉事以後，也懂得羞恥之心，就不允許旁人叫他小名，甚至放話誰敢叫他「胖福」，他就將人打成胖豬。官福是他嫡親的表兄弟，私下還是喜歡叫他胖福。

長極搖頭，眨著黑亮的大眼睛說：「才沒有，長極和爹爹習武，很認真的！」說完，轉頭去找娘親證明。

「姑母，是這樣嗎？」官福也看著阿菀，一臉羨慕。

阿菀笑著點頭。

許是男孩子對於學武都有種嚮往，見長極比自己年紀小，竟然就和父親習武，他便也去黏父親。孟灃原本被兩個小子逗得哈哈大笑，聽罷便一手抄一個，夾著他們去院子玩，留下阿菀和柳清彤說話。

柳清彤得知阿菀為了孟妡的事情而來，便笑道：「三妹妹一去好幾年，如今西北剛恢復太平，回來住個幾年也使得。以沈妹夫的本事，可以在京裡謀個差事。」

阿菀點頭，低聲對她道：「昨日我進宮，恰巧遇到皇上，皇上似也有這意思。」

柳清彤聽後，也低聲道：「怕也是為了二姊姊。二姊姊那般疼三妹妹，皇上也是知道的，自然捨不得讓三妹妹一直跟著沈妹夫待在西北。」

帝后感情好，於他們而言是幸事。皇上能把這事放在心上，說明他對孟妘愛重非常。雖說慶豐帝明言要為先帝守孝滿三年，可偌大的後宮哪可能只有一個皇后，怕出了孝期後，朝臣便會進言廣納宮人充實後宮。

柳清彤對這事憂心忡忡，總擔心以後進了新人，會影響到孟妘的地位。

阿菀對她的憂慮略知一二，並不說話，反正時間會證明一切。

過了半天，等孟灃帶著兩個孩子瘋玩回來，阿菀和柳清彤無奈地讓丫鬟婆子們帶兩個孩子下去梳洗，換掉汗濕的衣服，免得生病。

孟灃聽了阿菀隱晦透露的話，心裡也很高興。他家三個姊妹，兩個在京裡，就只有最疼愛的小妹妹遠在西北。雖然時常通信，仍是心疼不已。若是能回京，自然是好的。

隔天，阿菀帶著長極去了安國公府。

安國公夫人竟然親自迎了出來，對阿菀笑得很是熱情，言語殷殷地將她迎進去，對著長極誇了又誇，讓阿菀忍俊不禁。

回京幾個月，阿菀來安國公府走動的次數最少，原因便是安國公夫人實在讓人無語。

這位也是能屈能伸，當初阿菀小小年紀便攪胡了她的打算，又有衛烜那個混世魔王跑過來摻一腳，讓安國公夫人氣得胸口發疼。可是這麼多年過去，衛烜聖眷依舊，怕仍是要風光個幾十年。阿菀也妻憑夫貴，在京中可以橫著走了，哪有人敢得罪？而這安國公夫人態度也轉變得很快，一點也沒有不自然。

阿菀笑盈盈地道：「好久沒有看到大表姊了，今日突然有些想念她。聽說辰雅如今已經和您學習管家理事，一晃眼便是個大姑娘了。」

宋辰雅是孟婼的長女，當初安國公夫人對此十分不喜，只是礙於康平長公主而未敢說什麼，但暗地裡還是表現出一二。當初弄來一個娘家侄女帶在身邊親熱如母女般便是她的抗議，可惜被阿菀和衛烜給破壞了。

安國公夫人面上帶笑，一副與有榮焉的模樣，直道：「是孩子的娘教得好！」

阿菀不禁莞爾。

孟婼得了消息，帶著女兒宋辰雅匆匆迎過來。

阿菀看著跟在母親身邊的宋辰雅，她長得比較像宋硯，面容白皙，一雙丹鳳眼尤其迷人。穿著大紅織錦的褙子，頭上梳著雙丫髻，飾以珍珠頭箍，別著紅寶石珠花，亭亭玉立，給人一種明珠無瑕之感。

她笑著上前行禮，舉止落落大方，比溫柔似水的孟婼多了一分堅強。

阿菀很高興宋辰雅的性子不像孟婼，畢竟女孩子還是強勢些才好，不會被人欺負，怕這也是宋硯所樂見的，方將宋辰雅教導成如此。

孟婼見到阿菀十分高興，與婆婆辭別後，便帶著阿菀去自己的院子說話。

宋辰雅乖巧地坐在一旁幫忙照顧小表弟，邊聽著母親和阿菀說話，忍不住好奇地多瞅阿菀幾眼。阿菀來的次數不多，宋辰雅對於現在京城裡最讓人羨慕的瑞王世子妃很是好奇。

做為一個未出閣的姑娘，她很羨慕瑞王世子和世子妃之間無第三者插足的感情。她的父親雖然也無通房姨娘，只守著娘親一人，可是她總是無法看透父親的想法，不太明白父親清淡的神色下的情緒，反而是娘親一年比一年敬愛父親，讓她有時心裡會產生奇怪的想法。

她不太想成為像母親那樣的人。

不管是宮裡的皇后姨母，還是在陽城的三姨母，或者是這位表姨母，都各有各的特色，各有各的生活方式及理念，也都讓她忍不住嚮往，想像她們那樣地生活。

阿菀和孟婼閒話半天，便聽說宋硯帶著長子從明濟寺回來了。

孟婼對阿菀笑道：「今日妳大表姊夫休沐，同僚邀他去明濟寺吃素齋，他便帶著安兒一同去了，順便讓他見見世面。」

阿菀見她說起宋硯時，笑意一點一點地從眉稍眼角溢出來，整個人都煥發著別樣的光彩，一時間有些愣然。

她這幾次過來安國公府，並沒有遇見過宋硯，倒是聽衛烜說起朝中的局勢時，會說到宋硯做了什麼事，又是如何。不管怎麼說，宋硯娶的是當朝皇后的胞妹，和皇帝也算是連襟，慶豐帝並未忌憚外戚，看在孟妘的面子上，對宋硯雖未過於倚重，但該給的臉面也給了。而宋硯也是個有急智之人，如今的安國公府，在宋硯這位世子的經營下，越發顯貴了。

正尋思著，便見穿著一襲深藍色素面鍛袍的宋硯走了進來，他的面色清淡，一雙眸子深不可測，與往昔並無不同，教人一看便覺此子穩重。長子宋辰安跟隨其後，他長得比較像孟婼，性子卻像宋硯，不過才七八歲，就喜歡學大人板著臉。

「壽安表妹來了。」宋硯對阿菀微微一笑。

阿菀聽他叫自己表妹，有些啼笑皆非，看了眼甜笑的孟婼，笑著應道：「沒想到今日會在這裡見到大表姊夫，大表姊夫看著好像沒什麼改變。」

宋硯扶著迎過來的妻子入座，看起來溫柔體貼，聽到她的話，目光微閃，回道：「壽安表妹也一樣沒變。」

宋辰安上前向阿菀行禮。

阿菀將事前準備的表禮給他，笑道：「一轉眼安兒便長這般大了，看著像你父親。」

宋辰安因為阿菀的話而眼睛一亮，臉龐微紅，顯然阿菀的話讓他很開心。

阿菀心中微動，便明白宋辰安雖然性子像宋硯，但因年紀還小，火候不到，做不到像宋硯這般不動聲色，不過如此也可愛多了。男孩子一般都喜歡模仿父親的言行，宋硯對長子投入的精力極多，大多時候都是帶在身邊言傳身教，也不怪宋辰安如此了。

「姨母應該多過來坐坐，娘親時常念著您，有您在，娘親高興許多。」宋辰安說道。

阿菀抿嘴一笑，「縱使我不來，大表姊也可以去瑞王府，我定會好茶相待。」

孟婼忍不住笑道：「那好，改日我就上門叨擾，妳可不准嫌煩。」

宋辰安過去陪小表弟玩，大人們繼續坐著說話。他看了一眼旁邊的大姊姊宋辰雅，又看向像小松鼠般坐著啃糕點的小表弟，見那張漂亮的臉蛋因為吃東西鼓鼓的，極是可愛，不由笑笑，覺得小表弟的性格一點也不像瑞王世子。

到底男女有別，宋硯坐了一會兒，與阿菀寒暄幾句，便起身離開了。

阿菀看了眼他的背影，又看向神色溫柔的大表姊，在心裡感慨。

有些事情，如人飲水，冷暖自知，或許有時候無知也是一種幸福。

阿菀今日過來，只是和親戚走動說話，坐了半天，見完孟婼剛睡醒的小兒子後，便婉拒了孟婼的留膳，攜著她家長極回府。

正在書房裡練字的宋硯，很快便接到瑞王世子妃離開的消息，執筆的手一頓，一大滴墨水滴在了宣紙上。

他看著宣紙上那幅壞了的字，半晌才放下筆。

一旁伺候的小廝機靈地端了清水過來給他淨手，又去茶房沏了茶過來。

宋硯坐在臨窗的羅漢床上喝茶，陽光透過窗外的夾竹桃灑落，越發顯得滿室靜謐。

門口響起了輕悄的腳步聲。

「阿硯。」孟婼微微笑著，「快午時了，聽說你還未用膳，可要讓人傳膳？」

宋硯沒有回答她的話，反而問道：「壽安表妹回去了？」

「是呢，我原想留她吃午膳，偏她客氣，說長極午睡認床，只好先回去了。」

宋硯凝視她清麗的容顏，伸手握住她搭在自己肩頭的小手。

阿菀剛回府，便聽說榮王過來了。

新帝登基後，榮王因當初的行為，慶豐帝對他頗為信任，讓他繼續管著內務府，如今在京城也算得上是聖眷不斷。他和瑞王做為慶豐帝如今尚在京城的兩位長輩，只要他們安安分分地做好自己的事，比其他那些皇子下場好多了。

問了管家，才知道瑞王現在還在西郊大營未回來，衛烜也出門了，不知去了何處，並未和外院管事說明。榮王原本是來找衛烜的，誰知衛烜不在家，瑞王也不在家，便過去拜見瑞王妃這位皇嫂，打算在這裡等衛烜回來。

瑞王妃在花廳招待他。

阿菀進門的時候，便見到瑞王妃下首坐著一名年輕男子，他那濃密的頭髮用鑲南珠的金冠整整齊齊地束著，身上穿著紫紅色織金字紋的袍子，腰間束著一條鑲玉石腰帶，左右兩邊各垂著潔白的羊脂玉佩，更襯得他玉樹臨風，英俊不凡。

兩人正在花廳說話，不過都是那男人在說，瑞王妃笑著聆聽。

「榮叔祖……」長極對著那年輕男子脆聲叫了起來。

「哎呀，這不是我們家小長極嗎？去哪裡玩回來了？快過來給叔祖抱一下！」年輕男子一把抄起小傢伙，玩起了拋高高的遊戲。

比起幾年前的胖子，現在的榮王是個身段修長勻稱的翩翩公子，可惜一瘋起來，看起來又有些不太著調。

長極被榮王拋得高高的，在半空中咯咯笑了起來，阿菀和瑞王妃卻看得膽顫心驚，生怕榮王沒接住，將孩子摔了。

「快放下來，快放下來！」瑞王妃連聲叫道：「別驚了孩子！」

聽到瑞王妃的叫聲，榮王接住落下來的孩子，抱著他，無辜地看著瑞王妃，又朝阿菀笑道：「壽安回來啦，好久不見了，妳看起來氣色好多了。」

阿菀見兒子沒事，鬆了一口氣，這才調侃地笑道：「小舅舅每次見面都說同一句話，就不能說點別的？」

榮王聽得赧然，摸摸鼻子。沒辦法，衛烜就喜歡這套，他若說壽安如何好，衛烜便會開心，然後幫自己出主意，所以習慣使然，每回見面，他便將話帶出來了。

見他這副憨然窘迫的樣子，阿菀和瑞王妃都忍俊不禁。只覺得這人無論是胖瘦，似乎性子都沒有變過。

「剛從安國公府回來的？去看婼丫頭了？」榮王和阿菀閒聊起來。

「嗯，許久未見大表姊了，便去看看她。」

瑞王妃將長極叫到身邊，讓丫鬟端來他愛吃的糕點和剛榨好的果汁，自己掰了糕點餵他。見他乖巧地坐著，張著小嘴，等人投餵的甜軟模樣，瑞王妃整顆心都軟了。

看見長極，總會讓她以為看到了小時候的衛烜。

那時候她剛嫁過來，太后擔心她是繼母，怕她暗地裡對繼子不好，所以將衛烜抱進宮裡養，也是養到了長極這般大的年紀，才讓瑞王接了回來。那時候，衛烜也是坐在這裡，卻滿臉不耐煩地打量周圍，在她要拿點心餵他時，他脾氣極大地直接打翻了，然後跳下太師椅就跑了，一群伺候的丫鬟嬤嬤只能拎著裙子追在他身後，滿院子亂竄……

這對父子真是不一樣。

長極乖巧可愛，衛烜卻被寵得無法無天，甚至沒有是非觀念，只知任性行事，不顧後果，實在讓人無法喜歡，甚至擔心起將來他這種性子會發生什麼事情。

這一切的改變，源起於衛烜六歲的那場大病。

她曾經擔心的事情，因為衛烜的改變皆沒有發生，而最難過的那個關卡，在文德帝駕崩後，衛烜也算是邁過去了，終於讓她鬆了一口氣。

她隱約感覺到衛烜身上發生了什麼事，甚至隱隱猜出了一點，卻未敢太過探究，甚至在觀望過後發現衛烜的改變帶來的益處，更沒深究的必要了。

先帝對衛烜的寵愛背後所隱藏的目的及安排，她也是在衛烜進宮侍疾那段日子，才猜出一二。當將所有的事情推測明白時，她並不是不驚駭。

衛烜五月下旬從明水城趕回來，日夜兼程，累死了幾匹馬，然後未回王府，直接進宮。直到文德帝駕崩後的半個月，他才從宮裡出來。

文德帝駕崩前的那一個月，衛烜硬是越過所有皇子，被文德帝欽點在宮中侍疾。瑞王妃雖說可以進宮，但她一個內宅婦人，在宮裡活動的地方不過是後宮，自然見不著皇帝和衛烜，加之太后身子不好，她和皇后兩人在太后身邊侍疾，更沒機會見到面。

後來，她察覺到太后宮裡的異常，不經意打探，將一點一滴的事情仔細拚湊琢磨清楚後，終於大起膽子給在太極殿侍疾的衛烜遞了話。

瑞王妃第一次自作主張傳話給繼子，原以為衛烜會置之不理，不料衛烜讓一個內侍給她帶了話，要她照顧好太后和王爺，其他都不用管。

瑞王妃從這話裡察覺到了什麼，之後的事情，雖然她不在場，可是時常往返王府和後宮之間，哪裡沒有感覺到宮裡那股緊張的氣氛。

隨著文德帝病重，宮裡宮外和朝堂上每個人都有自己的打算，卻彼此心照不宣，衛烜則是被文德帝推到風口浪尖上的靶子，稍微不小心，就會死無葬身之地。她幾乎以為文德帝一去，衛烜也難逃暴斃的命運。

這便是文德帝在這種情況下宣衛烜回京侍疾的原因之一。

他將衛烜推出來當靶子，由此來觀察那些皇子。

可惜衛烜並不願意順著他安排的路走，而且他動手了。

瑞王妃深吸一口氣，如果衛烜不出手，以文德帝的身體情況來看，他可以再活多一年，但是衛烜提前下手，所以文德帝死了。

臨死之前，不知道文德帝有沒有後悔自己一手扶持培養的孩子反噬。或者，他有沒有後悔將曾經珍藏在心中的女子所生的孩子養成了這般模樣，甚至死了都要擔心衛烜的存在對新帝造成的威脅。

瑞王妃仍記得文德帝駕崩前的那日，瑞王跌跌撞撞闖進她的房裡，臉變得慘白，不復以往的英武。這個曾經馳騁沙場的男人，面對朝臣時肆意張揚的男人，此時卻是如此痛苦。

「王爺……」她當時被他的模樣驚住。

只是她才開口，他便抓住了她的手，並且捏得緊緊的，讓她感覺到了疼痛。

她聽到他急促地問：「常演是誰的人？妳是不是讓常演給烜兒遞了話？」

常演便是她在仁壽宮侍疾時，衛烜讓他給自己傳話的內侍。一個看起來很不起眼的人，文德二十三年時，才被調到太極殿當差，原來是衛烜的人。沒有人知道常演是衛烜埋在太極殿中的釘子，她也是隱約猜測出來的。

瑞王妃遲疑地點頭。

接著，她看到瑞王的神色添了幾分驚恐，彷彿渾身被抽光了力氣，無力地癱坐在了榻上，整個人瞬間老了幾歲似的。

直到文德帝駕崩的消息傳來，瑞王妃才明白瑞王的失態為何。

他應該也知道了衛烜所做的事情。

一邊是敬重的皇帝兄長，給他榮華富貴；一邊是寵愛的兒子，從小捧在心尖上。

當兩者的存在相沖時，他必須做出選擇。

後來他什麼都沒說，直到新帝登基，他收斂了脾氣，在宗室間周旋，盡心盡力地扶持著新帝，和衛烜又恢復了以往的相處模式。

瑞王妃再次意識到他有多寵愛衛烜，甚至能為這個兒子做到這一步。

「祖母……」

聽到孫子軟軟的叫喚聲，瑞王妃回過神，只見小長極歪著頭看自己，一張小臉與衛烜小時候像極了，時光突然像倒流一般。可是當聽到旁邊阿菀和榮王說話的聲音，她很快又振作起來，對小長極露出溫和的笑容。

那邊阿菀和榮王說著，很快便說到了榮王妃。

「小舅舅娶了小舅母，有個人幫忙打理後院，小舅舅看起來變了好多，精神就是不一樣。聽說下個月初十是小舅母的生辰，府裡準備得怎麼樣了？」阿菀問道。

說起妻子，榮王眼睛便笑成了月牙，「今年是她二十歲生辰，逢十自然是要大辦的。妳的小舅母很喜歡妳，屆時妳可要過來陪她，不准找藉口不來。」

阿菀笑道：「那是自然。承蒙小舅母不棄，我必要去你們那兒討杯茶喝。」

榮王先是高興了下，又嘆了口氣，「還是妳好，妳小舅母嫁來京城，離家鄉太遠，不太能習慣京城的氣候和習慣。若非為了我，當初她也不會嫁過來了……」

聽著他的感慨和不自信，阿菀和瑞王妃對視一眼，覺得榮王這是要栽在榮王妃手裡了。幸好榮王做為慶豐帝最小的皇叔，上頭沒有長輩可以管他後院的事，隨便他如何折騰，也沒人會給他找不自在。他給自家王妃伏低做小，更不會有人看不過去說他。

對於那位榮王妃，阿菀第一眼便看呆了。

榮王當初發下豪語，說要娶個仙女當王妃，這話實在不假。榮王妃只是坐在那兒，就美得如夢似幻，讓人驚豔不已。阿菀不知道仙女長什麼模樣，但榮王妃卻是她兩輩子所見過的最美的女子，美得有種驚心動魄之感。

當然，等了解了榮王妃的事，阿菀便知道所謂的仙女滯留人間，是要付出代價的。

榮王妃天生有口疾之症，生下來便不能說話。

也因這口疾之症，一直未能說親。

榮王妃出身江南名門世家文家，文家的家族中有長輩在朝為官，單就進士便有十來個，在江南一帶頗有名望。她是文家三房所出的嫡女，也是三房最小的女兒，是文三老爺中年時所得，不免偏愛了些，誰知卻有口疾。

文三老爺夫妻憐惜女兒，也知道這世道女子活著不易，況且是有口疾的女子，怕也嫁不到什麼好人家，便一直未給她說親，打算將她留在家裡養她到老，甚至打算在兩老百年之後，讓家中的孫子給女兒養老，直到她壽終正寢。

榮王妃這一留，便被留到了十八歲，然後被遊歷到江南的榮王一見鍾情，再見傾心，三見便強娶了。

文三老爺夫妻幾乎愁白了頭髮。

他們知道女兒的美貌世所罕見，所以一直小心翼翼保護著她，加之女兒因為口疾，並不出門走動，未給他們帶來什麼麻煩，在深閨裡養到十五歲，無人知道他們文家三房除了有三個兒子外，還有一個未出閣的女兒。文家其他幾房也知曉三房的情況，不管有意或是無意，也沒有多嘴地說出去，將她保護得極好。

卻不想，這種保護在榮王妃十五歲時被打破了，得知文家有一個美若天仙的女兒，有男子無意間見之驚為天人，便遣了媒人來求娶。可惜得知對方有口疾後，便打了退堂鼓，甚至有些品行惡劣的，以他們女兒有缺陷為由，竟然要納之為妾，還一副便宜了他們的模樣。

文三老爺當時氣得渾身發抖，讓人將那前來提親的媒人打了出去，並且放話說他們文家的女兒只為妻不為妾，否則寧願長伴青燈。

他寧願養女兒到老，也不讓人給糟蹋了。

雖說文三老爺此舉讓文家一些人頗有微詞，但是因文三老爺固執，最後只能作罷。而這三年來，陸陸續續有人看中他女兒的美貌上門求娶，文三老爺都很堅持地拒絕，其中不乏有真心誠意想聘之為妻的，文三老爺考核過後，仍是婉拒。

這一留，便把女兒留到了十八歲。

直到榮王慕名而來，然後一見鍾情。

連尋常的男子多是覬覦女兒的美貌只想納她為妾，何況是天家的王爺？

所以，榮王前來求娶時，文家人皆以為榮王和那些男人一樣，想要迎他們女兒回王府當侍妾。親王妃之位尊貴無比，哪能讓一個口不能言的女人來坐？

故而，文三老爺毫不留情地拒絕了。

最後榮王能娶到王妃，也是回京搬了救兵才娶到的。這個救兵便是太后和皇后，而且其中還經歷了一番波折。

這事情阿菀也是回京才聽人說起，很多人將之當成茶餘飯後的談資，許多男人和女人對這事情也各有不同的看法。男人覺得榮王這是愛美人不愛江山，為了娶榮王妃鬧騰得厲害，連文德帝都沒轍。女人則覺得榮王情深意重，不介意榮王妃天生殘疾，雖說是心悅其美貌，卻仍是將之娶進門，並且十分愛重，不知多少人羨慕不已。

阿菀當初聽到也頗感好笑，想不到榮王真的娶了個美若天仙的女子回來，當時心裡對榮王還有些意見，以為他是看中了人家文姑娘的美貌，加之文德帝能同意，其實也有一番作態。阿菀雖未知其緣故，可看衛烜的神色，便知榮王娶榮王妃的內情不簡單。

後來看到榮王與榮王妃的相處，阿菀方知道，或許美貌是其一，但若是那個人不好，男人的新鮮感過後也會淡去。能讓男人情意不變的，還是那個人。

聽他絮絮叨叨說著他王妃為了他如何委屈，如何將就，阿菀和瑞王妃初時還能耐著性子聽，聽到最後，饒是兩人再淡定，也忍不住在心裡翻白眼。

榮王妃一點也不委屈！

相反的，那個姑娘活得有滋有味。

她因為口疾，看慣了人情冷暖，又有家人的保護寵愛，並未一味自卑，反而極能體諒人，豁達而不失良善，縱使嫁到陌生的地方，可是有榮王一心一意的寵愛，加上身分又尊貴，在皇室中輩分也大，還真是沒有誰能給她臉色瞧。

榮王總在嘴邊嘮叨他王妃有多委屈，阿菀和瑞王妃聽了只是一笑置之。

正說著，衛烜回來了。

長極立刻像顆跳豆一樣跳下錦杌，朝走進來的衛烜撲了過去，摟住他的一條長腿，抬頭朝他萌萌地笑著，「爹爹回來了！」

衛烜淡淡地應了一聲，摸摸他的頭，抬腳繼續走。長極就這麼抱住父親的腳，由他拖著走，臉上的笑容不斷，顯然很喜歡這個遊戲。

見衛烜神色如常地拖著小包袱進來，阿菀有些無奈。看在旁人眼裡，這也許是衛烜疼愛兒子的表現，但阿菀如何不知道他只是懶得理會不會看人臉色的長極，覺得這個討債的兒子黏人黏得煩，不想理他，想讓他知難而退。

榮王起身迎了過來，勾著他的肩膀道：「阿烜，這次又要麻煩你了！來來來，咱們去你的書房說說話……」

衛烜皺著眉，拉下他的手，嫌棄地道：「有話就說，別拉拉扯扯的。」

「我不拉拉扯扯，你根本不會聽我說話。」榮王理直氣壯地說。

衛烜向瑞王妃行禮，將兒子拉開扔到錦杌上，隨意地道：「有你這麼當叔叔的嗎？」

榮王笑嘻嘻地道：「咱倆一起長大，不用這般計較，況且你也從沒將我當叔叔看。」

兩人最後還是去了衛烜的書房說事，長極則抱著他爹的腿蹭了過去。

等晚膳時，阿菀趁衛烜去淨房換衣服，將乖乖坐在餐桌前的兒子拉到面前，問道：「長極，你榮叔祖又想幹些什麼事了？」

長極歪著頭用力地想了想，然後湊到他娘的耳邊道：「榮叔祖想要爹手裡那盆血玉石的盆景，說是要拆了那血玉石給叔祖母做一面血玉石珠簾當生辰禮物，順便讓爹爹的莊子送幾隻調教好的白鵝給他，說要給叔祖母打發時間。」

阿菀恍然大悟，怪不得榮王巴巴地過來討。這血玉石的產量不多，當年都讓瑞王承包了。除了當作聘禮送到長公主府的那些，衛烜那裡也有一些。榮王應該是沒辦法湊夠，就打上了衛烜收藏的那些血玉石的主意。

「不過，爹說，就是給我打彈珠玩，也不給他！」長極得意地說。

看兒子那小樣兒，阿菀不知說什麼好，不由拍拍他的頭，就讓他誤解去吧。

晚上歇息時，阿菀便和衛烜說起了榮王今日的來意，奇怪地道：「那血玉石你不是有很多，怎麼不送一些給他？」

衛烜哼了一聲，背過身道：「給他做什麼？他欠我那麼多東西，我不樂意給他！」

「而且，他最後拿走了我一個三尺高的紅珊瑚盆景，那些紅珊瑚足夠他做珠簾了。」

阿菀哭笑不得。

好吧，阿菀無話可說了。

過了幾日，衛濯出宮來找長極玩。

長極正在院子裡蹲馬步，看到衛濯過來，雙腿再也支撐不住，一屁股坐到了地上。

衛濯嘲笑道：「長極，這就是你說的烜叔教你習武？」

長極被丫鬟扶起來擦汗，雙臉紅撲撲的，嘴裡卻道：「胖福哥哥，你怎麼來了？」

衛濯的笑臉僵住，然後是他的咆哮聲：「都說了不准叫本殿下胖福！」

阿菀聽說二皇子來了，吃了一驚。

二皇子年紀還小，不得輕易出宮，這會兒卻來到了王府，也不知是他自己偷跑出來的，還是得了皇后允許。若是偷跑出來的，以二皇子現在的年紀，能瞞得過人，以後可不得了。若是得了皇后的允許，也不知道他過來做什麼。

阿菀忙迎了出去。

才到院子前，便聽到了稚嫩中帶著憤怒的大吼聲。

阿菀挑眉，嘆了口氣，也不知道二皇子又怎麼得罪她家長極了，長極才會去挑釁他。長極年紀雖小，卻擅長扮豬吃老虎，二皇子性子急，總被撩撥得跳腳，幸好二皇子被孟妘教導得極好，脾氣來得快也去得快，倒是有些像孟灃那麼豪爽，外甥肖舅也不是沒有道理。

等到了近前，便見兩個孩子一個站在院子裡，一個站在臺階上，一個滿臉怒火，一個滿臉無辜，形成鮮明的對比。

偏偏此時她家那個熊孩子還無辜地道：「為什麼不叫胖福哥哥？官福哥哥總是這麼叫。」

衛濯的怒氣果然被轉移，他握著小拳頭，憤憤地道：「好你個官福，下次再見，我要將他揍成胖豬！」

「打架不好，皇后姨母說不可以。」長極適時地插嘴。

衛濯僵硬了下，然後有些不甘願地嘛著嘴道：「那我以後再收拾他……」

阿菀咳嗽了一聲。

長極和衛濯轉頭看去，見阿菀笑盈盈地看著他們。

「壽安姨母！」衛濯很高興地跑過去，伸出白胖的小手拉著阿菀的袖子晃了晃，「我來找長極玩。母后說了，只要宮門下鑰前回去就可以了，您不要趕我好不好？」

誰敢趕當朝的二皇子殿下？這種話應該是孟妘叮囑的了。

阿菀看向跟著二皇子過來的那群宮人，見伺候二皇子的奶嬤嬤和內侍都朝她點頭，方抿嘴笑道：「既然如此，濯兒便留著吧。長極自己一個人在家，有你陪他玩也好。」

衛濯一聽，只覺得渾身都來了勁兒，馬上挺起胸膛，拍著胸口道：「放心吧，我是長極的哥哥，我會照顧他的。」

阿菀摸摸他的頭，見他虎頭虎腦的，心裡愛極，便一手牽著一個，帶他們回房。

回到屋裡，阿菀讓丫鬟幫長極換下沾了汗的衣服，又吩咐人上茶點。

點心擺了一桌，還有羊奶子和甜瓜汁。

衛濯正好口渴，捧著甜瓜汁慢慢喝著。

等長極換了衣服出來，他馬上拉著長極開始嘰嘰喳喳地說話，詢問他是怎麼和父親習武的，難道就像剛才那樣蹲在那裡？可是姿勢好不雅……

「這叫紮馬步。」長極覺得二皇子這個小哥哥真是傻得冒氣了，怕他頭髮短見識也短，不知道自己爹爹的厲害，不免要為衛烜正名，將衛烜教他習武前的一番話複述了一遍，聽得衛濯暈頭轉向。

阿菀覺得好笑，兒子能記得那麼多，實在難為他了。

衛濯皺著臉說：「怎麼烜叔說的和武師傅說的不一樣？」

「怎麼不一樣？」長極眨巴著眼睛看他。

於是，衛濯便將武師傅當初教他的話說了一遍。

雖說他羨慕長極能和衛烜習武，便去纏皇帝，讓皇帝也答應派個侍衛做武師傅教他，可他年紀還小，又活潑好動，哪能穩下心來打基礎？沒辦法，武師傅只能由著他的興趣學，可不就學了東一榔頭西一棒子的，根本就不算是事兒。

阿菀明白宮裡人的心態，自然不點破，見自家兒子一臉不解，暗暗好笑。等兩個小傢伙吃了點心，阿菀便帶兩人去正院向瑞王妃請安。

衛濯過來時直接闖到隨風院，並未去瑞王妃那兒。

瑞王妃見兩個孩子過來，非常高興，笑呵呵地吩咐廚房做些小孩子喜歡的新式點心，拉著兩個孩子說了很久的話，直到衛濯不耐煩了，拉著長極跑出去玩，她也不在意，和阿菀一起跟著出去。

午膳過後，兩個孩子仰躺在涼蓆上睡著了。

阿菀拿著扇子幫他們扇涼，不一會兒聽到腳步聲，她轉頭朝走進來的衛烜豎了根手指噓了聲，又指指睡著的兩個孩子。

衛烜看到床上兩個睡得昏天暗地的小傢伙，眉頭擰起，問道：「他們吵妳了？」

阿菀笑道：「沒有，他們很乖。」

衛烜根本不信，覺得孩子都是來討債的，兩個討債的加起來鬧騰，能將天都掀了。

「行了，這裡交給下人就好，妳也回去歇個午覺。」衛烜不容分說，將阿菀拉起來，把她手中的扇子交給一旁伺候的丫鬟，然後拉著阿菀回房。

等躺到床上，阿菀見他坐在旁邊給自己打扇，不由有些好笑，說道：「難得你今天不忙，要不要也一起歇會兒？」

衛烜低頭親了親她的嘴角，「嗯，等妳睡著了我就歇。」

阿菀看他片刻，知道他是怕他跟著睡著，沒人給她打扇會讓她熱醒。

「我讓人送個冰盆進來，只一點沒關係的。」阿菀柔聲道：「你也歇一歇。」

衛烜見她如此，遂不再堅持。

等丫鬟將冰盆送進來，阿菀便靠在他懷裡，安心地入睡。

午覺醒來，就聽說孟灃帶著他家兒子上門來了。

官福活潑地跑了進來，對著正在讓宮女伺候穿衣服的衛濯和長極叫道：「胖福，你太壞了，出宮來都不告訴我，還自己來找長極玩，再這樣下去，咱們就要友盡啦！」

衛濯雙眼圓瞪，抄起宮女捧著的衣服就丟到官福臉上，「你再叫胖福，就友盡了！」

「胖福別這樣，名字只是個代號……」官福笑呵呵地說。

衛濯氣得過去掐他。

表兄弟兩個掐來掐去，滿室亂竄，長極蹲在一旁捧著臉看他們。

阿菀無奈地搖頭，親自過去分開兩個掐在一起的小傢伙，又親自幫二皇子穿衣服。

衛濯原本還瞪著官福，等見到蹲在自己面前的女人柔靜的笑臉，她身上隱隱約約的香息撲鼻而來，清而不冽，香而不媚，不知怎麼地，突然就臉紅了。

鬼使神差地，衛濯伸手摟住她，認真地道：「我喜歡姨母，姨母和我回宮好不好？」

「不好！」長極跳出來，緊張地道：「這是我娘親，胖福哥哥太壞了，你自己也有娘親，怎麼能搶我的娘親？」最後已經是指控了。

衛濯有些臉紅，爭辯道：「你懂什麼？我又不是搶你娘親，只是覺得姨母很好……」

怎麼樣個好法，卻又說不明白。

長極扁著嘴，自己緊緊地摟住娘親的一條手臂，委屈地瞪著衛濯，覺得這個小哥哥實在是太壞了，以後都要叫他「胖福」。

阿菀笑了笑，沒將二皇子的童言童語放在心上，幫他穿好衣服，又拍拍兒子的頭，讓人給他們上了下午茶點。

吃完茶點，三個孩子已經和好，瘋玩在一起了。

到了傍晚，幾個孩子依依不捨地分手，一個回宮，一個回長公主府。

送走兩個小哥哥，長極歡快地跑去書房找他爹。

接下來的日子，衛濯都會磨著皇后讓他出宮來找長極玩，有時候是皇太子帶他過來，有時候是內侍帶過來，有時候是衛烜帶過來，不過活動範圍只限在瑞王府。

很快到了榮王妃的生辰。

榮王妃的生辰沒有大辦，榮王只請了一些玩得好的朋友過來慶生，女眷中來的也是一些關係比較親近的，生怕自己王妃吃虧似的，榮王將其他人都拒絕了。很多想要奉承榮王的人沒有辦法，又不好貿然過來，只能早早打發人送來賀禮。

榮王妃在榮王府的花廳裡招待過來為她祝壽的女眷。

來的人不多，只有二十來個，阿菀和柳清彤便在其中。

榮王妃口不能言，但她只要坐在那裡微笑，便是一幅讓人屏息的畫，光是看她就滿足了，根本不用她怎麼招待。

榮王擔心他的王妃因口疾吃虧，怕有誰給她不痛快，頻頻打發婆子過來探望。那婆子被指使得團團轉，暗地裡猛擦汗，卻只能苦逼地去轉播現場的情況。

阿菀想起先前榮王使人過來拜託她照顧他王妃，不由啞然失笑。

榮王妃性子恬靜，喜歡孩子，阿菀帶了長極過來，官福和二皇子也來了，另有幾個勳貴府的孩子，讓她十分高興，要廚房做了很多小孩子愛吃的糕點和甜食招待。

以二皇子為首，一群孩子在花園裡瘋跑。

不一會兒，衛濯便帶著人跑進來，看到微笑地凝望過來的榮王妃時，小傢伙的臉紅了，當下羞澀地過來請安。

榮王妃笑著幫他擦汗，又拿了個果子給他。

衛濯眨也不眨地看著榮王妃片刻，才和長極他們出去玩。

出了門，衛濯跳到欄杆上，居高臨下地看著一群小弟，握緊拳頭道：「我以後也要娶個像叔祖母那樣的仙女做妻子，一輩子只對她一個人好！」

其他的孩子聽了，哦哦哦地起鬨，也不知道是在笑他，還是在噓他。

年紀最小的長極懵懂地看著他，插嘴道：「那胖福哥哥你以後可不能再和宮女們拉拉扯扯了，也不能讓宮女陪你睡覺覺，不然你的妻子會生氣的。」

衛濯瞪大眼睛，反駁道：「誰說的？」

長極甜甜地道：「我爹說的！」想起他爹說若是他的小蟲子被別的女人碰了就要割了它的話，他莫名覺得這種話不能在人前說，決定私底下跟二皇子說。

他們都這麼好了，自然是有福同享，有難同當。

衛濯頓時糾結了。

他天不怕地不怕，就怕兩個人，一個是母后，一個是烜叔。

只要母后板著臉，他便不敢任性。而比起母后，對於烜叔，他總覺得他好厲害好可怕的樣子，只要烜叔掃一眼過來，他就不敢放肆了。幸好長極不像烜叔，是個可愛的弟弟。

於是，衛濯心塞了。

而更讓他心塞的是，長極私底下說的話，以致於後來讓他每次見到衛烜，都會下意識地蛋疼，對漂亮的宮女也不敢多瞄幾眼，就怕小蟲子不保。

不過，衛濯很快又開心了。

因為到了秋天，母后告訴他，他有個小姨母要從西北回來，還帶了個小表弟。

當看到比長極年紀小一些的蠢乎乎的小表弟時，衛濯興奮不已。

又有小表弟可以玩了。

長極也很高興。

因為終於來了個年紀比他小的弟弟了，而且這個小表弟看起來比胖福還笨，跌倒了也不哭，還會朝人傻笑，只要給他吃的他就開心了。

小表弟有個很喜樂的小名，叫做包福。

就在長極拉著他娘親的手好奇地打量小表弟時，他發現自己被人擠到了一旁，一個穿著大紅色織金褙子的女人將他擠開，撲過去緊緊抱住了他娘親。

長極扁起嘴，等發現那個小表弟傻傻地站著，也被他娘親拋棄時，他心平氣和了。

「阿菀、阿菀、阿菀……」

孟妡摟著阿菀又笑又跳。

衛烜和沈罄一起皺眉，到底沒有上前分開她們。

孟妡摟了很久才放開，眼裡滿滿的都是重逢的喜悅。

阿菀也很開心。

激動過後，眾人才坐下來說話。

孟妡將已經自動跑去抓著父親袍子的兒子叫過來，夾著他的腋下將他舉到阿菀面前，眉眼彎彎地說：「阿菀，這是我兒子，妳是第一次見他呢！」

阿菀笑著摸摸看著她的孩子的頭，也將長極叫過來給好姊妹看。

看到長極，孟妡一把將她兒子往阿菀懷裡塞，自己將長極抱過去。

沈罄的眉心跳了跳，忍不住看了衛烜一眼。

衛烜正看著靠在阿菀胸口的小屁孩，眉頭也擰得緊。

阿菀抱著包福，看向嘰嘰喳喳說個不停的孟妡，雙眼蘊著笑意。

等衛烜和沈罄去了書房說事，阿菀便讓長極帶著小表弟到遊戲房玩，方和孟妡說起體己話。姊妹倆許久未見，有說不完的話，不過都是孟妡在說，阿菀在聽。

孟妡的話題跳躍很快，前一刻還在說育兒經，後一刻就跳到了朝堂上，轉眼又跳到了勳貴後院，或者是在西北的趣事。

「……妳知道嗎？蔡家的旁支流放之地距離陽城很近，我有一回出城，還無意中救了一個生病的蔡家人，看著真是可憐，不過他們享受了嫡支的庇護，自然也要承受嫡支附帶的後果。我不可憐他們，只是覺得早知今日，何必當初。」

孟妡有些唏噓。

當初九皇子和蔡家所做的事情，等到新帝登基後，便開始被清算。九皇子被派去守皇陵，終生不得出來，而蔡家的嫡支被滿門抄斬，旁支被流放苦寒之地。

感慨了一會兒，孟妡很快又轉移話題。

兩人一直聊到天黑，直到衛烜黑著臉來趕人，孟妡才嘟囔著小氣鬼，在瑞王府蹭了頓飯，方滿足地和丈夫兒子歸家，並且明言這幾天都會過來尋阿菀說話。

阿菀笑著應允，衛烜再次黑了臉。

送走孟炘一家三口，阿菀朝衛烜笑笑，挽著他的手，依偎在他身邊。

秋風乍起，夜風有些涼意。

衛烜將她抱住，摸了下她涼涼的臉，沉著臉帶她回房。

阿菀一直笑盈盈的，還忍不住踮起腳親了他一下，說道：「阿炘回來了，真好。」

衛烜沒應聲。

「不過，有你在，更好。」她繼續說道。

這煽情的話，讓他耳朵染上了紅暈。他抿著嘴，淡淡地應了一聲。

阿菀忍住笑，很想對他說，長極害羞時也是這樣，抿著嘴，故作不在意。只是，若她這樣說，他多半又要心塞了。

兩人回房，見到坐在臨窗炕上玩機關老虎的小長極。小長極轉頭看過來，朝他們露出了大大的笑容，然後跳下炕，撲了過來。

「爹爹、娘親，長極今晚要跟你們一起睡！」

衛烜沉下臉，「不准！」

「為什麼？」長極摟著父親的一條腿，萌萌地看著他，「小表弟也跟他爹娘一起睡。」

「因為你是男子漢，男子漢不能和妻子以外的女人一起睡。」衛烜滿嘴歪理。

長極的眼珠轉了轉，「那我讓娘親當我娘子，我就可以跟娘親一起睡了，而且爹不是女人，跟爹睡沒關係。」

衛烜黑了臉，果然是個蠢貨！

阿菀再次被這對父子倆弄得無語，當下將他們都趕去淨房洗漱。

沒洗乾淨，今晚哪個都不准上床！

長極和衛烜不約而同從淨房探出頭，露出要她過來伺候不然就不洗的神情。

看著那一大一小，模樣相似的父子，阿菀心裡軟成一團，不禁笑著走了過去。

（全文完）

漾小說 180

寵妻如令 5 完

國家圖書館出版品預行編目資料

寵妻如令 / 霧矢翊著. -- 初版. -- 臺北市：
晴空, 城邦文化出版：家庭傳媒城邦分公司發行,
2017.05
冊； 公分. --（漾小說；180）
ISBN 978-986-94467-3-0（第5冊：平裝）

857.7　　　　106002251

作　　者　霧矢翊
封面繪圖　畫 措
責任編輯　施雅棠
國際版權　吳玲瑋　蔡傳宜
行　　銷　艾青荷　蘇莞婷　黃家瑜
業　　務　李再星　枏幸君　陳美燕
編輯總監　劉麗真
總 經 理　陳逸瑛
發 行 人　凃玉雲
出　　版　晴空
城邦文化事業股份有限公司
104台北市中山區民生東路二段141號5樓
電話：（886）2-2500-7696　傳真：（886）2-2500-1967
發　　行　英屬蓋曼群島商家庭傳媒股份有限公司城邦分公司
104台北市中山區民生東路二段141號2樓
客服服務專線：（886）2-25007718；25007719
24小時傳真專線：（886）2-25001990；25001991
服務時間：週一至週五上午09:00~12:00；下午13:00~17:00
劃撥帳號：19863813；戶名：書虫股份有限公司
讀者服務信箱：service@readingclub.com.tw
晴空部落格　http://blog.yam.com/readsky
香港發行所　城邦（香港）出版集團有限公司
香港灣仔駱克道193號東超商業中心1樓
電話：852-25086231　傳真：852-25789337
E-mail：hkcite@biznetvigator.com
馬新發行所　城邦（馬新）出版集團【Cite (M) Sdn Bhd】
41, Jalan Radin Anum, Bandar Baru Sri Petaling,
57000 Kuala Lumpur, Malaysia.
電話：(603) 9057-8822　傳真：(603) 9057-6622
Email：cite@cite.com.my
美術設計　洸譜創意設計股份有限公司
印　　刷　沐春行銷創意有限公司
初版一刷　2017年05月04日
定　　價　250元
I S B N　978-986-94467-3-0